Y0-AST-976

Der gesamte Shannara-Zyklus von Terry Brooks
besteht aus folgenden Bänden:

Das Schwert von Shannara. 23828 (alte Nr. 23268)
Der Sohn von Shannara. 23829 (alte Nr. 23274)
Der Erbe von Shannara. 23830 (alte Nr. 23281)
Die Elfensteine von Shannara. 23831
Der Druide von Shannara. 23832
Die Dämonen von Shannara. 23833

Die erste und die zweite Trilogie sind in sich abgeschlossen,
wenn möglich sollten die Einzelbände
aber in der oben angegebenen Reihenfolge gelesen werden.

Die zweite Trilogie (23831, 23832, 23833) ist fortlaufend, kann
also nur in dieser Abfolge gelesen werden.

FANTASY-ROMAN

TERRY BROOKS
DIE DÄMONEN VON SHANNARA

THE ELFSTONES OF SHANNARA 3

Deutsche
Erstveröffentlichung

Wilhelm Goldmann Verlag

Aus dem Amerikanischen übertragen von Mechtild Sandberg

Die Landkarten zeichnete Darrell K. Sweet und die
Gebrüder Hildebrandt © 1977 by Random House Inc.

Made in Germany · 4/83 · 1. Auflage · 1110
© der Originalausgabe 1982 by Terry Brooks
This translation published by arrangement with Ballantine Books,
a division of Random House, Inc.
© der deutschsprachigen Ausgabe 1983
by Wilhelm Goldmann Verlag, München
Umschlagentwurf: Atelier Adolf & Angelika Bachmann, München
Umschlagillustration: Jenny Wurts/Agt. Schlück, Garbsen
Satz: Fotosatz Glücker, Würzburg
Druck: Elsnerdruck GmbH, Berlin
Verlagsnummer: 23833
Lektorat: Werner Morawetz/Peter Wilfert
Herstellung: Peter Papenbrok
ISBN 3-442-23833-1

Für Barbara,
in Liebe

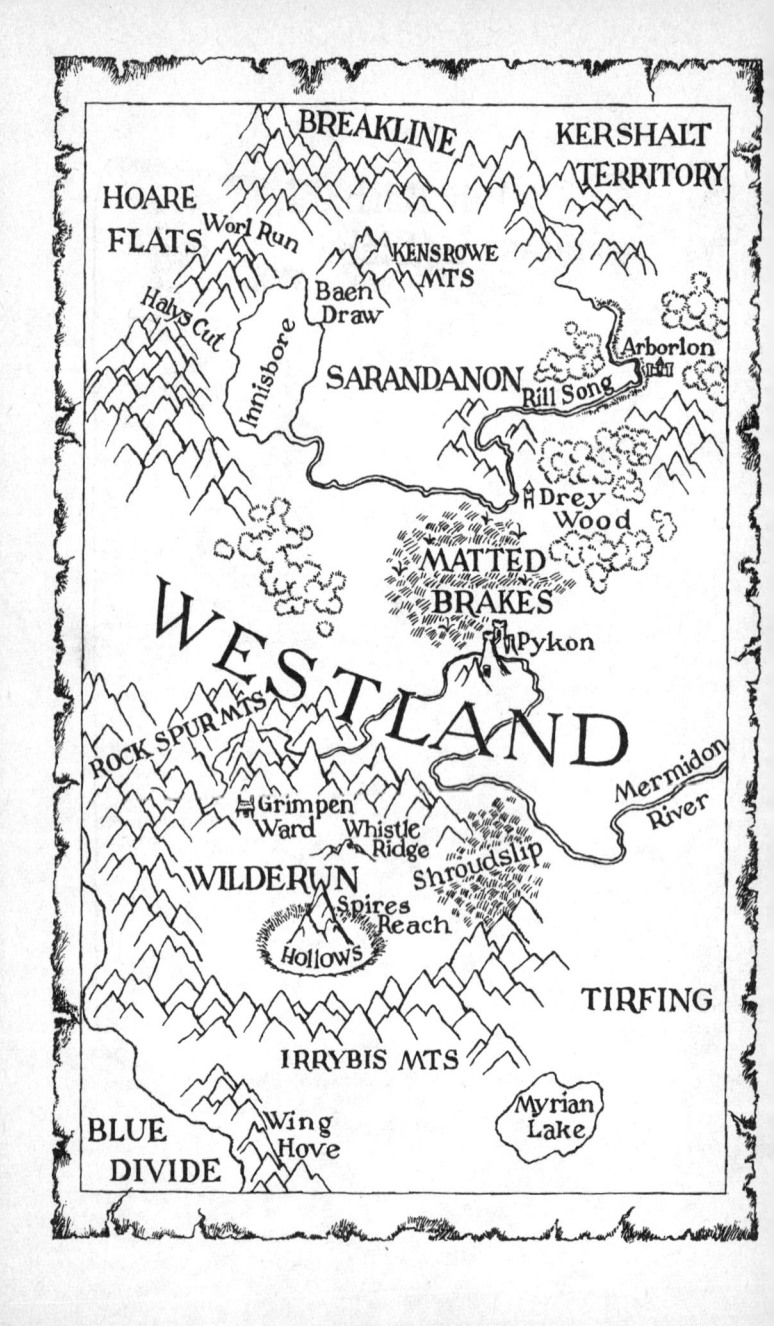

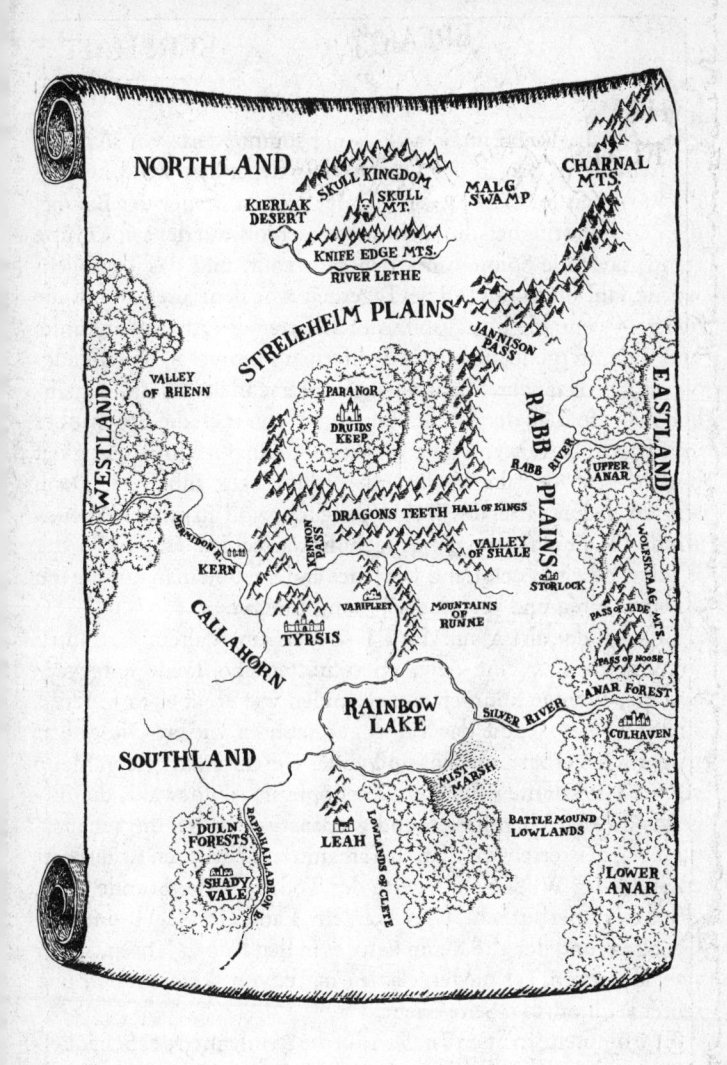

Der alte Mann im Schaukelstuhl summte leise vor sich hin, während er in den in der Dämmerung liegenden Wald hinausblickte. Weit im Westen, jenseits der grünen Mauer der Bäume, die undurchdringlich die Lichtung umschloß, auf der seine Hütte stand, sank die Sonne unter den Horizont, und das Tageslicht wurde fahl und grau. Diese Tageszeit war dem alten Mann die liebste – wenn die Mittagshitze im Schatten des Abends abkühlte und die untergehende Sonne den fernen Himmel in leuchtendes Scharlachrot tauchte, dann in sanftes Lavendelblau, das allmählich ins tiefe Blau der Nacht überging. Dann roch die Luft sauber und frisch, befreit von dem muffigen Geruch nach Feuchtigkeit und Moder, der ihr in der Hitze des Tages anhaftete. Dann wisperten die Blätter des Waldes geheimnisvoll im milden Abendwind. In diesen wenigen Augenblicken schien es, als sei der Wildewald ein Stück Land wie jedes andere, und man konnte ihn als einen alten und vertrauten Freund annehmen.

Oft sah der alte Mann das Tal so – als einen alten, vertrauten Freund, dem er eine tiefe, unerschütterliche Treue entgegenbrachte. Wenige konnten so empfinden wie er, aber es waren ja auch nur wenige, die das Tal so gut kannten wie er. Oh, es war trügerisch – erbarmungslos und voller Gefahren, die einen Mann vernichten konnten. Es gab Geschöpfe im Wildewald, die nirgends ihresgleichen hatten und gespenstisch durch die Schauermärchen geisterten, die man sich am mitternächtlichen Lagerfeuer erzählte. Im Wildewald lauerte der Tod, zu jeder Stunde, hart, grausam, unerbittlich. Dies war ein Land der Jäger und der Gejagten, und der alte Mann hatte es in den langen Jahren, seit er sich in diesem Tal niedergelassen hatte, von seiner besten und seiner schlimmsten Seite erlebt.

Er trommelte mit den Fingern auf die Armlehnen des Schaukelstuhls und dachte zurück. Sechzig Jahre waren vergangen, seit er hierher gekommen war – eine lange Zeit und doch schien ihm, als sei es erst gestern gewesen. Dies war all die Jahre sein Zuhause gewesen, und es war ein Zuhause, das man achten konnte – nicht einfach irgendein Ort voller Häuser und Menschen, wo man sicher und behütet und in grenzenloser Langeweile dahinlebte; ein Ort der Einsamkeit und Tiefe, wo die Herausforderung wartete und wo man Mut brauchte; ein Ort, an dem nur wenige sich niederließen, weil nur diese wenigen an diesen Ort gehörten. Einige wenige wie er selbst, dachte er, und jetzt war nur noch er übrig von denen, die einst ins Tal gekommen waren. Alle anderen waren tot, in die Wildnis heimgegangen, in der sie gelebt hatten. Es waren nur noch diese Narren da, die sich wie verängstigte Hunde in den windschiefen Hütten von Grimpen Ward zusammendrängten, die einander gegenseitig – und jeden Dummen, der sich in ihre Mitte wagte – betrogen und beraubten. Doch das Tal gehörte nicht ihnen und würde nie ihnen gehören, denn sie begriffen nicht das Wesen dieses Tals und hatten auch kein Bedürfnis, es zu erkennen.

Verrückt nannten sie ihn – diese Narren in Grimpen Ward. Verrückt, in dieser Wildnis zu leben, ein alter Mann ganz allein. Er lächelte bei dem Gedanken. Vielleicht war es wirklich verrückt; doch er zog seine eigene Verrücktheit der ihren vor.

»Drifter«, rief er barsch, und der gewaltige schwarze Hund, der zu seinen Füßen ausgestreckt lag, erwachte und stand auf. Er war ein riesenhaftes Tier, der an einen Wolf ebenso wie an einen Bären erinnerte.

»Na du«, brummte der alte Mann, und der Hund legte den Kopf in den Schoß seines Herrn, um sich die Ohren kraulen zu lassen.

Irgendwo in der dichter werdenden Dunkelheit schrillte ein Schrei, flüchtig und durchdringend. Einen Moment lang hing sein verklingendes Echo in der Abenddämmerung, dann erstarb es. Drifter hob lauschend den Kopf. Der alte Mann nickte. Eine Sumpfkatze. Eine große. Irgendein Wesen war ihr in den Weg gelaufen, und sie hatte zugeschlagen.

Müßig ließ er den Blick über vertraute Formen gleiten, die sich aus dem Halbdunkel hoben. Hinter ihm stand die Hütte, in der er lebte, klein, aber solide gebaut, aus Holzbalken und -schindeln errichtet, mit Mörtel abgedichtet. Ein Stück zurückgesetzt von der Hütte befanden sich ein Schuppen und ein Brunnen. In einer kleinen eingezäunten Koppel graste ein Maultier. Hinter der Hütte waren eine Werkbank und ein großer Stapel Holz. Er zimmerte und schnitzte gern, brachte einen großen Teil seiner Tage damit zu, aus dem Holz, das er sich von den mächtigen alten Bäumen an der Lichtung holte, alle möglichen Gegenstände und Möbelstücke zu arbeiten, die er gern ansah. Wertloses Zeug, vermutete er, in den Augen anderer, aber für andere Leute hatte er ja ohnehin nicht viel übrig, da war ihre Meinung für ihn auch nicht wichtig. Er sah nur höchst selten andere Menschen, und selbst das war ihm beinahe noch zuviel. Er war froh, wenn sie ihn in Ruhe ließen. Drifter war ihm Gesellschaft genug. Und diese nichtsnutzigen Katzen, die ständig hier umherstreunten und hinter den Abfällen her waren wie die Aasgaier. Und das Maultier, ein bißchen störrisch, aber zuverlässig.

Er reckte seine Glieder und stand auf. Die Sonne war untergegangen; am Nachthimmel traten Mond und Sterne ihre Herrschaft an. Es war an der Zeit, sein Nachtmahl zu richten. Er warf einen Blick auf den Dreifuß und den Kessel über dem kleinen Feuer, das nur ein paar Schritte von ihm entfernt loderte. Die Suppe vom gestrigen Tag. Viel war es nicht mehr, reichte höchstens noch für eine Mahlzeit.

Kopfschüttelnd trottete er zum Feuer. Er war ein ziemlich kleiner Mann, vom Alter gebeugt, schmächtig und dünn wie eine Zaunlatte. Fedriges weißes Haar umkränzte seinen kahlen Kopf und wuchs die Wangen hinunter zu einem buschigen Bart. So braun und zerknittert wie Leder war die Haut seines zähen alten Körpers, und die Augen waren kaum sichtbar unter den hängenden, faltigen Lidern.

Vor dem Kessel blieb er stehen und blickte hinein, während er überlegte, wie er den Suppenrest etwas schmackhafter anrichten könnte. Und in diesem Moment vernahm er, weit entfernt noch, irgendwo im Dunkel des Pfades, der sich zu seiner Hütte wand, Geräusche, die das Nahen von Pferden und einem Wagen ankündigten. Er wandte sich um und spähte abwartend in die Nacht. Drifter, der an seiner Seite stand, knurrte mißtrauisch, und der alte Mann versetzte ihm einen warnenden Puff.

Die Geräusche kamen näher. Nach einer Weile tauchten Schatten aus dem Dunkel auf und glitten den Hang der Anhöhe hinunter, die die Lichtung begrenzte – ein Wagen, der von zwei Pferden gezogen wurde, und dahinter ein halbes Dutzend Reiter. Die Stimmung des alten Mannes sank, als er den Wagen erblickte. Er kannte ihn gut, wußte, daß er diesem Schurken Cephelo gehörte. Voller Abscheu spie er aus, spielte ernsthaft mit dem Gedanken, Drifter auf die Bande zu hetzen.

Am äußersten Rand der Lichtung hielten Reiter und Wagen an. Cephelos dunkle Gestalt sprang vom Pferd und kam näher. Als der Fahrensmann den Alten erreichte, zog er schwungvoll den breiten Schlapphut.

»Einen schönen guten Abend, Hebel.«

Der alte Mann brummte verächtlich.

»Cephelo. Was wollt Ihr?«

Cephelo spielte den Gekränkten.

»Hebel, ist das vielleicht eine Begrüßung für zwei Leute, die so viel füreinander getan haben wie wir? Dies ist wahrhaftig keine Begrüßung für zwei Männer, die Mühsal und Unglücksfälle des Lebens geteilt haben. Seid mir also gegrüßt.«

Der Fahrensmann ergriff die Hand des Alten und schüttelte sie kräftig. Hebel widersetzte sich nicht, tat aber auch nichts dazu.

»Gut seht Ihr aus.« Cephelo lächelte entwaffnend. »Das Hochland ist gut für die Schmerzen und Leiden des Alters, denke ich mir.«

»Was Ihr nicht sagt.« Hebel spie erneut aus und rümpfte die Nase. »Also, was verkauft Ihr, Cephelo – ein Wundermittel vielleicht für die Alten und Schwachen?«

Cephelo warf einen Blick zurück zu jenen, die mit ihm gekommen waren, und zuckte entschuldigend die Schultern.

»Ihr seid in hohem Maße unfreundlich, Hebel. Wirklich, höchst unfreundlich.«

Der Alte folgte seinem Blick.

»Was habt Ihr denn mit dem Rest Eurer Meute angestellt? Haben die sich einem anderen Dieb angeschlossen?«

Diesmal verdüsterte sich das Gesicht des Fahrensmannes.

»Ich habe sie vorausgeschickt. Sie haben die Hauptstraße nach Osten genommen und werden mich im Tirfing erwarten. Ich bin mit diesen wenigen in einer recht dringlichen Sache zu Euch gekommen. Vielleicht können wir uns darüber unterhalten.«

»Redet nur«, versetzte Hebel. »Soviel Ihr wollt.«

»Und dürfen wir Euer Feuer teilen?«

Hebel zuckte die Schultern.

»Ich habe nicht genug zu essen da, um Euch alle durchzufüttern – tät's auch gar nicht, wenn ich's hätte. Vielleicht habt Ihr selbst was mitgebracht, hm?«

Cephelo ließ einen übertriebenen Seufzer hören.

»Richtig. Heute sollt Ihr unser Nachtmahl teilen.«

Er rief den anderen etwas zu. Die Reiter sprangen von ihren Pferden und banden sie fest. Eine alte Frau, die zusammen mit einem jungen Paar auf dem Wagen gefahren war, stieg jetzt herunter, holte Vorräte und Gerätschaften aus dem Wagen und schlurfte schweigend zum Feuer. Die beiden jungen Leute, die an ihrer Seite gesessen hatten, zögerten. Erst auf Cephelos Aufforderung traten sie näher. Zu ihnen gesellte sich ein rankes, dunkelhaariges Mädchen aus der kleinen Truppe der Reiter.

Wortlos wandte sich Hebel ab und setzte sich wieder in seinen Schaukelstuhl. Die beiden jungen Leute, die vom Wagen gestiegen waren, hatten etwas Besonderes an sich, aber er hätte nicht sagen können, was es war. Sie sahen wie Fahrensleute aus, aber doch auch wieder nicht. Er beobachtete sie, als sie mit Cephelo und dem dunkelhaarigen Mädchen herankamen. Alle vier setzten sich zu Füßen des alten Mannes ins Gras, wobei das dunkelhaarige Mädchen ganz dicht an den jungen Mann heranrückte und ihm einen kecken Blick zuwarf.

»Meine Tochter Eretria.« Cephelo schoß einen ärgerlichen Blick auf das Mädchen ab, als er sie vorstellte. »Diese beiden sind Elfen.«

»Ich bin nicht blind«, erklärte Hebel ungeduldig. Jetzt war ihm klar, warum sie sich von den Fahrensleuten unterschieden. »Was tun die denn bei Euch?«

»Wir sind ausgezogen, um etwas Wichtiges zu suchen.«

»Zu suchen?« Hebel beugte sich vor. »Ihr?« Er verzog das

zerknitterte Gesicht und musterte den jungen Mann. »Ihr macht mir einen aufgeweckten Eindruck. Was hat Euch bewogen, Euch mit dem da zusammenzutun?«

»Er braucht einen Führer in diesem elenden Gebiet«, erklärte Cephelo. Etwas zu rasch, fand Hebel. »Warum nur müßt Ihr unbedingt in dieser trostlosen Wildnis leben, Hebel? Eines Tages werde ich hier vorbeikommen und nur noch Eure Knochen finden, Alter – nur weil Ihr Euch beharrlich weigert, Euch in zivilisiertere Gefilde zu begeben.«

»Als würde Euch das etwas ausmachen«, brummte Hebel. »Für einen Mann wie mich ist dieses Land so gut wie jedes andere. Ich kenne es, ich kenne seine Bewohner, weiß, wann ich Abstand halten, oder wann ich meine Zähne zeigen muß. Euch überleb' ich noch lange, Cephelo – das könnt Ihr mir glauben.« Er wippte gemächlich in seinem Schaukelstuhl, während Drifter sich an seiner Seite niederließ. »Also, was wollt Ihr von mir?«

Cephelo zuckte die Schultern.

»Ein bißchen reden, wie ich schon gesagt habe.«

Hebel lachte rauh. »Ein bißchen reden? Kommt, Cephelo, macht mir nichts vor! Was wollt Ihr wirklich? Vergeudet nicht meine Zeit – ich hab' nicht mehr viel davon.«

»Für mich selbst will ich nichts. Für die beiden jungen Elfen will ich etwas von dem Wissen, das in Eurem kahlen alten Hirn gespeichert ist. Es hat mir gewaltige Mühe gemacht, hier zu Euch heraufzukommen, aber es gibt Umstände, die –«

Hebel hatte genug gehört.

»Was kocht Ihr da drüben?« fragte er, vom Geruch des Essens abgelenkt, das im Kessel dampfte. »Was ist da drin?«

»Woher soll ich das wissen?« fuhr Cephelo ihn gereizt an.

»Rindfleisch, glaube ich, Rindfleisch und Gemüse.« Hebel rieb sich die runzligen braunen Hände. »Ich finde, wir sollten erst essen und dann reden. Habt Ihr auch etwas von Eurem Bier bei Euch, Fahrensmann?«

So verzehrten sie also zunächst das Nachtmahl – Eintopf, Brot, Dörrobst und Nüsse. Es wurde nicht viel gesprochen, während sie aßen, aber Blicke flogen hin und her, und diese Blicke verrieten Hebel mehr als alle Worte, die seine Gäste vielleicht geäußert hätten. Die Elfen, sagte er sich, waren hier, weil sie keine andere Wahl hatten. Sie hielten von Cephelo und seiner Meute so wenig wie er. Cephelo war natürlich hier, weil er sich einen schnellen Gewinn erhoffte. Das dunkelhaarige Mädchen, die Tochter des Fahrensmann, gab ihm jedoch Rätsel auf. Die Blicke, die sie dem jungen Elf zuwarf, verrieten etwas über ihre Absichten, doch es steckte noch etwas anderes in ihr, was sie sorgfältig verheimlichte. Der Alte wurde immer neugieriger.

Endlich war das Nachtmahl beendet und das Bier fast bis zur Neige getrunken. Hebel nahm eine lange Pfeife, entzündete sie und paffte eine dicke Rauchwolke in die Luft.

Cephelo versuchte nochmals sein Glück.

»Dieser junge Elf und seine Schwester brauchen Eure Hilfe. Sie haben schon einen weiten Weg hinter sich, aber sie können ihre Reise nicht fortsetzen, wenn Ihr ihnen diese Hilfe verweigert. Ich habe ihnen gesagt, daß Ihr ihnen selbstlos helfen werdet.«

Der Alte schnaubte verächtlich. Dieses Spielchen kannte er zur Genüge.

»Ich mag Elfen nicht. Sie bilden sich ein, sie sind was Besseres und wollen mit Leuten wie mir nichts zu tun haben.« Er zog die Brauen hoch. »Fahrensleute mag ich auch nicht, wie Ihr wohl wißt. Die mag ich sogar noch weniger als Elfen.«

Eretria lachte. »Ich habe den Eindruck, es gibt eine Menge Dinge, die Ihr nicht mögt.«

»Halt den Mund!« fuhr Cephelo sie wütend an.

Eretria preßte die Lippen aufeinander, und Hebel sah den Zorn in ihren Augen.

Er lachte leise. »Nichts für ungut, Mädchen.« Er blickte Cephelo an. »Was gebt Ihr mir, wenn ich den Elfen helfe, Cephelo? Ihr müßt mir schon einen reellen Vorschlag machen, wenn Ihr von mir was wissen wollt.«

Cephelo funkelte ihn wütend an.

»Stellt meine Geduld nicht auf eine zu harte Probe, Hebel.«

»Ha! Wollt Ihr mir drohen oder gar die Kehle durchschneiden? Dann erfahrt Ihr gar nichts von mir. Also – was gebt Ihr mir?«

»Kleider, Bettzeug, Leder, Seide – ganz gleich.« Der Fahrensmann machte eine wegwerfende Handbewegung.

»Das hab' ich alles selbst.« Hebel spie aus.

Nur mit Mühe beherrschte sich Cephelo.

»Ja, was wollt Ihr dann? Heraus damit, Alter.«

Drifter knurrte warnend. Hebel brachte ihn mit einem Puff zum Schweigen.

»Messer«, verkündete er. »Ein halbes Dutzend gute Klingen. Eine Axt und zwei Dutzend Pfeile, Eschenholz und gefiedert. Und einen Schleifstein.«

Cephelo nickte unwirsch. »Abgemacht. Ihr seid ein alter Dieb. Aber jetzt gebt mir was dafür zurück.«

Hebel zuckte die Schultern.

»Was wollt Ihr denn wissen?«

Cephelo deutete auf den jungen Mann.

»Der Elf ist ein Heilkundiger. Er ist auf der Suche nach einer Wurzel, die eine seltene Medizin ergibt. In seinen Büchern über die Heilkunst steht, daß sie hier im Wildewald zu finden ist, an einem Ort namens Sichermal.«

Auf die Worte des Fahrensmannes folgte ein langes Schweigen. Alle warteten.

»Also?« fragte Cephelo schließlich gereizt.

»Also was?« fragtea der Alte zurück.

»Wo ist dieser Ort? Sichermal.«

Hebel lächelte schelmisch. »Da, wo er immer schon war, vermute ich.« Er sah die Überraschung auf den Zügen des anderen. »Ja, ich kenne den Namen, Cephelo. Ein alter Name, von allen vergessen, denke ich. Aber nicht von mir. Grabgruften sind es – unterirdische Gänge in einem Berg.«

»Das muß es sein!« Der junge Mann sprang auf. Sein Gesicht war erregt. Dann bemerkte er, daß ihn alle anstarrten, und er setzte sich hastig wieder nieder. »Jedenfalls ist es in den Büchern so beschrieben«, fügte er kleinlaut hinzu.

»Tatsächlich?« Paffend wippte Hebel in seinem Stuhl auf und ab. »Und stand in Euren Büchern auch was von der Senke?«

Der junge Mann schüttelte den Kopf und sah das Elfenmädchen an, das ebenfalls den Kopf schüttelte. Cephelo jedoch beugte sich mit einem Ruck nach vorn und kniff die Augen zusammen.

»Ihr meint, dieses Sichermal liegt in der Senke, Alter?«

In Cephelos Stimme lag eine Ängstlichkeit, die Hebel nicht entging. Er lachte leise.

»Ja, mitten in der Senke. Nun, seid Ihr immer noch auf der Suche nach Sichermal, Cephelo?«

Der junge Mann neigte sich vor.

»Wo ist die Senke?«

»Im Süden von hier. Eine Tagesreise«, antwortete der Alte. Es war an der Zeit, dieser Torheit ein Ende zu machen. »Tief und finster ist sie, Elf – eine schwarze Grube, wo alles, was hineinfällt, auf immer verschwindet. Der Tod, Elf. Wer sich in die Senke hineinwagt, kommt nicht wieder heraus. Jene, die dort leben, sorgen dafür.«

Der junge Mann schüttelte den Kopf.

»Das verstehe ich nicht.«

Eretria murmelte leise etwas vor sich hin, während ihr Blick hastig über das Gesicht des jungen Mannes flog. Sie wußte Bescheid, das sah Hebel. Er senkte die Stimme zu einem Flüstern.

»Dort leben die Hexenschwestern, Elf. Morag und Mallenroh. Ihnen gehört die Senke, ihnen und den Wesen, die sie schaffen, um ihnen zu dienen – Wesen, die aus Hexenkunst geboren sind.«

»Aber wo in der Senke liegt Sichermal?« beharrte der junge Mann. »Ihr spracht von einem Berg –«

»Die Hochwarte – ein seltsamer Gipfel, der aus der Senke emporragt wie ein Arm aus dem Grabe. Dort liegt Sichermal.« Der Alte hielt inne und breitete die Hände aus. »So war es jedenfalls einmal. Ich war schon seit vielen, vielen Jahren nicht mehr in der Senke. Keiner wagt sich da mehr hinein.«

Der junge Mann nickte nachdenklich.

»Erzählst du mir mehr über diese Hexenschwestern?«

Hebels Augen verengten sich.

»Morag und Mallenroh – die letzten ihrer Sippe. Einstmals, Elf, gab es viele ihrer Art – jetzt gibt es nur noch zwei. Manche behaupten, sie seien Gehilfinnen des Dämonen-Lords gewesen. Andere meinen, sie seien lange vor ihm dagewesen. Ihre Macht, heißt es, sei so groß wie die der Druiden. Wer weiß? Die Wahrheit wissen nur sie selbst. Sucht sie, wenn Ihr wollt. Ein Elf mehr oder weniger – für mich spielt das keine Rolle.«

Er lachte schneidend, verschluckte sich, hob seinen Becher und trank etwas von seinem Bier. Sein klappriger Körper neigte sich vor, als seine Augen die des jungen Mannes suchten.

»Schwestern sind sie, Morag und Mallenroh. Blutsschwestern. Doch großer Haß lodert zwischen ihnen – ein Haß, der einem alten Unrecht entsprungen ist, ob echt oder eingebildet, das kann ich nicht sagen. Doch sie befehden einander in der Senke, Elf. Morag lebt im Osten und Mallenroh im Westen, und jede versucht, die andere zu vernichten und das Land und die Macht der Schwester an sich zu reißen. Und in der Mitte, genau zwischen den beiden, steht die Hochwarte – und dort liegt Sichermal.«

»Habt Ihr es gesehen?«

»Ich? Nein, ich nicht. Die Senke gehört den Schwestern; das Tal ist weit genug für mich.« Hebel schaukelte sachte hin und her, während er sich seinen Erinnerungen hingab. »Einmal, vor vielen, vielen Jahren, ich kann sie nicht einmal mehr zählen, war ich am Rand der Senke auf der Jagd. Töricht war es, aber damals war ich noch entschlossen, das ganze Land kennenzulernen, das ich mir zur Heimat erwählt hatte, und die Geschichten waren ja nur Geschichten. Tagelang jagte ich im Schatten der Senke und sah nichts. Aber eines Nachts dann, als ich schlief, ganz allein an der Glut meines Lagerfeuers, da kam sie zu mir – Mallenroh, ein Geschöpf wie aus einem Traum mit langem grauen Haar, das aus Nachtschatten gesponnen war, und ihr Gesicht war das Gesicht der Frau Tod. Sie kam zu mir und sagte, sie habe das Bedürfnis, mit einem von menschlichem Geblüt zu sprechen, mit einem wie mir. Die ganze Nacht sprach sie mit mir, erzählte mir von sich und von ihrer Schwester Morag und von der Fehde, die sie um die Vorherrschaft über die Senke miteinander führten.«

Er hatte sich ganz seinen Erinnerungen ergeben, und seine Stimme klang fern und leise.

»Am Morgen war sie fort, beinahe so, als sei sie nie gewesen. Ich habe sie nie wiedergesehen, bis heute nicht. Ich hätte glauben können, es sei alles nur Einbildung gewesen – keine Wirklichkeit –, aber sie hat etwas von mir mit sich fortgenommen – ein Stück Leben könnte man sagen.«

Langsam schüttelte er den Kopf.

»Das meiste von dem, was sie mir erzählte, stob auseinander wie die losen Fetzen eines Traums. Aber ich erinnere mich ihrer Worte über Sichermal, Elf. Unterirdische Gänge im Schoß der Hochwarte, sagte sie. Ein Ort aus einem anderen Zeitalter, wo einst ein seltsamer Zauber verhängt worden war. So alt, daß nicht einmal die Schwestern seine Bedeutung kennen. Ja, das hat Mallenroh mir erzählt. Daran erinnere ich mich – daran zumindest.«

Danach schwieg er, in Gedanken bei den Geschehnissen jener Nacht. Selbst nach allen diesen Jahren war die Erinnerung so klar wie die Gesichter jener, die hier um ihn herumsaßen. Mallenroh! Eigenartig, schoß es ihm durch den Kopf, daß er sich ihrer so lebhaft erinnerte.

Der junge Mann legte seine Hand auf die Armlehne des Schaukelstuhls, und seine Stimme war verhalten, als er sprach.

»Ihr erinnert genug, Hebel.«

Der Alte blickte den Elf verwundert an. Er verstand nicht. Dann sah er in den Augen des anderen, was dieser beabsichtigte. Er war entschlossen, dorthin zu gehen. Er war entschlossen, sich in die Senke zu wagen. Impulsiv beugte Hebel sich zu ihm hinunter.

»Geht nicht«, flüsterte er eindringlich. »Geht nicht!«

Der junge Mann lächelte schwach.

»Ich muß, wenn Cephelo seine Belohnung haben soll.«

Der Fahrensmann schwieg. Sein dunkelhäutiges Gesicht war unergründlich. Eretria warf ihm einen scharfen Blick zu, dann blickte sie wieder den jungen Elf an.

»Tu es nicht, Heiler«, bat sie. »Hör auf das, was der Alte sagt. Die Senke ist gefährlich. Such deine Medizin anderswo.«

Der Elf schüttelte den Kopf.

»Es gibt kein Woanders. Laß es ruhen, Eretria.«

Einen Moment lang spannte sich der Körper des Mädchens zum Zerreißen, und das dunkelhäutige Gesicht lief rot an unter dem Druck von Emotionen, die hinausdrängten. Doch es gelang ihr, sie zu unterdrücken. Beherrscht stand sie auf und blickte kalt zu ihm hinunter.

»Du bist ein Narr«, sagte sie und ging davon in die Finsternis.

Hebel beobachtete den jungen Mann, sah, wie sein Blick dem

Mädchen folgte, als es sich entfernte. Das Elfenmädchen blickte nicht einmal auf. Ihre seltsamen grünen Augen schienen nach innen gerichtet zu sein, und ihre feinen Züge waren verborgen im Schatten des langen Haares, das ihr tief ins Gesicht fiel.

»Ist diese Wurzel denn so wichtig?« fragte der alte Mann verwundert. Seine Frage war nicht nur an den jungen Mann gerichtet, sondern auch an das Mädchen. »Ist sie denn nirgends sonst zu finden?«

»Laßt sie doch!« mischte sich Cephelo unvermittelt ein, und seine schwarzen Augen huschten von einem Gesicht zum anderen. »Es ist ihre Entscheidung, und sie haben sie getroffen.«

Hebel runzelte die Stirn.

»So mir nichts, dir nichts wollt Ihr sie in den Tod schicken, Cephelo? Was ist denn das für eine Belohnung, von der der Elf spricht?«

Der Fahrensmann lachte. »Ob man eine Belohnung bekommt oder nicht, hängt von den Launen des Schicksals ab, Alter. Verliert man dort eine, gewinnt man da eine andere. Der Elf und seine Schwester müssen tun, wozu es sie drängt. Wir haben kein Recht, ein Urteil zu fällen, oder sie daran zu hindern.«

»Wir müssen es tun.« Das Elfenmädchen sprach leise aber bestimmt, das erste Mal überhaupt, seit sie sich gesetzt hatten. Tief sah sie dabei dem alten Mann in die Augen.

»Gut.« Cephelo sprang auf. »Der Worte sind genug gesagt in dieser Sache. Der Abend ist noch lange nicht um, und es ist noch viel gutes Bier da, das darauf wartet, getrunken zu werden. Teilt es mit mir, meine Freunde. Wir wollen von den Zeiten sprechen, die gewesen sind, nicht Mutmaßungen über die Zeiten anstellen, die erst kommen werden. Hebel, Ihr sollt hören, was diese Narren in Grimpen Ward jetzt wieder angestellt haben – hirnverbrannt, weiß Gott!«

In scharfem Ton rief er nach der alten Frau, die sogleich mit einem großen Krug Bier herbeieilte. Einige der anderen Fahrensleute gesellten sich jetzt zu ihnen, und Cephelo füllte allen die Becher. Lachend und voller Übermut schickte er sich dann an, eine ganze Sammlung toller Geschichten zum besten zu geben – über Orte, die er wahrscheinlich nie besucht hatte, über Menschen, denen er wahrscheinlich nie begegnet war. Keck und ausgelassen war die Rede des Fahrensmannes, und seine Leute lachten mit ihm über sein wildes Geflunker, während sie immer von neuem ihre Becher füllten.

Hebel lauschte den Geschichten voller Mißtrauen. Allzu schnell, so schien es ihm, hatte Cephelo seine an die Elfen gerichteten Warnungen verächtlich gemacht. Auch konnte er der scheinbaren Interesselosigkeit des Fahrensmannes an der Belohnung, die den jungen Elf erwartete, wenn er die Wurzel fand, nicht glauben. Da stimmte etwas nicht; der Fahrensmann wußte schließlich so gut wie er, daß noch niemand lebend aus der Senke zurückgekehrt war.

Sachte schaukelte er in seinem alten Stuhl hin und her, mit einer Hand leicht Drifters zottigen Kopf kraulend. Wie sonst konnte er den Elf noch warnen, fragte er sich. Was konnte er noch sagen, was nicht schon gesagt worden war, um ihn von seinem törichten Unterfangen abzubringen? Vielleicht nichts; der Junge schien entschlossen.

Er überlegte, ob die beiden jungen Elfen wohl mit Mallenroh zusammentreffen würden, so wie er vor vielen Jahren. Bei der Vorstellung, daß dies der Fall sein könnte, stieg Neid in seiner Seite auf.

Wenig später erhob sich Wil Ohmsford aus dem Kreis der Zecher und ging zu dem Brunnen gleich hinter der Hütte des alten Mannes. Amberle schlief schon in Decken gehüllt am Feuer. Sie war völlig erschöpft von den Anstrengungen des Tages und den vorhergehenden Ereignissen. Auch er selbst fühlte sich ungewöhnlich schläfrig, obwohl er von dem Bier der Fahrensleute kaum etwas getrunken hatte. Vielleicht, dachte er, half da ein Schluck kaltes Wasser und später erholsamer Schlaf.

Er hatte gerade in tiefen Zügen aus dem Metallbecher getrunken, der an der Kette mit dem Eimer festgehakt war, als Eretria aus dem Schatten zu ihm trat.

»Ich verstehe dich nicht, Heiler«, sagte sie sehr direkt.

Er hakte den Becher wieder an die Kette und ließ sich auf dem Steinrand des Brunnens nieder.

»Ich hab' mich abgestrampelt wie eine Wilde, um dir in Grimpen Ward das Leben zu retten«, fuhr sie fort. »Es war nicht leicht, Cephelo so weit zu bereden, daß er mich dir überhaupt helfen ließ. Wirklich nicht, das kannst du mir glauben. Und jetzt! Die ganze Liebesmüh war wohl vergebens. Ich hätte dich und das Elfenmädchen, das du als deine Schwester ausgibst, genausogut den Banditen in Grimpen Ward überlassen können. Obwohl man dich warnte, bestehst du darauf, dich in die Senke zu wagen. Ich möchte wissen, warum. Hat Cephelo etwas damit zu tun? Ich weiß nicht, was für eine Abmachung du mit ihm getroffen hast, aber nichts, was er dir versprochen hat – selbst wenn er die Absicht hätte, sein Versprechen zu erfüllen, was ich bezweifle –, ist das Risiko wert, das du eingehen willst.«

»Cephelo hat nichts damit zu tun«, erwiderte Wil ruhig.

»Wenn er dir in irgendeiner Weise gedroht hat, dann würde ich dir gegen ihn helfen«, erklärte Eretria fest. »Ich würde dir helfen.«

»Das weiß ich. Aber Cephelo hat mit diesem Entschluß wirklich nichts zu tun.«

»Was hat es dann für einen Grund? Warum mußt du es tun?«

Wil senkte die Lider.

»Die Medizin, die –«

»Lüg mich nicht an!« fiel Eretria ihm zornig ins Wort und setzte sich neben ihn auf den Brunnenrand. »Mag sein, daß Cephelo diesen Unsinn glaubt, aber er hörte nur deine Worte, Heiler. Deine Augen sah er nicht. Deine Rede kannst du vielleicht verstellen, nicht aber deinen Blick. Dieses Mädchen ist nicht deine Schwester; sie ist dein Schützling, und die Verantwortung für sie ist dir offensichtlich teuer. Nicht Wurzeln und Medizin suchst du, sondern etwas weitaus Bedeutsameres. Sag mir, was hoffst du dort in der Senke zu finden?«

Langsam hob Wil den Blick und sah ihr in die Augen. Eine Weile antwortete er ihr nicht. Sie griff impulsiv nach seiner Hand.

»Ich würde dich nie verraten. Niemals!«

Er lächelte schwach. »Das ist vielleicht das einzige an dir, dessen ich sicher bin, Eretria. Ich will dir soviel sagen: Großes Unheil bedroht dieses Land – bedroht alle Länder. Das Mittel, das vor diesem Unheil schützen kann, ist nur in Sichermal zu

finden. Amberle und ich sind ausgesandt worden, es zu suchen.«
Die Augen Eretrias blitzten feurig.
»Dann laß mich mit euch ziehen. Nimm mich mit, so wie du mich schon längst hättest mitnehmen sollen.«
Wil seufzte. »Wie kann ich das? Eben hast du mir gesagt, was für ein Narr ich bin, daß ich nicht ablasse von meinem Entschluß, in die Senke hinunterzugehen. Und jetzt soll ich auch dich zur Närrin machen. Nein. Dein Platz ist bei deinen Leuten – wenigstens vorläufig. Es ist besser für dich, wenn du weiter nach Osten ziehst, so weit wie möglich fort vom Westland.«
»Heiler, ich soll von diesem Teufel verschachert werden, der sich als mein Vater ausgibt! Und zwar sobald wir die größeren Städte des Südlandes erreichen.« Ihre Stimme war hart und schneidend. »Glaubst du vielleicht, daß ein solches Schicksal erträglicher ist als das, was ich vielleicht an deiner Seite erleben werde? Nein. Nimm mich mit!«
»Eretria –!«
»Hör mich an. Ich kenne mich aus in diesem Gebiet, denn die Fahrensleute haben es unzählige Male durchquert. Ich weiß vielleicht etwas, was euch weiterhelfen wird. Und wenn nicht, so werde ich euch doch auf jeden Fall kein Hemmschuh sein. Ich kann auf mich selbst achtgeben – besser als dein Elfenmädchen. Ich verlange nichts von dir, Heiler, was nicht auch du von mir verlangen würdest, wäre unsere Situation umgekehrt. Du mußt mich mitnehmen.«
»Eretria, selbst wenn ich damit einverstanden wäre, würde Cephelo dich niemals ziehen lassen.«
»Cephelo würde es erst erfahren, wenn es zu spät ist, etwas daran zu ändern.« Ihre Stimme war hell und erregt. »Nimm mich mit, Heiler. Sag ja.«
Er hätte beinahe zugestimmt. Sie war von solch einer wunderbaren Schönheit, daß es selbst unter normalen Umständen schwer gewesen wäre, ihr irgend etwas abzuschlagen. In diesem Augenblick aber, da sie neben ihm saß mit erwartungsvoll blitzenden Augen, lag eine Verzweiflung in ihrem Ton, die ihn rührte. Sie hatte Angst vor Cephelo und vor dem was er mit ihr anstellen würde. Sie würde nicht betteln, das wußte Wil, aber sie würde

weit gehen, um ihn zu bewegen, ihr in die Freiheit zu helfen.

Doch in der Senke wartete der Tod, hatte der alte Mann gesagt. Keiner wagte sich hinein. Es würde schwierig genug werden, Amberle zu beschützen; wenn auch Eretria ihm versichert hatte, daß sie auf sich selbst achtgeben konnte, so würde ihn, das wußte er, das doch nicht daran hindern, sich um sie zu sorgen.

Langsam schüttelte er den Kopf.

»Ich kann nicht, Eretria. Ich kann nicht.«

Lange blieb es still, während sie ihn nur stumm anstarrte. In ihren Augen standen Ungläubigkeit und Zorn; Aufregung und freudige Erwartung darin waren erloschen. Langsam erhob sie sich.

»Obwohl ich dir das Leben gerettet habe, bist du nicht bereit, das meine zu retten. Nun gut.« Sie trat von ihm zurück, während ihr die Tränen über das Gesicht rannen. »Zweimal hast du mich abgewiesen, Wil Ohmsford. Du wirst keine Gelegenheit bekommen, es noch einmal zu tun.«

Sie wirbelte herum und eilte davon. Doch schon nach ein paar Schritten blieb sie stehen.

»Es wird der Tag kommen, Heiler, das sage ich dir voraus, an dem du wünschen wirst, du hättest meine Hilfe nicht so unüberlegt abgelehnt.«

Dann war sie fort, in den Schatten der Nacht verschwunden.

Wil blieb noch eine Weile am Brunnen sitzen und wünschte verzweifelt, daß alles anders wäre, daß es einen vernünftigen Weg gäbe, ihr zu helfen. Dann stand er auf, von Schläfrigkeit überwältigt, und ging wankend davon, um sich zur Ruhe zu legen.

G rau und trüb brach der Tag über dem Wildewald an und hüllte die Wälder in Schatten, die sich wie Blutflecken auf der dunklen Erde ausbreiteten. Wolken verschleierten den Morgenhimmel, hingen bleiern und tief über dem Tal, und eine drückende Stille lag in der Luft, wie eine Warnung vor dem Nahen eines sommerlichen Gewitters. Schon waren die Fahrensleute wieder unterwegs, glitten, so schattenhaft wie sie gekommen waren, wieder aus der Lichtung hinaus, auf der Hebels Hütte stand; voran die Reiter, dann der Wagen, auf dem Wil und Amberle saßen, die Hände erhoben, um dem alten Mann flüchtig zuzuwinken, der schweigend vor seiner Hütte stand und ihnen nachblickte. Gemächlich rollte der Wagen in die Düsternis der Wälder hinein. Die massigen, alten Bäume schlossen sich immer enger um sie, bis schließlich nur noch dünne Lichtfäden durch das Blätterdach sickerten und nichts weiter zu sehen war als der schmale, von tiefen Furchen durchzogene Pfad, der in die Tiefen des Tals hineinführte.

Gegen Mitte des Vormittags hatten sie die Hauptstraße wieder erreicht und wandten sich nach Osten. Als der Tag sich langsam wärmte und die Kühle der Nacht verdampfte, sammelten sich Nebel auf dem Grund des Tales, die wie weiße Schleier zwischen den Bäumen hingen.

Wil und Amberle saßen schweigend neben der alten Frau und dachten an das, was vor ihnen lag. Zu einem Gespräch mit Hebel war es nicht mehr gekommen, denn sie hatten die ganze Nacht hindurch fest geschlafen, und bei ihrem Erwachen hatte Cephelo dafür gesorgt, daß der alte Mann nicht in ihre Nähe kam. Jetzt fragten sie sich beide, was er ihnen vielleicht noch hätte sagen können, wenn sich eine Gelegenheit dazu geboten hätte. Ab und zu trabte Cephelo auf seinem Pferd nach hinten zu ihnen, um ein paar Worte mit ihnen zu wechseln, doch das Lächeln und das Gespräch wirkten gezwungen und künstlich. Es war beinahe so, als suche er etwas, doch weder Wil noch Amberle hatten die geringste Ahnung, was es sein könnte. Eretria hielt sich ganz von ihnen fern, und Amberle war verwundert über diese plötzliche Veränderung im Verhalten des Mädchens. Wil jedoch verstand sie nur allzu gut.

Gegen Mittag gab Cephelo an einer Weggabelung tief im Wald das Zeichen zum Anhalten. Aus der Ferne grollte bedrohliches Donnergrollen, und der Wind stürmte in heftigen Böen, die zornig an den Bäumen rüttelten und Blätter, Staub und Äste durch die Luft wirbelten. Cephelo ritt zum Wagen zurück und hielt neben Wil an.

»Hier trennen sich unsere Wege, Heiler«, verkündete er und wies auf die Kreuzstraße. »Euer Weg führt nach links, die kleinere Straße hinunter. Er ist nicht zu verfehlen – Ihr braucht ihm nur zu folgen. Noch vor Einbruch der Nacht müßtet Ihr die Senke erreichen.«

Wil wollte etwas erwidern, doch der Fahrensmann hob rasch die Hand.

»Bevor Ihr etwas sagt, laßt mich Euch raten, mich nicht zu bitten, Euch zu begleiten. Das war nicht unsere Abmachung, und ich habe andere Verpflichtungen, die ich erfüllen muß.«

»Ich wollte nur fragen, ob wir etwas Proviant mitnehmen könnten«, erklärte Wil kühl.

Der Fahrensmann zuckte die Schultern.

»Für ein, zwei Tage, ja, aber nicht mehr.«

Er nickte der alten Frau zu, die durch die Tür in den Wagen hineinging. Wil fiel auf, daß Cephelo recht unbehaglich im Sattel hin und her rutschte, während sie auf die Rückkehr der Alten warteten. Irgend etwas stimmte da nicht.

»Und wie finde ich Euch, um Euch Euren Anteil an der Belohnung zu bezahlen?« fragte Wil unvermittelt.

»Belohnung? Ach ja.« Cephelo schien die Belohnung ganz vergessen zu haben. »Also, ich habe schon gesagt, ich werde es wissen, wenn Ihr Euren Lohn erhalten habt. Ich werde zu Euch kommen, Heiler.«

Wil nickte, stand auf und stieg vom Wagen herunter. Er wandte sich um, Amberle zu helfen und warf ihr einen raschen Blick zu, als er sie herunterhob. Ihr schien das Verhalten des Fahrensmannes so befremdlich wie ihm, das sah er ihr an. Er wandte sich wieder Cephelo zu.

»Könntet Ihr uns ein Pferd geben? Dann –«

»Wir können keines unserer Pferde entbehren«, unterbrach ihn Cephelo. »Ich finde, Ihr solltet Euch jetzt auf den Weg machen. Es sieht nach einem Gewitter aus.«

Die alte Frau kam aus dem Wagen und reichte Wil einen Beutel. Der warf ihn über die Schulter und dankte ihr. Dann blickte er noch einmal den Fahrensmann an.

»Gute Reise, Cephelo.«
Der Mann nickte. »Euch das gleiche, Heiler. Lebt wohl.«
Wil nahm Amberle beim Arm und führte sie durch die Schar der Reiter zur Kreuzstraße. Eretria saß auf ihrem Braunen, und ihr schwarzes Haar flatterte im stürmischen Wind. Wil blieb an ihrer Seite stehen und streckte ihr die Hand hin.
»Leb wohl, Eretria.«
Sie nickte stumm. Ihr dunkles Gesicht war ausdruckslos, kalt und schön. Ohne ein Wort wendete sie dann ihr Pferd und ritt zu Cephelo zurück. Wil starrte ihr einen Moment lang nach, doch sie blickte nicht zu ihm zurück. Er ging weiter, dem Pfad entgegen, der nach Süden führte. Der Wind blies ihm Staub und Erde in die Augen, und er beschattete sie mit einer Hand. Mit Amberle an seiner Seite machte er sich auf den Weg.

Hebel saß den ganzen Morgen an seiner Werkbank hinter der kleinen Hütte und arbeitete an der Holzskulptur einer Sumpfkatze. Während er schnitzte, wanderten seine Gedanken zu den Ereignissen des vergangenen Abends zurück, zu den beiden jungen Elfen und ihrem seltsamen Unterfangen, zu den Warnungen, die er geäußert hatte, und die sie ignoriert hatten. Er verstand es nicht. Warum weigerten sie sich, auf ihn zu hören? Er hatte es doch klar und deutlich ausgesprochen, daß jeder, der sich in die Senke wagte, des Todes war. Und er hatte ihnen ebenso klar und deutlich zu verstehen gegeben, daß die Senke das Reich der Hexenschwestern war, die keine Eindringlinge duldeten. Was also konnte es sein, was diese Geschwister trieb, sich trotz allem in die Senke zu wagen?

Nur die Suche nach einer Wurzel, aus der eine bestimmte Medizin gemacht werden konnte? Er glaubte es nicht. Da steckte mehr dahinter. Und je länger er diesen Gedanken hin und her wendete, desto plausibler schien er ihm. Die beiden waren gewiß nicht so töricht, einem Burschen wie Cephelo die Wahrheit anzuvertrauen; nein, dieser junge Mann ganz sicher nicht – dazu war er zu klug. Sichermal lag in den Tiefen der Hochwarte; was für eine Wurzel wuchs im Bauch eines Berges, in den niemals Sonnenlicht eindrang, um sein Wachstum zu fördern? Aber Zauberkräfte hatten einst in Sichermal gewirkt, das hatte die Hexe ihm zugeflüstert – Zauberkräfte aus einem anderen Zeitalter, längst verloren und vergessen. War es möglich, daß die jungen Elfen hofften, diese Kräfte wiederzuentdecken?

Der alte Mann hielt in seiner Arbeit inne und blickte zu dem immer dunkler werdenden Himmel auf. Das Heulen des Windes in den Bäumen schwoll an. Das wird ein arges Gewitter geben, dachte er. Schlimm für die jungen Elfen, denn das Gewitter würde sie zweifellos überraschen, noch ehe sie die Senke erreichten. Er schüttelte den Kopf. Er wäre ihnen nachgeeilt, wenn er glauben könnte, daß es etwas ausrichten würde. Doch die beiden waren offenbar fest entschlossen. Dennoch, es war arg. Ganz gleich, was sie in Sichermal zu finden hofften, ob Wurzel oder Zauberkraft, sie hätten besser daran getan, das Unternehmen zu vergessen. Denn sie würden es nicht überleben.

Drifter, der zu seinen Füßen lag, hob den Kopf und streckte schnuppernd die Nase in den Wind. Dann knurrte er plötzlich, tief und zornig. Hebel blickte verwundert zu ihm hinunter und sah sich dann um. Die Schatten der Bäume fielen in die Lichtung, aber nichts rührte sich.

Drifter knurrte wieder, und seine Nackenhaare sträubten sich. Mißtrauisch ließ Hebel den Blick schweifen. Da draußen trieb sich etwas herum, hielt sich in der Düsternis des nahenden Gewitters verborgen. Er stand auf und nahm die Axt zur Hand. Vorsichtig machte er sich auf den Weg zu den Bäumen. Drifter begleitete ihn, immer noch knurrend.

Dann aber hielt er an. Er wußte selbst nicht, weshalb er anhielt. Es war einfach so, daß plötzlich etwas Eiskaltes sich in seinen Körper hineinstahl, ihn so schüttelte, daß er kaum stehen konnte. Drifter lag auf dem Bauch zu seinen Füßen und wand sich wimmernd, als sei er geschlagen worden. Der alte Mann bemerkte flüchtige Bewegungen – einen gewaltigen, vermummten Schatten. Eben noch war er da, und gleich darauf war er verschwunden. Eine schreckliche Furcht überfiel ihn, so heftig, daß er nicht die Kraft aufbringen konnte, sie abzuschütteln. Sie hielt ihn mit grausamen Klauen umkrallt, während er hilflos in den finsteren Wald spähte und mit aller Kraft, die noch in ihm war, wünschte, er könnte sich umdrehen und fliehen. Die Axt entglitt seiner Hand und fiel nutzlos zu Boden.

Dann plötzlich verließ ihn das Gefühl, war so rasch verschwunden, wie es gekommen war. Rundum heulte der Wind, und die ersten dicken Regentropfen schlugen ihm in das verwitterte Gesicht. Er holte tief Atem und hob die Axt vom Boden auf. Drifter an seiner Seite, wich er langsam zurück, bis er spürte, wie seine Beine die Werkbank berührten. Da erst blieb er stehen, eine Hand fest im Nackenhaar des großen Hundes verkrallt, um das Zittern zu beruhigen, das ihn schüttelte. Mit entsetzlicher Gewißheit erkannte er, daß er nie zuvor dem Tod so nahe gewesen war.

Noch keine volle Stunde waren Wil und Amberle marschiert, als das Gewitter sie einholte. Erst waren es nur ein paar dicke Tropfen, die durch das dichte Laubdach des Waldes fielen; doch bald wurde ein heftiger Schauer daraus. In Strömen peitschte der Sturm den Regen über den Weg, und krachende Donnerschläge brachen sich in den Bäumen. Das dämmrige Licht, das über dem Pfad lag, verdunkelte sich noch mehr, und wasserschwere Äste neigten sich herab und versperrten ihnen den Weg. Innerhalb von Minuten waren sie bis auf die Haut durchnäßt, da sie ihre Umhänge genau wie ihre übrigen Sachen im Wagen der Fahrensleute zurückgelassen hatten. Die dünnen Gewänder, die man ihnen statt dessen gegeben hatte, klebten ihnen auf der Haut. Doch da sie gegen all diese Unbilden nichts tun konnten, zogen sie einfach die Köpfe zwischen die Schultern und marschierten weiter.

Mehrere Stunden lang fiel der Regen; nur ab und zu trat eine kurze Pause ein, trügerische Verheißung auf ein baldiges Ende des Gewitters. Wil und Amberle aber wanderten tapfer weiter, während ihnen das Wasser am Körper herunterrann, der Schlamm an ihren Stiefeln klebte. Unverwandt hielten sie die Augen auf den durchweichten Pfad gerichtet. Als der Regen dann endlich wirklich verebbte und das Gewitter nach Osten abzog, stiegen Nebel aus den Wäldern auf und verdichteten die graue Düsternis. Bäume und Büsche hoben sich schwarz und glänzend aus den Nebenschleiern, und das Tropfen des Wassers klang laut in der Stille. Der Himmel blieb dunkel und wolkenverhangen; im

Osten rollte noch immer der Donner. Als der Nebel noch dichter wurde, mußten die beiden Wanderer ihre Schritte verlangsamen.

Nun begann der Pfad sich abwärts zu neigen, in einem leichten Gefälle zunächst, das kaum wahrnehmbar war, mit der Zeit jedoch immer steiler wurde. Wil und Amberle rutschten auf dem glitschigen Schlammboden abwärts, während sie hoffnungsvoll in die Finsternis spähten, die vor ihnen lag, und doch nichts entdeckten, als den dunklen Tunnel des Pfades und die schwarze Mauer der Bäume. Noch stiller war es jetzt geworden, da selbst das Summen der Insekten verstummt war.

Plötzlich dann, so unvermittelt, als hätte jemand einen Schleier gelüftet, teilten sich die Bäume des Waldes, der Hang wurde eben, und vor ihnen dehnte sich die große, dunkle Mulde der Senke. Wil und Amberle blieben mitten auf dem schlammigen Weg stehen und starrten hinunter in das beeindruckende Tal. Sie wußten sogleich, daß sie die Senke gefunden hatten; diese riesige Schlucht schwarzen Waldes konnte nichts anderes sein. Es war, als wären sie auf einen riesigen, stillen See gestoßen, der ruhig und leblos dalag und dessen dunkle Oberfläche von undurchdringlicher Vegetation überwuchert war, so daß man seine Wasser nicht mehr sehen konnte. Aus der schattendunklen Mitte ragte die Hochwarte zum Himmel auf, eine einsame Felsnadel, die kahl und zerklüftet die Finsternis durchbohrte. Die Senke war so trostlos wie ein offenes Grab, das von Tod sprach.

Schweigend standen Wil und Amberle am Rande der Senke und kämpften gegen das aufsteigende Gefühl der Abwehr, das mit jedem Augenblick wuchs, während sie in die lautlose Schwärze hinabblickten.

»Da müssen wir hinunter«, flüsterte Wil schließlich.

Amberle nickte. »Ich weiß.«

Suchend blickte er sich nach einem Weg um, dem sie folgen konnten. Ihr Pfad schien ein Stück weiter vorn ganz aufzuhören. Doch als Wil ein paar Schritte ging, sah er, daß er doch nicht versiegte, sondern sich teilte, um sich in zwei neuen Pfaden abwärts zu winden. Wil zögerte, während er die beiden Wege musterte und überlegte, auf welchem man wohl leichter in die Senke hinuntergelangen könnte. Schließlich entschied er sich für den Pfad, der nach links führte. Er hielt Amberle seine Hand entgegen, und sie umschloß sie fest. Dann gingen sie los, Wil voraus. Immer wieder geriet er ins Rutschen, als unter ihm Steinbrocken und durchweichte Erde nachgaben. Amberle blieb dicht hinter ihm, und so tasteten sie sich vorsichtig vorwärts.

Da verlor Wil plötzlich den Halt und stürzte, Amberle mit sich reißend. Sie stolperte abwärts über seine Beine und fiel kopfüber vom schlammigen Pfad, um mit einem Angstschrei im Waldesdunkel zu verschwinden. Angstvoll kroch Wil ihr nach, kämpfte sich durch dichtes Gestrüpp, das sich in seine Kleider verhakte und ihm das Gesicht zerkratzte. Er hätte Amberle vielleicht nie gefunden, hätte sie nicht die leuchtenden Kleider der Fahrensleute getragen. Plötzlich gewahrte er etwas Rotes in der Dunkelheit.

Sie lag eingeklemmt zwischen zwei Büschen, atemlos, das Gesicht von Schlamm verschmiert. Ihre Augen flackerten unsicher, als er sie berührte.

»Wil?«

Er half ihr, sich aufzusetzen, und hielt sie in seinen Armen.

»Alles in Ordnung? Hast du dir weh getan?«

»Nein, ich glaube nicht.« Sie lächelte. »Du bist ziemlich tolpatschig, weißt du das?«

Er nickte, lachend vor Erleichterung.

»Komm, jetzt steh erst einmal auf.«

Er legte seinen Arm um ihre Taille und hob sie hoch. Ihr zierlicher Körper war so leicht wie eine Feder. Sacht ließ er sie zu Boden gleiten, doch da schrie sie auf und sank wieder zu Boden, während ihre Hand an ihren Knöchel griff.

»Ich hab' mir den Fuß verstaucht.«

Wil betastete den Knöchel.

»Gebrochen ist nichts«, stellte er fest. Er ließ sich neben ihr nieder. »Wir können ja eine Weile rasten und dann weitergehen. Ich kann dir den Hang runterhelfen; ich kann dich auch tragen, wenn es anders nicht geht.«

Sie schüttelte den Kopf.

»Ach, Wil, es tut mir so leid. Ich hätte vorsichtiger sein sollen.«

»Du? Ich bin doch gestürzt!« Er lachte, in dem Bemühen sie aufzumuntern. »Na, vielleicht kommt eine von den Hexenschwestern vorbei und hilft uns.«

»Das ist gar nicht komisch.« Amberle machte ein unwilliges Gesicht und sah sich ängstlich um. »Vielleicht sollten wir bis zum Morgen warten, bevor wir weiter hinuntersteigen. Vielleicht schmerzt mein Knöchel bis dahin nicht mehr so. Außerdem müßten wir die Nacht da unten verbringen, wenn wir jetzt noch hinunterklettern, und das verlockt mich wirklich nicht.«

Wil nickte. »Mich auch nicht. Warten wir ruhig bis morgen. Es wird früh genug wieder hell.«

»Vielleicht sollten wir bis zum oberen Rand zurücksteigen.« Hoffnungsvoll sah sie ihn an.

Wil lächelte. »Glaubst du wirklich die Geschichten, die der Alte erzählt hat? Glaubst du wirklich, daß da unten Hexen hausen?«

»Du nicht?« fragte sie leise.

Er zögerte, dann zuckte er die Schultern.

»Ich weiß nicht. Vielleicht. Ja, doch, ich glaube schon. Es gibt kaum noch etwas, was ich nicht glaube.« Er beugte sich ein wenig vor und umschlang die angezogenen Beine mit den Armen. »Wenn es da unten Hexen gibt, dann kann ich nur hoffen, daß sie vor Elfensteinen Angst haben. Das ist nämlich so ziemlich der einzige Schutz, den wir noch haben. Aber wenn ich die Steine gebrauchen muß, um den Hexen Angst zu machen, kann's natürlich passieren, daß wir erst richtig in Schwierigkeiten geraten.«

»Ich glaube nicht«, versetzte sie ruhig.

»Du bist immer noch überzeugt, daß ich ihre Kräfte beherrschen kann, nicht wahr – sogar nach dem, was auf dem Pykon passiert ist?«

»Ja. Aber du solltest die Steine besser nicht einsetzen.«

Er sah sie an. »So eine Bemerkung hast du schon einmal gemacht. Nach der Geschichte im Tirfing, als wir am Mermidon rasteten. Du machtest dir Sorgen um mich. Du sagtest, ich solle die Steine nicht mehr gebrauchen, selbst wenn ich dich nur dadurch retten könnte.«

»Ja, das weiß ich noch.«

»Und später, als wir vom Pykon flohen, erzählte ich dir, daß ich keine Macht mehr über die Steine habe, daß mir ihre Kräfte nicht mehr zugänglich sind, daß mein Elfenblut nicht stark genug ist. Da sagtest du, ich solle in meinem Urteil über mich nicht so vorschnell sein – du hättest Vertrauen zu mir.«

»Ja, das weiß ich auch noch.«

»Dann sieh dir doch mal an, was du gesagt hast. Ich glaube, ich sollte die Steine gebrauchen, glaube aber nicht, daß ich dazu fähig bin. Du glaubst, daß ich es vermag, findest aber, ich sollte sie lieber nicht gebrauchen. Merkwürdig, nicht?« Er schüttelte den Kopf. »Und wir wissen immer noch nicht, wer von uns beiden recht hat. Da sind wir nun beinahe am Ziel, und ich weiß immer noch nicht –«

Er brach ab, als ihm bewußt wurde, was er da sagte.

»Es ist ja auch nicht wichtig«, schloß er und wandte sich von ihr ab. »Am besten ist es, wir erfahren es nie. Am besten ist es, sie werden meinem Großvater zurückgegeben.«

Danach schwiegen sie eine Weile. Beinahe gedankenlos griff Wil unter den Kittel und nahm den Beutel mit den Elfensteinen heraus. Er wog ihn sinnend in der Hand und wollte ihn eben wieder einstecken, als ihm auffiel, daß die Steine sich irgendwie merkwürdig anfühlten. Stirnrunzelnd öffnete er die Zugschnur und ließ die Steine in seine geöffnete Hand gleiten. Es waren drei gewöhnliche Kieselsteine.

»Wil!« rief Amberle entsetzt.

Wil starrte auf die Kieselsteine wie gelähmt. Er sprach kein Wort, doch seine Gedanken rasten.

»Cephelo«, flüsterte er schließlich. »Cephelo. Irgendwie hat er es geschafft, die Steine zu vertauschen. Heute nacht wahrscheinlich, während ich schlief. Ja, nur da kann es geschehen sein. Am Morgen in Grimpen Ward waren sie noch im Beutel. Da hab' ich nachgesehen.« Langsam stand er auf, während er immer noch sprach. »Aber heute morgen hab' ich es vergessen. Ich war so hundemüde gestern abend – und du bist ja praktisch augenblicklich eingeschlafen. Er muß etwas ins Bier gemischt haben, um ganz sicherzugehen, daß ich nicht erwachen würde. Kein Wunder, daß er es so eilig hatte, uns loszuwerden. Kein Wunder, daß er Hebels Warnungen so herunterspielte. Er wäre glückselig, wenn wir nie wieder auftauchen würden. Die Belohnung bedeutete ihm gar nichts. Die Elfensteine wollte er haben. Von Anfang an.«

Leichenblaß im Gesicht, schickte er sich an, den Pfad hinaufzusteigen. Dann fiel ihm plötzlich Amberle ein. Hastig machte er kehrt und hob sie in seine Arme. Das Mädchen fest an sich gedrückt, rannte er stolpernd zum Rand der Senke hinauf. Dort sah er sich kurz um, dann ging er zu einer Gruppe hoher Büsche und Sträucher, die ein paar Schritte abseits vom Pfad stand. Im Schutz der dichtbelaubten Zweige ließ er das Elfenmädchen zur Erde hinunter.

»Ich muß zurück und die Elfensteine holen«, erklärte Wil ruhig. »Kann ich dich hier zurücklassen?«

»Wil, du brauchst die Steine nicht.«

Er hob abwehrend die Hand.

»Wenn wir das nachprüfen wollen, dann möchte ich auf jeden Fall die Steine in meiner Hand halten. Du hast gehört, was der alte Mann über die Senke erzählt hat. Die Steine sind unser einziger Schutz.«

Amberles Gesicht war leichenblaß geworden.

»Cephelo bringt dich um.«

»Vielleicht. Vielleicht ist er inzwischen so weit, daß ich ihn gar nicht mehr einholen kann. Aber ich muß es versuchen, Amberle. Wenn ich ihn bis zum Morgengrauen nicht gefunden habe, dann kehre ich um, das verspreche ich dir. Mit oder ohne die Steine, ich gehe mit dir zusammen in die Senke hinunter.«

Sie wollte noch etwas erwidern, aber dann brach sie ab. Tränen rannen ihr über die Wangen. Sie hob die Hände, um sein Gesicht zu berühren.

»Du liegst mir am Herzen«, flüsterte sie. »Wirklich.«

Er sah sie erstaunt an. »Amberle!«

»Geh«, drängte sie ihn mit brüchiger Stimme. »Cephelo hat sicher schon sein Nachtlager aufgeschlagen. Du kannst ihn vielleicht noch einholen, wenn du dich sputest. Aber sei vorsichtig, Wil Ohmsford – gib dein Leben nicht töricht hin. Komm zu mir zurück.«

Sie stellte sich auf die Zehenspitzen und küßte ihn.

»Geh jetzt. Schnell!«

Noch einen Lidschlag lang blickte er sie wortlos an, dann sprang er durch die Büsche auf den Pfad hinaus. Ohne noch einmal zurückzublicken, lief er los und war nach Sekunden in der Finsternis des Waldes verschwunden.

Am fühen Morgen jenes Tages, an dem Wil und Amberle den Verlust der Elfensteine bemerkten, griffen die Dämonen Arborlon an. Mit ohrenbetäubendem Geheul, das die morgendliche Stille zerfetzte und in den Wäldern des Tieflands widerhallte, stürzten sie aus dem Schutz der Bäume hervor, eine gewaltige Flutwelle verkrüppelter, buckliger Leiber, die den Carolan seiner ganzen Länge nach bedrohte. In tollwütigem Haß, der weder Vorsicht noch Vernunft kannte, strömten die Geschöpfe der Finsternis aus der Dunkelheit der Wälder und warfen sich in die Wasser des Singenden Flusses. Wie ein riesiger Fleck, der sich auf den blauen Wellen ausbreitete, füllten sie den Fluß, große und kleine, flinke und schwerfällige, springende, kriechende, sich windende Wesen, die durch die rasch dahinfließende Strömung wogten. Viele suchten den Fluß schwimmend zu durchqueren, schlugen wie rasend um sich, um das andere Ufer zu erreichen. Jene, die leicht und wendig waren, schwebten über den Wellen dahin, sprangen auf dem Wasser oder glitten auf der Fläche des Wassers vorwärts. Andere, von solch gewaltiger Größe, daß sie den Fluß durchwaten konnten, schlurften und stampften schwerfällig durch das Wasser, Schnauzen und Mäuler weit emporgereckt. Viele fuhren auf Flößen oder in roh zusammengezimmerten Booten, stakten blind und ziellos und grapschten nach allem, was ihnen in den Weg kam, um sich entweder an Land ziehen oder auf den Grund des Flusses hinunterreißen zu lassen. Wahnsinn, der aus Ohnmacht und Haß geboren war, packte die Dämonenhorden. Diesmal würden sie den Feind, der sie am anderen Ufer erwartete, mit Sicherheit vernichten.

Doch die Elfen blieben besonnen und verloren nicht den Kopf.

Ein weniger entschlossenes Heer hätte sich vielleicht von der riesigen Zahl und der wilden Raserei der Horden, die da heranstürmten, entmutigen lassen; nicht so die Elfen. Dies sollte die entscheidende Schlacht werden. Hier verteidigten sie ihre Hauptstadt, das Herz des Landes, das seit Bestehen der Rassen das ihre war. Alles, was westlich des Singenden Flusses lag, war verloren. Doch Arborlon würden sie nicht preisgeben. Lieber wollten sie kämpfen und bis auf den letzten Mann untergehen, als sich aus ihrem Heimatland vertreiben lassen und als Ausgestoßene in fremden Landen zu leben, von ihren Verfolgern gehetzt wie Tiere.

Auf der Höhe der Befestigungsanlagen des Elfitch stand Andor Elessedil und beobachtete das wogende Meer von Dämonen, das sich heranwälzte. An seiner Seite stand Allanon. Beide Männer schwiegen. Nach einer Weile hob Andor den Blick. Hoch oben tauchte aus dem klaren Blau des frühen Morgens ein dunkler Punkt, wurde größer, als er sich in weiten Kreisen abwärts senkte, und nahm schließlich Gestalt an. Es waren Dayn und sein Rock Dancer. Abwärts schwebten sie, glitten über die Felsklippen des Carolan, um schließlich auf der Rampe oberhalb von Andor und dem Druiden zu landen. Dayn sprang hastig vom Rücken des Riesenvogels und eilte zu dem Elfenprinzen.

»Wie viele?« fragte Andor sogleich.

Dayn schüttelte den Kopf.

»Nicht einmal die Wälder und der Nebel können sie alle verbergen. Die, die wir hier vor uns sehen, sind im Vergleich dazu nur eine Handvoll.«

Andor nickte. So viele, ging es ihm bedrückend durch den Kopf. Er versagte es sich, den Druiden anzusehen.

»Haben sie die Absicht, uns über die Flügel anzugreifen, Dayn?«

Der Himmelsreiter schüttelte wieder den Kopf.

»Sie marschieren direkt gegen den Carolan – alle.« Er warf einen Blick hinunter auf die angreifenden Dämonen, die sich in den Wassern des Singenden Flusses wälzten. Dann machte er kehrt und schickte sich an, wieder den Wall hinaufzusteigen. »Ich lasse Dancer noch ein paar Minuten rasten, dann fliege ich zurück und sehe mir alles noch einmal an. Viel Glück, Herr!«

Andor hörte ihn kaum.

»Wir müssen sie hier halten«, murmelte er beinahe zu sich selbst.

Unten tobte schon die Schlacht. Am Ufer des Flusses standen in dichten Reihen die Bogenschützen des Elfenheeres, und ihre Langbogen summten und vibrierten, während ein Hagelschauer von Pfeilen nach dem anderen auf die Masse wogender Leiber in den Wassern des Singenden Flusses niederging. Von jenen Ungeheuern, die mit Schuppen und Lederhäuten gepanzert waren, prallten die Pfeile ab, ohne Schaden anzurichten; viele aber fanden auch ihr Ziel, und die Schreie der Getroffenen übertönten schrill das Geheul der Angreifer. Dunkle Körper bäumten sich auf und versanken in den brodelnden Wassern, um von den nachfolgenden Wellen wütender Angreifer auf den Grund des Flusses gestampft zu werden. Pfeile mit Feuerspitzen schlugen in Boote, Flöße und Holzblöcke ein. Doch die meisten wurden rasch gelöscht, und die Wasserfahrzeuge brandeten weiter voran. Immer wieder schossen die Bogenschützen in die voranstürmenden Horden hinein, die aus den Wäldern in den Fluß strömten, doch die Dämonen ließen nicht locker. Das ganze westliche Ufer und der Fluß waren schwarz von den Ungeheuern.

Da stieg auf der Höhe des Carolan ein vielstimmiger Schrei auf, und Freudenrufe schallten durch den Morgen. Im Zwielicht des frühen Morgens wandten die Elfen die Köpfe in die Richtung, um zu sehen, was es gab. Ungläubigkeit und Freude spiegelten sich auf ihren Gesichtern, als ein hochgewachsener, grauhaariger Reiter auftauchte. Von Mund zu Mund pflanzten sich die Freudenrufe fort bis hinunter zu den vordersten Linien am Singenden Fluß.

»Eventine! Eventine!«

Die Elfen waren wie verwandelt, von neuer Hoffnung, neuem Glauben, neuem Leben erfüllt. Denn hier war der König, der beinahe sechzig Jahre über sie geherrscht hatte – für viele ihr ganzes Leben lang. Hier war der König, der gegen den Dämonen-Lord in den Kampf gezogen war und schließlich über ihn triumphiert hatte. Hier war der König, der sein Volk sicher durch jede

Krise geführt hatte. Am Halys-Joch verwundet, schon verloren geglaubt, war er zu ihnen zurückgekehrt. Da konnte das Böse, ganz gleich, wie ungeheuerlich es war, nicht siegen.

Eventine!

Und doch stimmte da etwas nicht. Andor erkannte es, sobald sein Vater vom Pferd stieg und zu ihm trat. Dies war nicht, wie das Volk glaubte, der alte Eventine. Er sah in den Augen des Königs eine Distanz, die den Herrscher der Elfen von allem trennte, was rund um ihn geschah. Es war, als habe er sich in sich selbst zurückgezogen, nicht aus Furcht oder Unsicherheit, denn diese konnte er meistern, sondern aus einer tiefen Traurigkeit heraus, die seinen Lebensmut gebrochen zu haben schien. Gewiß, er sah stark aus, die Maske seines Gesichts zeigte Entschlossenheit und eisernen Willen, und er begrüßte jene um ihn herum mit den alten, vertrauten Worten der Ermutigung. Doch die Augen verrieten den Schmerz, die Trostlosigkeit, die sich in seinem Herzen breitgemacht hatten. Sein Sohn las es in ihnen und bemerkte, daß auch Allanon es las. Es war nur die leibliche Hülle des Königs, die an diesem Morgen heranritt, um seinem Volk nahe zu sein. Vielleicht hatten der Tod Arions und Kael Pindanons diese Zerstörung angerichtet; vielleicht die Verwundung, die er am Halys-Joch erlitten hatte, die Niederlage seines Heeres dort, oder die schreckliche Verheerung seines Landes; wahrscheinlich war die Ursache all dies zusammen und noch etwas – der Gedanke an die Niederlage, das Wissen, daß, sollten die Elfen diese Schlacht verlieren, ein Unheil über die Vier Länder hereinbrechen würde, das niemand aufhalten konnte, das über alle Rassen herfallen und sie verschlingen würde. Die Verantwortung dafür, dies zu verhindern, lag bei den Elfen, und bei keinem mehr als bei ihm, Eventine, denn er war ihr König.

Andor verbarg die Trauer, die er empfand, und umarmte seinen Vater mit Wärme. Dann trat er zurück und hielt den Ellcrys-Stab hoch.

»Das gehört Euch, Herr!«

Eventine schien einen Moment lang zu zögern, dann schüttelte er langsam den Kopf.

»Nein, Andor. Er gehört jetzt dir. Du mußt ihn für mich

tragen.«

Stumm betrachtete der Elfenprinz seinen Vater. In den Augen des alten Mannes gewahrte er etwas, was ihm zuvor entgangen war. Sein Vater wußte. Er wußte, daß er nicht gesund war, wußte, daß in ihm eine Veränderung vorgegangen war. Er mochte den anderen etwas vorspielen, seinem Sohn gegenüber wollte er es nicht.

Andor nahm den Stab an sich.

»Dann stellt Euch zu mir auf den Wall, Herr«, bat er leise.

Sein Vater nickte, und zusammen stiegen sie zum Wall hinauf.

Unten eroberten in diesem Augenblick die ersten Dämonen das Ostufer des Singenden Flusses. Mit Wutgeschrei hoben sie sich aus dem Wasser und rannten gegen die Lanzen und Piken an, die hinter den Verschanzungen der Elfen warteten. Bald wälzten sich überall, an der gesamten Verteidigungslinie entlang, Dämonen aus den dunklen Wassern des Singenden Flusses. Gehörnt und klauenbewehrt, mit reißenden Zähnen und aufgerissenen Rachen stürzten sie sich auf die Verteidiger, die ihnen den Weg versperrten. In der Mitte der Abwehrmauer stellten sich Stee Jans und die Reste der Freitruppe dem Ansturm der Dämonen entgegen. An der vordersten Front stand der hünenhafte Grenzländer mit dem roten Haar, das breite Schwert hoch erhoben. An den Flügeln ermutigten Ehlron Tay und Kerrin von der Leibgarde ihre Soldaten, tapfer auszuharren.

Doch schließlich konnten sie dem Ansturm der Dämonenhorden nicht mehr widerstehen. Die Linien gerieten ins Wanken. Riesenhafte Ungeheuer brachen durch die Abwehrmauer und schlugen Breschen in die niedrigen Schanzwälle, um den Nachkommenden den Weg freizumachen. Die Wasser des Singenden Flusses waren schwarz von Dämonenblut und verkrümmt dahintreibenden Leibern. Doch für jeden, der fiel, kamen drei neue. Oben beim Tor der zweiten Terrasse des Elfitch gab Andor den Befehl zum Rückzug. Rasch gaben die Elfen und ihre Verbündeten die einstürzende Flußmauer auf und glitten in den dahinter liegenden Wald, um auf geheimen Pfaden die Sicherheit der Rampe zu erreichen. Noch bevor die Dämonen sich's versahen, hatten sich die Verteidiger hinter die schützenden Mauern der

Rampe zurückgezogen, und das Tor schloß sich hinter ihnen.

Augenblicklich jagten die Dämonen ihnen nach. In wilden Scharen strömten sie durch den Wald am Fuß der Felsen und verfingen sich in Hunderten von Netzen und Fallen, die die Elfen dort gelegt hatten. Viele stürzten auch in die mit Laub und Zweigen getarnten Gruben, welche die Elfen ausgehoben hatten. Einige Augenblicke lang geriet der Sturmangriff ins Stocken. Doch als die Zahl der Dämonen am Flußufer sich mehrte, überrannten die nachfolgenden Massen jene ihrer Brüder, die in die Fallen geraten waren, und wälzten sich schon die Rampe des Elfitch herauf. Rasch hatten sie sich gesammelt und griffen an. Nebeneinander und übereinander erklommen sie in Schwärmen die Mauern und ergossen sich über die Verschanzungen der unteren Stufe. Die Elfen wurden zurückgetrieben; ehe das Tor zur zweiten Stufe geschlossen werden konnte, war das erste gefallen.

Und immer noch stürmten die Dämonen vorwärts, schoben sich in gewaltiger Flut die Rampe herauf zum zweiten Tor. Sie zogen sich an den Wällen hoch und erklommen selbst die schroffe Felswand wie die Insekten. Ein wogendes Getümmel kreischender, heulender Ungeheuer wälzte sich die Rampe und die Felswand herauf. Die Elfen waren voller Entsetzen. Der Fluß hatte die Dämonen nicht aufhalten können. Die Verschanzungen an seinem Ufer waren innerhalb von Minuten überrannt worden. Jetzt war die erste Stufe des Elfitch verloren, und selbst die Felswand schien die Ungeheuer nicht abhalten zu können. Es sah aus, als würden sich all ihre Abwehrmaßnahmen als nutzlos erweisen.

Dämonenleiber prallten krachend gegen das zweiflügelige Tor der zweiten Rampe. Krallen schlugen sich in das Holz, und die Ungeheuer zogen sich aufwärts. Lanzen und Piken stießen hernieder und spießten die Angreifer auf. Die beiden Flügel des Tores senkten sich in ihren Angeln, doch diesmal hielten die Verteidiger die Stellung. Eisen und schwere Taue verstärkten das Tor. Schmerzgeheul und Todesschreie bebten in der Luft, und das Dämonenheer ballte sich zu einer Masse zuckender Leiber zusammen, die sinnlos gegen die Mauern der Rampe anrannten.

Eine Handvoll von Furien sprang plötzlich aus der Mitte der wogenden Massen, geschmeidige graue Wesen, deren Katzenfrauen-Gesichter verzerrt waren vor Haß. Die Verteidiger schreckten vor ihnen zurück, als sie auf den Wall sprangen, fauchend ihre Krallen in die nächststehenden Elfen schlugen, die laut aufschrien vor Angst und Entsetzen. Da aber schoß Allanons blaues Feuer züngelnd unter die Furien und trieb sie auseinander. Die Elfen griffen ohne Zögern an und schleuderten die gräßlichen Katzenwesen von den Mauern.

Der Druide und die Elessedils stiegen hinauf zum dritten Tor. Von dort aus beobachteten sie, wie der Angriff der Dämonen an Kraft gewann. Aber noch immer hielten die Elfen die Stellung, unterstützt von den Bogenschützen, die von den oberen Rampen ihre gefiederten Pfeile herabschnellen ließen. Überall rund um die Rampe des Elfitch hingen Dämonen in Schwärmen in der Felswand und arbeiteten sich langsam und mühsam aufwärts zur Höhe. Von oben schleuderten die Zwergenpioniere Felsbrocken hinunter, um die schwarzen Ungeheuer mit in den Abgrund zu stürzen. Einer nach dem anderen sausten die Dämonen heulend in die Tiefe.

Da hob sich plötzlich ein gewaltiger Dämon aus der Mitte der Angreifer, die gegen das Tor der zweiten Rampe anrannten; ein riesiges Geschöpf mit Schuppenpanzer, das auf zwei Beinen stand wie ein Mensch, aber den Leib und den Kopf einer gigantischen Eidechse hatte. Wutschnaubend warf es sich mit der ganzen Kraft seines Körpers gegen das Tor, so daß die Eisenstangen brachen und die Angeln sich lockerten. Mit dem Mut der Verzweiflung versuchten die Elfen, es zurückzudrängen, doch das unförmige Ungeheuer schüttelte die Hiebe und Stiche ab, und die Waffen der Elfen brachen an seinem gepanzerten Leib. Ein zweites Mal warf es sich gegen das Tor, und diesmal sprang es auf, und seine Flügel stürzten auf die Elfen herab. Die Verteidiger fielen sogleich zurück und flohen den Elfitch hinauf zur dritten Terrasse, wo das nächste Tor offenstand, um sie schützend aufzunehmen. Das Eidechsenwesen und seine Brüder jagten den Fliehenden hinterher.

Eine Zeitlang schien es, als würde es den Elfen nicht gelingen, das Tor zur dritten Rampe zu schließen, bevor die Dämonen es erreichten. Da tauchte Stee Jans vor dem Tor auf. Mit einem gewaltigen Speer in den Händen, von den Soldaten seiner Truppe und einer Handvoll Leibgardisten flankiert, trat er den vorwärts stürmenden Dämonen entgegen.

Das riesige Eidechsenungeheuer ließ sich nach vorn fallen und versuchte, ihn zu packen. Doch der Grenzländer war flink und geschmeidig. Er wich dem Angriff des Ungeheuers behende aus und stieß ihm gleichzeitig den Speer aufwärts in den aufgerissenen Rachen. Fauchend und speiend bäumte sich die Riesenechse auf den Hinterbeinen auf. Der Schaft des Speeres ragte aus seinem gewaltigen Haupt. Klauenhände grapschten nach dem Befehlshaber der Freitruppe, doch seine Soldaten und die Elfen umringten ihn und wehrten Schläge und Hiebe ab. Innerhalb von Sekunden waren sie wieder in der Sicherheit des Walls, und das Tor schloß sich hinter ihnen.

Die Riesenechse stand noch einen Moment lang in der Mitte der Rampe und mühte sich, den Speer aus ihrem Kopf herauszuziehen. Dann aber brach das Ungeheuer inmitten seiner Brüder zusammen, riß sie mit sich die Rampe hinunter, als es über den Wall stürzte und in den Wald darunter fiel.

Heulend vor Wut und Haß griffen die Dämonen von neuem an. Doch der erste Schwung war verloren. Über die Länge des Elfitch verteilt, schienen sie nicht fähig, sich zu einem gemeinsamen Vorstoß zu sammeln. Der Größte und Gewaltigste unter ihnen war getötet worden; ein anderer war nicht da, um seinen Platz einzunehmen. Und so verharrten sie unschlüssig innerhalb der Mauern der unteren Rampe. Ermutigt von der Unerschrockenheit der Freitruppe und ihrer eigenen Leibwache, warfen die Elfen sie zurück. Pfeile und Speere schlugen tausend Wunden, und Hunderte schwarzer Leiber brachen auf der Rampe zusammen. Immer noch drängten die Dämonen nach, doch sie waren jetzt verwirrt und leicht angreifbar.

Andor erkannte seine Möglichkeit. Er gab das Signal zum Gegenangriff. Auf Kerrins Befehl wurde das Tor zur dritten Rampe weit geöffnet, und die Elfen stürmten heraus. Mitten hinein in das Gewoge der Dämonen stürzten sie sich und trieben die schrecklichen Feinde den Elfitch hinunter, zurück durch das zerschmetterte Tor der zweiten Rampe. Und als die Rampe leergefegt war, jagten sie die Dämonen weiter hinunter bis zum unteren Tor. Erst da sammelten sich die Dämonen wieder. Und nun griffen sie von neuem an, verstärkt von den Tausenden, die der Singende Fluß noch immer ausspie. Nur einen Moment lang hielten die Elfen stand, dann zogen sie sich zum Tor der zweiten Stufe zurück. Sie befestigten es erneut mit Eisenstangen und schweren Holzbalken und warteten auf den Ansturm der Dämonen-Horden.

So wogte die Schlacht den ganzen Tag bis in den Abend hinein. Auf und nieder tobte der Kampf, vom Fuß des Carolan-Felsens bis hinauf zum Tor der dritten Stufe. Elfen und Dämonen hieben mit schrecklicher Wut aufeinander ein, es gab kein Erbarmen. Zweimal eroberten die Dämonen das zweite Tor zurück und stürmten gegen das dritte an. Zweimal wurden sie bis zum Fuß des Felsens zurückgetrieben. Tausende starben. Die Zahl der Toten allerdings war bei den Dämonen ungleich größer als bei den Elfen und ihren Verbündeten; denn die Dämonen kämpften, ohne ihres eigenen Lebens zu achten. Aber auch unter den Elfen gab es Verluste, und die Zahl der Kämpfer wurde stetig kleiner, während die der Dämonen immer noch zu wachsen schien.

Ganz plötzlich dann gaben die Dämonen ihre Angriffe auf. Nicht daß sie Hals über Kopf geflohen wären, nein, langsam, widerwillig, fauchend und knurrend wichen sie den Elfitch hinunter zurück und verschwanden in den Wäldern. Schwarze Leiber kauerten sich im schattigen Dunkel der Nacht zusammen, hockten reglos und schweigend da, als erwarteten sie ein bestimmtes Ereignis. Hinter den Toren und Wällen des Elfitch und vom Rand des Carolan spähten die erschöpften Verteidiger in die Finsternis hinunter. Sie fragten nicht nach den Gründen für den Rückzug der Dämonen; sie waren einfach froh und dankbar dafür.

In derselben Nacht, kaum zwei Stunden nachdem die Dämonen sich in das Waldesdunkel zu Füßen des Carolan zurückgezogen hatten, kam ein Bote zu Eventine und Andor, die sich im Hohen

Rat mit den Ministern des Elfenreichs berieten. Mit aufgeregter Stimme verkündete er, daß ein Heer von Bergtrollen aus dem Kershal eingetroffen sei.

Eilig verließen der König und sein Sohn das Gebäude. Im Hof erwartete sie die überraschend eingetroffene Truppe. Bis in die letzte Ecke drängten sich Reihen kräftiger, knorriger Gestalten, die in Leder und Eisen gekleidet waren. Breite Schwerter und Speere schimmerten im qualmenden Licht der Fackeln, und aus kantigen Gesichtern blickten tiefliegende Augen die erstaunten Elfen an.

Der Befehlshaber trat vor, ein riesenhafter Troll mit einer großen, zweischneidigen Streitaxt auf dem Rücken. Mit einem flüchtigen Blick auf die anderen Elfen, die dem König und seinem Sohn hinaus gefolgt waren, stellte er sich vor Eventine auf.

»Ich bin Amantar, Maturen dieses Heeres«, erklärte er, den rauen Dialekt der Trolle sprechend. »Wir sind fünfzehnhundert Mann stark, König Eventine. Wir sind gekommen, den Elfen Beistand zu leisten.«

Eventine war sprachlos. An die Hilfe der Trolle hatten sie nicht mehr geglaubt; die Nordländer, hatten sie gedacht, zögen es vor, sich aus diesem Konflikt herauszuhalten. Sie jetzt hier zu sehen, nachdem man schon alle Hoffnung auf fremden Beistand aufgegeben hatte...

Amantar sah die Überraschung des alten Königs.

»König Eventine, Ihr müßt wissen, daß Eure Bitte um Beistand gründlich bedacht wurde«, brummte er leise. »Immer zuvor haben Trolle und Elfen gegeneinander gekämpft; immer sind wir Feinde gewesen. Das läßt sich nicht mit einem Schlag vergessen. Doch für jeden gibt es eine Zeit zum Neuanfang. Diese Zeit ist nun für Elfen und Trolle gekommen. Wir wissen von den Dämonen. Es ist schon zu vereinzelten Zusammenstößen mit ihnen gekommen. Es hat Verwundete und Tote gegeben. Die Bergtrolle wissen um die Gefahr, die die Dämonen darstellen. Die Dämonen sind ein ebenso großes Unheil wie der Dämonen-Lord und die Geschöpfe des Schädelreiches. Solches Unheil ist eine Bedrohung für uns alle. Deshalb müssen Elfen und Trolle ihre Differenzen vergessen und gemeinsam diesem Feind entgegentreten. Wir sind bloß gekommen, Euch zur Seite zu stehen.«

Nachdem Amantar geendet hatte, ließ er sich mit gemessener Bewegung auf die Knie nieder, um so, nach der Art der Trolle, seine Treue zu beschwören. Seine Männer taten es ihm nach, knieten schweigend vor Eventine nieder.

Andor entgingen die Tränen nicht, die dem alten Mann plötzlich in die Augen traten. In diesem Moment kehrte Eventine ganz zurück von dem Ort, an den er sich zurückgezogen hatte, und in seinem Gesicht leuchteten Hoffnung und Stolz auf. Langsam legte er seine rechte Hand aufs Herz, den Treueschwur der Trolle auf Elfenart erwidernd. Amantar erhob sich, und die beiden Männer reichten einander die Hand.

Andor hätte am liebsten aus vollem Herzen gejubelt.

Unter einem verhangenen Nachthimmel, hinter dessen jagenden Wolken sich Mond und Sterne nur flüchtig zeigten, schritt Allanon allein über die schmalen Pfade im Garten des Lebens. Einsam und still glitt seine hochgewachsene Gestalt durch die kühle, von Düften schwere Dunkelheit der Blumenterrassen und blühenden Hecken. Den Kopf gesenkt, die Arme in den tiefen Falten seines langen schwarzen Gewandes verborgen, wanderte er dahin. Sein hartes Gesicht war im Schatten der Kapuze verborgen, und seine schmalen Züge waren von Linien tiefer Sorge und bitterer Entschlossenheit gezeichnet. In dieser Nacht nämlich ging er zu einem Stelldichein mit dem Tod.

Er ging zum Fuß des Hügels, der von den Soldaten der Schwarzen Wache umringt war. Ungeduldig hob er eine Hand und glitt so rasch und leicht wie ein flüchtiger Gedanke zwischen ihnen hindurch. Sie sahen ihn nicht. Langsam erklomm er die Höhe des Hügels, die Augen zur Erde gesenkt, da er nicht sehen wollte, was zu sehen er gekommen war.

Als er die Höhe des Hügels erreicht hatte, hob er den Kopf. Vor ihm stand der Ellcrys, die einst schlanken und anmutigen Zweige dürr und verkümmert. Verflogen war der Duft und verblichen die Farbe, nur ein Schatten war übrig von dem, was einst so kraft- und lebensvoll gewesen war. Blutrote Blätter lagen auf dem Boden verstreut wie verknülltes Pergament. Nackt und kahl ragte der Baum in den Nachthimmel.

Eiskalt durchfuhr es Allanon. Selbst er war auf diesen Anblick nicht vorbereitet gewesen. Schmerz und Trauer stiegen in ihm auf über das Unvermeidliche. Er hatte nicht die Macht, es zu verhindern, denn selbst die Druiden besaßen nicht die Gabe des ewigen Lebens.

Er hob die Hand, um die welken Zweige zu berühren, und ließ sie wieder sinken. Er wollte den Schmerz des Baumes nicht spüren. Und doch war ihm bewußt, daß er wissen mußte, wie es um den Baum stand, und deshalb hob er nochmals die Hand, ganz langsam, und berührte sacht den Baum. Nur einen Moment lang ließ er seine Hand liegen und ließ Trost und Hoffnung aus seiner Seele in die des Ellcrys fließen, ehe er sie wieder zurückzog. Noch einen Tag oder zwei, vielleicht auch drei. Länger nicht.

Seine Gestalt richtete sich auf, und seine Arme fielen schlaff zu seinen Seiten herab, als er die dunklen Augen auf den sterbenden Baum richtete. So wenig Zeit blieb noch.

Als er sich abwandte, fragte er sich, ob die Zeit ausreichen würde, um Amberle zurückzubringen.

Den dunklen Furchen des Pfades folgend, der sich wie ein Tunnel durch Nebel und Finsternis wand, stürmte Wil Ohmsford durch den Wildewald zurück. Herabhängende Zweige und Ranken, die schwer waren von Feuchtigkeit, streiften ihn und schlugen ihm ins Gesicht, während er vorwärtshetzte, und Wasser spritzte aus den Pfützen auf dem vom Regen durchweichten Pfad auf seine Stiefel und Kleider. Doch Wil nahm das alles nicht wahr. Er befand sich in einem wilden Aufruhr von Gefühlen, in dem sich Verzweiflung über den Verlust der Elfensteine mit Zorn gegen Cephelo, Angst um Amberle und süße Verwunderung über die Worte, die sie zu ihm gesprochen hatte, mischten.

Du liegst mir am Herzen, hatte sie gesagt. Du liegst mir am Herzen. Und es war ihr ernst gewesen damit. Seltsam, sie solche

Worte zu ihm sagen zu hören. Es hatte eine Zeit gegeben, da hätte er das nie für möglich gehalten. Sie hatte ihm gegrollt und mißtraut; daran hatte sie gleich von Anfang an keinen Zweifel gelassen. Und er hatte dieses Elfenmädchen eigentlich auch nicht gemocht. Doch die lange Reise, die sie im Dorf Havenstead angetreten hatten, und die Gefahren und Mühsale, die sie gemeistert hatten, hatten sie einander nahe gebracht. In dieser kurzen Zeit waren ihrer beider Leben fest miteinander verknüpft worden. So überraschend war es gar nicht, daß aus dieser engen Verknüpfung Zuneigung erwachsen war. Die Worte hallten durch sein Hirn, wiederholten sich endlos. Du liegst mir am Herzen. Er wußte, daß dem so war, und fragte sich plötzlich, wie sehr sie auch ihm am Herzen lag.

Er stolperte unversehens und stürzte der Länge nach in Schlamm und Wasser. Zornig rappelte er sich wieder auf, wischte den Schmutz von den Kleidern, so gut es ging, und hetzte weiter. Viel zu schnell ging der Nachmittag zur Neige; er konnte sich glücklich preisen, wenn er vor Einbruch der Nacht auch nur die Hauptstraße erreichte. Und dann würde er sich in schwarzer Finsternis zurechtfinden müssen, allein in fremdem Gebiet, waffenlos, abgesehen von seinem Jagdmesser. Welch eine Dummheit! Das war noch die freundlichste Bezeichnung, die er für sich fand. Wie hatte er sich von Cephelo weismachen lassen können, daß der Bursche ihm helfen würde, ohne mehr zu verlangen als ein vages Versprechen auf zukünftige Belohnung? Was bist du doch für ein kluger Bursche, Wil Ohmsford, schalt er sich selbst, während wilder Zorn in ihm brannte. Und Allanon hatte geglaubt, er könne ihm Amberle anvertrauen, ohne sich um sie sorgen zu müssen!

Schon schmerzten seine Muskeln von der Anstrengung des schnellen Laufs. Verzweiflung überflutete ihn, als er daran dachte, was Amberle und er alles erlitten hatten, um bis hierher zu gelangen und dann, nur weil er es an Vorsicht hatte fehlen lassen, Gefahr zu laufen, alles zu verlieren. Sieben Elfen-Jäger hatten ihr Leben gelassen, damit er und Amberle den Wildewald erreichen konnten. Unzählige waren inzwischen wahrscheinlich im Kampf gegen die Dämonen gefallen, denn zweifellos hatte die

Mauer der Verfemung längst dem Druck der Bösen nachgegeben. Sollte alles vergebens gewesen sein?

Beschämung und dann Entschlossenheit flammten in ihm auf und bannten die Verzweiflung. Er würde niemals aufgeben – niemals! Er würde sich die gestohlenen Elfensteine wiederholen. Er würde zu Amberle zurückkehren. Er würde sie wohlbehalten zur Hochwarte und zum Blutfeuer geleiten und danach zurück nach Amberlon. Er würde dies alles tun, weil er wußte, daß er es tun mußte. Weniger zu tun, käme Versagen gleich. Aber er würde nicht versagen.

Gerade schoß ihm dieser Gedanke durch den Kopf, da tauchte auf dem Pfad ein Schatten auf, trat aus der Finsternis wie ein Geist und erwartete dunkel und stumm sein Nahen. Wil erschrak so heftig, daß er beinahe vom Pfad in den Wald geflohen wäre. Statt dessen blieb er dennoch stehen und starrte keuchend auf den Schatten, bis er plötzlich erkannte, daß das, was er da vor sich sah, ein Pferd und ein Reiter waren. Das Pferd scharrte schnaubend mit einem Vorderbein. Vorsichtig ging Wil näher; Argwohn wurde zu Ungläubigkeit und zu Überraschung.

Es war Eretria.

»Erstaunt?« Ihre Stimme war kühl und beherrscht.

»Sehr«, bekannte er.

»Ich bin gekommen, um dich ein letztes Mal zu retten, Wil Ohmsford. Diesmal, denke ich, wirst du besser auf meine Worte hören.«

Wil lief zu ihr hin und blieb stehen.

»Cephelo hat die Steine.«

»Ich weiß. Er hat dir etwas in das Bier gemischt und sie dir dann in der Nacht, während du schliefst, abgenommen.«

»Und du hast nichts getan, um mich zu warnen?«

»Ich hätte dich warnen sollen?« Sie schüttelte langsam den Kopf. »Ich hätte dich gewarnt, Heiler. Ich hätte dir geholfen. Aber du hast dich geweigert, mir zu helfen – erinnerst du dich? Ich verlangte nicht mehr von dir, als daß du mich mitnehmen solltest. Hättest du zugestimmt, so hätte ich dir von Cephelos Plan, die Elfensteine an sich zu bringen, erzählt und dafür gesorgt, daß er sie dir nicht hätte nehmen können. Aber du hast mich abgewiesen, Heiler. Du hast mich im Stich gelassen. Du meintest, du seist fähig, ohne mich zurechtzukommen. Nun, da beschloß ich, einmal zu prüfen, wie gut der Heiler ohne mich zurechtkommt.«

Sie beugte sich zu ihm hinunter und musterte ihn mit abschätzendem Blick.

»Nicht allzu gut, wie ich sehe«, meinte sie.

Wil nickte, während er angestrengt überlegte. Jetzt durfte er auf keinen Fall etwas Törichtes sagen.

»Amberle ist verletzt. Sie ist gestürzt und hat sich den Fuß verstaucht. Sie kann ohne Hilfe nicht laufen. Ich mußte sie am Rand der Senke zurücklassen.«

»Es scheint eine Spezialität von dir zu sein, Frauen in Not im Stich zu lassen«, bemerkte Eretria bissig.

Er brauste nicht auf.

»Ja, ich kann mir denken, daß es so aussieht. Aber manchmal können wir nicht so handeln, wie wir gern möchten, auch wenn es darum geht, anderen zu helfen.«

»Das hast du schon mal gesagt. Mir bleibt wohl nichts anderes übrig, als dir zu glauben. Du hast also das Elfenmädchen verlassen?«

»Nur bis ich die Steine wiederhabe.«

»Die du ohne mich nicht wiederbekommen wirst.«

»Die ich sehr wohl wiederbekommen werde, ob mit dir oder ohne dich.«

Eretria starrte ihn einen Moment lang an, und ihr Gesicht wurde etwas weicher.

»Das glaubst du im Ernst, nicht?«

Wil legte seine Hand auf die Flanke des Pferdes.

»Bist du hier, um mir zu helfen, Eretria?«

Sie betrachtete ihn wortlos, dann nickte sie.

»Ja, wenn du mir auch hilfst. Diesmal mußt du mir helfen, das weißt du sehr wohl.« Als er nichts erwiderte, sprach sie weiter. »Ein Tauschgeschäft, Wil Ohmsford. Ich helfe dir, die Steine wiederzubekommen, wenn du mir versprichst, mich mitzunehmen, sobald sie wieder in deinem Besitz sind.«

»Wie willst du die Steine zurückholen?« fragte er.

Zum ersten Mal lächelte sie, dieses vertraute, strahlend schöne Lächeln, das ihm den Atem raubte.

»Wie ich es anstellen werde? Heiler, ich bin das Kind von Fahrensleuten und die Tochter eines Diebes – gekauft und bezahlt. Er hat sie dir gestohlen; ich werde sie ihm stehlen. Ich bin auf dem Gebiet besser als er. Wir müssen die Steine nur erst finden.«

»Wird er sich nicht inzwischen fragen, wo du geblieben bist?«

Sie schüttelte den Kopf.

»Als wir uns von dir trennten, sagte ich zu ihm, ich wolle vorausreiten und mich dem Zug später wieder anschließen. Er erlaubte es mir, denn die Pfade des Wildewaldes sind den Fahrensleuten vertraut, und er wußte, daß ich bis spätestens zum Einbruch der Nacht aus dem Tal heraus sein würde. Wie du weißt, Heiler, will er auf keinen Fall, daß mir etwas zustößt. Angeschlagene Ware bringt keinen guten Preis. Wie dem auch sei, ich bin nur eine Meile über den Heulekamm hinausgeritten und bin dann auf einen anderen Pfad abgebogen, der nach Süden führt und sich ein Stück weiter hinten mit diesem hier vereinigt. Ich dachte, bis zum Abend würde ich euch schon einholen – entweder an der Senke oder hier auf dem Weg, falls du den Verlust der Steine bemerken solltest. Du siehst also, Cephelo hat keine Ahnung, was ich getan habe. Den Wagenzug wird er frühestens morgen im Lauf des Tages erreichen. Heute nacht wird er auf der Straße kampieren, die aus dem Tal hinausführt.«

»Dann haben wir die ganze Nacht, um die Steine zu holen«, sagte Wil.

»Mehr Zeit als genug«, meinte sie. »Aber nicht, wenn wir weiter hier herumstehen und noch länger plaudern. Außerdem willst du das Elfenmädchen doch bestimmt nicht unnötig lang allein bei der Senke lassen, oder?«

Der Gedanke an Amberle störte ihn auf.

»Nein. Komm, wir machen uns auf den Weg.«

»Einen Augenblick.« Sie ließ ihr Pferd ein Stück zurückgehen. »Erst mußt du mir dein Wort geben. Wenn ich dir geholfen habe, wirst auch du mir helfen. Du nimmst mich mit, wenn du die Steine wiederhast. Du läßt mich danach bei dir bleiben, bis ich in sicherer Entfernung von Cephelo bin – und wann das der Fall ist, werde ich entscheiden. Versprich mir das, Heiler.«

Er hatte gar keine andere Wahl; höchstens hätte er versuchen können, ihr das Pferd zu nehmen, und er war nicht sicher, daß er das schaffen würde.

»Gut. Ich verspreche es.«

Sie nickte. »Und damit du dein Versprechen auch wirklich hältst, werde ich die Steine bei mir behalten, wenn wir sie wiederhaben, bis wir dieses Tal hinter uns gelassen haben. Setz dich jetzt hinter mich aufs Pferd.«

Wortlos schwang sich Wil auf den Rücken des Braunen. Niemals würde er ihr die Elfensteine überlassen, wenn sie sie Cephelo wieder abgenommen hatten, aber es war sinnlos, sich jetzt mit ihr darüber zu streiten. Er machte es sich einigermaßen bequem hinter ihr, und sie drehte sich nach ihm um.

»Du hast das, was ich für dich tue, nicht verdient – das weißt du wohl. Aber ich mag dich; du scheinst mir ein Glückspilz zu sein – besonders mit meiner Hilfe. Leg deine Hände um meine Taille.«

Wil zögerte, dann tat er wie ihm geheißen. Eretria lehnte sich an ihn.

»Viel besser«, schnurrte sie. »So bist du mir viel lieber als sonst, wenn du mit dem Elfenmädchen zusammen bist. So, jetzt halt dich fest.«

Mit einem plötzlichen Aufschrei schlug sie dem Pferd die Hacken ihrer Stiefel in die Flanken. Das erschreckte Tier bäumte sich auf und stürmte los, den Pfad zurück. Tief über den Hals des Pferdes geneigt, jagten sie durch die Wildnis und die Dunkelheit. Eretria schien wahre Katzenaugen zu haben. Mit sicherer und geübter Hand lenkte sie das Pferd an umgestürzten Baumstämmen vorbei, über Gräben und Furchen, schlammige Hänge hinunter und wieder hinauf. Wil klammerte sich an sie und fragte sich, ob sie den Verstand verloren hatte. Wenn das so weiterging, würden sie früher oder später stürzen.

Doch seine Befürchtung bewahrheitete sich nicht. Nur Sekunden später schwenkte Eretria vom Pfad ab und lenkte das Pferd durch eine schmale Lücke zwischen den Bäumen, die beinahe ganz zugewachsen war. Mit einem gewaltigen Satz sprang das Tier ins Unterholz, und sie gelangten auf einen Pfad – einen, den Wil auf dem Marsch zur Senke völlig übersehen hatte – und galoppierten weiter durch die dunstverschleierte Finsternis.

Als sie endlich anhielten, war die Sonne untergegangen, und die Luft war kühl geworden. Sie befanden sich jetzt wieder auf der Hauptstraße. Eretria zügelte das Pferd, tätschelte ihm den schweißfeuchten Hals und blickte mit einem schalkhaften Lächeln zurück zu Wil.

»Ich wollte dir nur zeigen, daß ich gut allein zurechtkomme. Ich brauche kein Kindermädchen.«

Wil spürte, wie sein Magen sich langsam wieder beruhigte.

»Du hast mich restlos überzeugt, Eretria. Aber warum halten wir hier an?«

»Ich wollte nur mal etwas nachsehen«, antwortete sie und schwang sich aus dem Sattel. Ihr Blick schweifte aufmerksam über den Pfad, dann runzelte sie die Stirn. »Das ist merkwürdig. Hier verlaufen keine Wagenspuren.«

Wil stieg ebenfalls vom Pferd.

»Bist du sicher?« Auch er musterte forschend die Straße; auch er fand keine Radspuren. »Vielleicht hat der Regen sie weggewaschen.«

»Der Wagen ist doch so schwer. Ganz hätte der Regen die Spuren sicher nicht weggespült.« Sie schüttelte langsam den Kopf. »Außerdem kann es nur noch schwach geregnet haben, als sie zu dieser Stelle hier kamen. Ich versteh' das nicht, Heiler.«

Das Licht wurde stetig fahler. Wil blickte sich ängstlich um.

»Kann es sein, daß Cephelo angehalten hat, um das Gewitter abzuwarten?«

»Vielleicht.« Sie schien es zu bezweifeln. »Am besten reiten wir mal ein Stück zurück. Komm, steig auf.«

Sie ritten nach Westen und blickten immer wieder prüfend auf die schlammige Erde hinunter. Doch es zeigten sich keine Spuren. Eretria ließ das Pferd in leichten Trab verfallen. Vor ihnen woben Nebelfäden durch die Luft, die sich wie lange Spinnenfinger aus dem dunklen Wald stahlen. Gedämpfte Geräusche drangen aus der Tiefe der Bäume, als die Nachttiere erwachten, die in diesem

Tal hausten.

Dann erscholl ein neuer Laut aus der Düsternis, schwach und dünn zuerst wie ein nachklingendes Echo, dann allmählich stärker und eindringlicher. Er steigerte sich zu einem Heulen, so schrill und gespenstisch, als würden da einer gemarterten Seele Schmerzen zugefügt, die über jedes Maß des Erträglichen hinausgingen.

Erschreckt faßte Wil Eretria bei der Schulter.

»Was ist das?«

Sie drehte sich um.

»Der Heulekamm – direkt vor uns.« Sie lachte nervös. »Der Wind bringt manchmal dieses schreckliche Geräusch hervor.«

Es wurde immer schriller und unheimlicher, dieses Heulen, und das Gelände stieg langsam an, führte sie auf felsigem Hang aus dem Nebel heraus. Die Bäume öffneten sich, und über ihnen zeigten sich Fetzen blauen Nachthimmels. Das Pferd reagierte ängstlich auf das schreckliche Heulen des Windes, schnaubte nervös und tänzelte unruhig. Eretria hatte alle Mühe, es zu beruhigen. Sie ritten jetzt langsamer, stiegen aufwärts durch den Abend, bis sie den Kamm erreicht hatten. Jenseits wurde die Straße wieder eben und gerade und verschwand in der Finsternis.

Da sah Wil plötzlich etwas, einen Schatten, der, aus dem Heulen des Windes und der Düsternis der Nacht aufgetaucht, auf sie zukam. Auch Eretria sah es und zügelte mit einem Ruck das Pferd. Der Schatten kam näher. Es war ein Pferd, ein großer Fuchs, reiterlos. Die Zügel hingen schlaff herab. Langsam trottete es ihnen entgegen und rieb leise wiehernd seine Nase an der ihres Pferdes. Wil und Eretria erkannten den Fuchs augenblicklich. Er gehörte Cephelo.

Eretria sprang aus dem Sattel und reichte Wil die Zügel ihres Pferdes. Schweigend ging sie einmal um den Fuchs herum, um ihn zu begutachten. Das Pferd hatte keine Verletzungen, doch es war schweißnaß. Als Eretria wieder zu Wil aufblickte, stand Unsicherheit in ihrem Gesicht.

»Da ist etwas passiert. Sein Pferd würde ihn nicht im Stich lassen«

Wil nickte. Die Sache war ihm gleichfalls nicht geheuer.

Eretria schwang sich auf Cephelos Pferd.

»Reiten wir ein Stück weiter«, sagte sie, doch in ihrem Ton schwangen Zweifel mit.

Seite an Seite ritten sie den Hügelkamm entlang, begleitet von dem gespenstischen Heulen des Windes, der durch Fels und Bäume pfiff. Über ihnen blitzten die Sterne und sandten ein mattes weißes Licht in die Finsternis des Wildewaldes.

Dann tauchte ein neuer Schatten aus der Düsternis auf, schwarz und kantig. Reglos stand er auf dem Pfad. Wil und Eretria zügelten ihre Pferde, ließen sie nur langsam und vorsichtig vorangehen. Allmählich nahm der Schatten Gestalt an. Es war Cephelos Wagen. Seine grellen Farben leuchteten fahl im Sternenlicht auf. Voller Unbehagen ritten Wil und Eretria näher, und da schlug ihr Unbehagen in Entsetzen um.

Das Pferdegespann, das den Wagen gezogen hatte, war tot, die Körper der Tiere, die noch in ihrem mit Silber beschlagenen Geschirr steckten, waren zerfetzt und verstümmelt. Andere Pferde lagen in der Nähe, und bei ihnen ihre Reiter, auf dem Pfad verstreut wie Strohpuppen, denen man sämtliche Glieder verrenkt hat. Die bunten Kleider waren getränkt von Blut, das durch den feinen Stoff sickerte und sich mit der schlammigen Erde vermischte.

Hastig sah Wil sich um, spähte in die finsteren Schatten des Waldes, suchte eine Spur des Wesens zu entdecken, das all dies angerichtet hatte. Nichts regte sich. Er sah Eretria an. Sie saß wie versteinert auf ihrem Pferd, und ihr Gesicht war bleich, während sie starr auf die Leichen auf dem Pfad blickte. Die Hände waren ihr schlaff in den Schoß gesunken, und die Zügel waren ihren Fingern entglitten.

Wil sprang vom Pferd, hob die herabgefallenen Zügel auf und wollte sie Eretria wieder in die Hand geben. Als diese keine Anstalten machte, sie zu ergreifen, umfaßte er ihre Hand und schob ihr die Zügel beider Pferde zwischen die Finger. Stumm blickte sie zu ihm hinunter.

»Warte hier«, befahl er.

Dann ging er zum Wagen, vorbei an den Toten, die grausam entstellt am Wege lagen. Alle waren sie tot, auch die alte Frau, die den Wagen gefahren hatte. Ihre Körper waren zerfetzt wie Lumpenbündel. Eisige Schauer schüttelten Wil. Er wußte, wer das getan hatte. Stumm hastete er von einer Leiche zur anderen, bis er Cephelo gefunden hatte. Auch er war tot, der waldgrüne Umhang zerrissen, das dunkle Gesicht zu einer Maske irren Entsetzens erstarrt.

Wil beugte sich zu ihm nieder. Langsam betastete er die Kleidung des Fahrensmannes. Er fand nichts. Furcht packte ihn. Er mußte die Steine finden! Da fiel sein Blick plötzlich auf die Hände Cephelos. Die Rechte war in einem Ausdruck unerträglichen Schmerzes in die Erde gekrallt. Die Linke war zur Faust geballt. Wil holte tief Atem und neigte sich über die linke Hand des Fahrensmannes. Einen um den anderen brach er die starren Finger auf. Blaues Licht schimmerte, und eine tiefe Erleichterung durchflutete den Talbewohner. Eingeschlossen in Cephelos Hand lagen die Elfensteine. Der Fahrensmann hatte sie gebrauchen wollen, wie er es im Tirfing bei Wil gesehen hatte; aber die Steine hatten auf ihn nicht angesprochen, und so war er gestorben.

Wil nahm die Steine aus der Hand des Toten, wischte sie an seinem Kittel ab und steckte sie in den kleinen Lederbeutel. Dann stand er auf und lauschte in das Heulen des Windes hinein, der über den Kamm fegte. Übelkeit drohte ihn zu übermannen, als der Geruch des Todes ihn umfing. Nur einer konnte dies Schreckliche angerichtet haben. Er erinnerte sich der toten Elfen im Drey-Wald und in der Festung am Pykon. Nur einer. Der Raffer. Doch wie hatte er sie wiedergefunden? Wie hatte er sie vom Pykon bis hierher in den Wildewald verfolgen können?

Er riß sich zusammen und eilte zu Eretria zurück. Sie saß noch immer wie erstarrt auf Cephelos Fuchs, Furcht und Entsetzen sprachen aus ihren Augen.

»Hast du ihn gefunden?« flüsterte sie.

Wil nickte. »Er ist tot. Sie alle sind tot.« Er schwieg betroffen. »Ich habe die Steine wieder an mich genommen.«

Sie schien ihn nicht zu hören.

»Wer kann so Grausames tun, Heiler? Ein Tier vielleicht? Oder die Hexenschwestern...?«

»Nein.« Er schüttelte heftig den Kopf. »Nein, Eretria. Ich

weiß, wer das getan hat. Das Ungeheuer, das hier gewütet hat, hat Amberle und mich von Arborlon aus verfolgt. Ich dachte, wir hätten es auf der anderen Seite vom Steinkamm abgeschüttelt, aber irgendwie ist es ihm gelungen, uns wiederzufinden.«

Ihre Stimme zitterte. »Ist es ein Teufel?«

»Eine besondere Art von Teufel.« Er blickte zurück zu den Toten auf dem Pfad. »Man nennt ihn den Raffer.« Er überlegte kurz. »Er muß geglaubt haben, wir reisen mit Cephelo. Vielleicht hat er sich durch den Regen verwirren lassen. Er folgte Cephelos Wagen und überfiel hier die Leute ...«

»Armer Cephelo«, murmelte sie. »Man gewinnt eben nicht jedes Spiel.« Sie schwieg und warf ihm einen scharfen Blick zu. »Heiler, dieses Ungeheuer weiß jetzt, daß du nicht mit Cephelo nach Osten gereist bist. Wohin wird es sich nun wenden?«

Wil und Eretria starrten einander wortlos an. Beide wußten die Antwort.

Amberle kauerte im Schutz der Büsche am Rand der Senke und lauschte den feinen Geräuschen der Nacht. Wie ein schwerer, undurchdringlicher Schleier lag die Dunkelheit über dem Wildewald, und das Elfenmädchen saß dicht eingehüllt darin, vermochte nicht, über die schützenden Büsche hinaus zu sehen. Da sie wußte, daß Wil kaum vor Tagesanbruch zu ihr zurückkehren würde, versuchte sie zu schlafen. Doch der Schlaf wollte nicht kommen; ihr Knöchel schmerzte, und ein jagendes Heer von Gedanken an Wil und sein Unterfangen, an ihren Großvater, an die Gefahren, die sie allenthalben umgaben, verfolgte sie gnadenlos. Schließlich gab sie alle Bemühungen zu schlafen auf. Die Knie zum Körper hochgezogen, kauerte sie sich zusammen und versuchte, mit dem Wald, der sie umgab, zu verschmelzen – still, reglos, unsichtbar zu sein.

Eine Weile gelang ihr das. Keines der Waldtiere wagte sich in ihre Nähe; alle blieben sie in der Tiefe des Waldes verborgen, der Senke fern. Die Senke selbst lag eingehüllt in ein Schweigen, so tief, daß das Elfenmädchen es so deutlich hören konnte wie die Geräusche der Nacht. Ein-, zweimal flatterte etwas an ihrem Versteck vorüber, sie hörte den raschen Flügelschlag, der die

Stille durchbrach und dann wieder verklang. Die Zeit verrann, und die Lider wurden ihr schwer.

Da beschlich sie plötzlich eine eisige Kälte; es war, als sei alle Wärme aus der Luft um sie herum abgesogen worden. Sie wurde wach und rieb sich fest die Arme. Das Kältegefühl verging, und die Wärme der Sommernacht wurde wieder fühlbar. Unsicher jetzt, blickte sie sich um. Alles war wie zuvor; nichts regte sich in der Dunkelheit, nichts war zu hören. Sie holte tief Atem und schloß die Augen wieder. Da durchfuhr sie von neuem diese eisige Kälte. Diesmal wartete sie, bis sie etwas tat. Sie hielt die Augen fest geschlossen und versuchte, den Ursprung der Kälte ausfindig zu machen. Sie entdeckte, daß sie aus ihrem eigenen Inneren kam. Das verstand sie nicht. Kälte, bittere Kälte in ihrem Inneren, die sie erstarren ließ wie die Berührung des – Todes.

Mit einem Ruck schlug sie die Augen auf. Augenblicklich begriff sie. Es war eine Warnung – eine Warnung, daß etwas sie töten wollte. Wäre sie nicht die gewesen, die sie war, dann hätte sie das Gefühl vielleicht einfach als ein Hirngespinst abgetan. Doch sie war von hoher Sensibilität; solche Gefühle hatten sie schon früher überkommen, und sie wußte, daß sie sie nicht einfach abtun konnte. Die Warnung war real. Nur der Quell, dem sie entsprang, verwirrte sie.

In flüchtiger Unschlüssigkeit neigte sie sich lauschend vor. Sie war in Gefahr, in tödlicher Gefahr. Sie konnte sich vor dieser Gefahr nicht verstecken; sie konnte nicht gegen sie kämpfen; sie konnte nur fliehen.

Ohne ihren schmerzenden Knöchel zu beachten, glitt sie aus dem Schutz der Büsche hervor und spähte in die Finsternis des Waldes. Das Wesen, das ihr nach dem Leben trachtete, war nahe; sie konnte seine Anwesenheit jetzt deutlich spüren. Lautlos schlich es durch die Nacht. Sie dachte plötzlich an Wil und wünschte verzweifelt, er wäre bei ihr. Aber Wil war nicht da. Sie mußte sich selbst retten, und schnell.

Es gab nur einen Weg für sie – hinunter in die Senke. Denn dorthin würde ihr der lauernde Tod vielleicht nicht folgen. Hinkend rannte sie bis zum Rand der tiefen Mulde und blickte hinunter in die bodenlose Schwärze. Angst packte sie. Die Senke war so beängstigend wie das Wesen, das sie verfolgte. Sie zwang sich zur Ruhe und ließ den Blick über die Schwärze hinweg zum Felsturm der Hochwarte schweifen. Dorthin mußte sie fliehen. Dort würde Wil sie suchen.

Sie fand den Weg, der in die Tiefe führte, und begann den langen Abstieg. Innerhalb von Augenblicken war sie von undurchdringlicher Dunkelheit umfangen; das Licht der Sterne und des Mondes durchdrang nicht die Finsternis der Bäume. Ihr kindliches Gesicht wurde hart in eiserner Entschlossenheit, und vorsichtig tastete sie sich weiter. So leise wie es ihr möglich war, bewegte sie sich, und nur das feine Scharren ihrer Stiefel auf Erde und Fels war in der Stille zu vernehmen.

Endlich hatte sie den Grund der Senke erreicht. Sie machte eine Pause und hockte sich unter einem Baum nieder, um vorsichtig ihren schmerzenden Knöchel zu massieren. Er war stark angeschwollen und hätte dringend der Schonung bedurft. Ihr Gesicht war schweißnaß, als sie aufwärts in die Düsternis spähte und lauschte. Sie hörte nichts. Dennoch, sagte sie sich. Was auch immer für ein Wesen das sein mochte, das ihr nach dem Leben trachtete, es war noch immer dort oben und suchte nach ihr. Sie mußte sich tiefer in die Senke hineinwagen. Ihre Augen hatten sich schon an die Finsternis gewöhnt, vage konnte sie die Umrisse von Bäumen ausmachen. Es war Zeit weiterzugehen.

Sie rappelte sich mühsam auf und lief hinkend in die Dunkelheit hinein, bemüht, den verletzten Knöchel möglichst wenig zu belasten. Von Baum zu Baum tastete sie sich, und unter jedem rastete sie einen Augenblick, um ängstlich in das tiefe Schweigen hinein zu lauschen. Die Schmerzen wurden heftiger, steigerten sich zu einem unablässigen Pochen, das mit jedem Schritt stärker zu werden schien. Die Muskeln ihres gesunden Beines fingen an, sich zu verkrampfen; schon begann sie zu ermüden.

Schließlich konnte sie nicht mehr weiter. Keuchend ließ sie sich an einem Gebüsch zur Erde nieder und streckte sich auf der kühlenden Erde aus. Sorgsam sammelte sie sich und versuchte nochmals, den Quell der Warnung zu entdecken. Einen Moment lang geschah gar nichts. Dann durchflutete sie wieder diese schreckliche, beißende Kälte. Ihr Atem stockte. Das Wesen, das ihr ans Leben wollte, befand sich in der Senke.

Wieder raffte sie sich auf und floh weiter, hinkte blind durch die schweigende Finsternis. Irgendwann einmal schoß ihr der Gedanke durch den Kopf, daß sie vielleicht im Kreis lief, doch sie verdrängte diese Vorstellung. Immer wieder stolperte und fiel sie. Mehrmals stürzte sie so heftig, daß sie nahe daran war, das Bewußtsein zu verlieren. Jedesmal richtete sie sich nach Luft schnappend wieder auf, stand auf, zwang sich weiterzulaufen. Jegliches Zeitgefühl ging ihr verloren. Die Stille und die Schwärze um sie herum schienen sich immer mehr zu vertiefen.

Schließlich konnte sie einfach nicht mehr. Rasselnd klang ihr ihr eigener Atem in den Ohren, als sie auf die Knie fiel. Weinend kroch sie weiter. Fels und dürres Holz zerschrammten ihr die Hände und die Knie, während sie sich durch das Unterholz schlug. Aber sie gab nicht auf. Niemals, schwor sie sich, würde sie aufgeben. Sie richtete ihre Gedanken auf Wil. Sie sah den Ausdruck, der über sein Gesicht gehuscht war, als sie ihm gesagt hatte, daß er ihr am Herzen lag. Sie hätte es nicht sagen sollen, das wußte sie. Aber es hatte sie in diesem Moment so heftig gedrängt, es ihm zu sagen. Es erstaunte sie, daß es ihr ein solches Bedürfnis gewesen war, es ihm zu sagen. Und die staunende Verwunderung in seinen Augen...

Weinend brach sie zusammen. Wil! Sie flüsterte seinen Namen wie eine Zauberformel, um das Böse abzuwehren, das in der Finsternis auf sie lauerte. Dann richtete sie sich wieder auf und kroch weiter. Ihre Gedanken gerieten ins Wandern, und ihr war, als spüre sie andere Wesen in der Dunkelheit rundum, die mit ihr durch die Nacht wanderten. Kleine Geschöpfe, dachte sie. Aber das Mörderwesen, wo steckte es? Wie nahe war es ihr?

Sie kroch und kroch immer weiter, bis ihre Kräfte völlig erschöpft waren. Da streckte sie sich auf dem Waldboden aus. Sie war zu Tode erschöpft. Sie hatte keine Reserven mehr. Sie schloß die Augen und wartete auf den Tod. Einen Augenblick später war sie eingeschlafen.

Sie schlief noch immer, als die knorrigen hölzernen Finger von einem Dutzend rauher Hände sie hochhoben und forttrugen.

Wil und Eretria ritten den felsigen Pfad hinunter, der vom Heulekamm hinabführte, und der heulende Wind ritt mit ihnen. Tief über die Hälse ihrer Pferde geneigt flogen sie in die Schwärze der unteren Wälder hinunter, und die seidenen Gewänder der Fahrensleute flatterten um ihre Körper, während sie angestrengt in die Düsternis spähten. Rasch schlossen sich die Bäume wieder um sie, und der Nachthimmel verschwand. Ohne an ihre Sicherheit zu denken, jagten sie weiter, im Vertrauen auf die Zuverlässigkeit ihrer Pferde und auf das Glück.

Sie hüllten sich beide in tiefes Schweigen. In dem Augenblick, als Wil klar wurde, daß der Raffer so lange suchen würde, bis er den Pfad fand, den er und Amberle eingeschlagen hatten, nachdem sie sich von den Fahrensleuten getrennt hatten, kannte er nur noch einen einzigen Gedanken – daß am Ende dieses Pfades Amberle wartete, allein, verletzt, schutzlos. Wenn er sie nicht vor dem Raffer erreichte, würde sie sterben, und das wäre dann seine Schuld, weil es seine Entscheidung gewesen war, sie allein zurückzulassen. Bilder der zerfetzten und verrenkten Körper, die sie auf dem Pfad gefunden hatten, schossen ihm durch den Kopf. In diesem Augenblick vergaß er alles, außer der Notwendigkeit, rechtzeitig zu Amberle zu gelangen. Mit einem Sprung war er auf seinem Pferd, zog es herum und galoppierte davon.

Eretria setzte ihm augenblicklich nach. Sie hätte sich auch anders entscheiden können. Jetzt, da Cephelo tot war, brauchte sie den Schutz des Talbewohners nicht mehr. Sie gehörte niemandem mehr; sie war endlich frei und ihre eigene Herrin. Sie hätte ihr Pferd wenden und auf dem schnellsten Weg aus dem Tal hinaus in Sicherheit reiten können, fort von dem grausamen Mörderwesen, das Cephelo und die anderen getötet hatte. Doch Eretria zog diese Möglichkeit nicht einmal in Betracht. Sie dachte nur an Wil, der da ohne sie davonritt, sie wieder einmal zurückließ. Stolz, Eigensinn und die merkwürdige Zuneigung, die sie für Wil empfand, flammten in ihr auf. Nicht noch einmal durfte er ihr das antun. Ohne zu zögern, hetzte sie ihm nach.

So begann ihre wilde Jagd zur Rettung Amberles. Wie ein Besessener trieb Wil Ohmsford sein Pferd an, tauchte in Finsternis und Nebel, als er vom Heulekamm herab in den dichten Wald hineinstürmte. Kaum konnte er die dunklen Formen der Bäume am Wegrand ausmachen, an denen er vorüberflog. Doch er zügelte sein Pferd nicht; er konnte es nicht. Er hörte den Hufschlag und das Schnauben eines zweiten Pferdes, das ihm nachsetzte, und erkannte, daß Eretria ihm gefolgt war. Er stieß einen kurzen Fluch aus; hatte er nicht schon genug Sorgen? Doch er hatte jetzt keine Zeit, sich mit dem Mädchen zu befassen. Er vertrieb sie aus seinen Gedanken und konzentrierte seine Anstrengungen darauf, die Abzweigung zu finden, die nach Süden führte.

Und dennoch ritt er dann an ihr vorbei. Hätte Eretria ihn nicht mit einem lauten Ruf aufmerksam gemacht, wäre er vielleicht bis zu den Bergen in östlicher Richtung weitergeritten. Verdutzt riß er sein Pferd herum und jagte wieder zurück. Jetzt aber hatte Eretria die Führung übernommen. Besser vertraut mit dem Pfad als er, galoppierte sie nun voraus und rief ihm zu, ihr zu folgen. Neuerlich überrascht, hetzte er ihr nach.

Es war ein anstrengender Gewaltritt. Die Finsternis war so dicht, daß selbst die scharfen Augen Eretrias kaum den Pfad ausmachen konnten, der sich in endlosen Windungen durch den Wald schlängelte. Mehrmals wären die Pferde beinahe gestürzt, konnten gerade in letzter Sekunde noch einem Graben oder einem umgestürzten Baumstamm ausweichen, der quer über dem schmalen Weg lag. Doch diese Pferde, von den besten Reitern der Vier Länder abgerichtet, reagierten mit einer Schnelligkeit und Wendigkeit, wie Wil sie noch nie erlebt hatte.

Dann waren sie plötzlich auf dem Pfad, auf dem Amberle und Wil nach Süden gewandert waren, zur Senke, und Äste und Ranken schlugen ihnen scharf in die Gesichter, während aus den Pfützen und Furchen schlammiges Wasser zu ihnen heraufspritzte. Ohne das Tempo zu verlangsamen, wandten sie sich nach Süden.

Nach einem endlos langen Ritt, wie es Wil schien, erreichten sie den Rand der Senke. Schwarz lag sie zu ihren Füßen wie ein bodenloses Loch in der Erde. Mit harter Hand zügelten sie ihre Pferde und sprangen aus den Sätteln. Tiefe Stille hing über der Senke. Wil zögerte nur eine Sekunde, dann machte er sich auf die

Suche nach den Büschen, in deren Schutz er Amberle zurückgelassen hatte. Er fand sie beinahe augenblicklich und brach durch Äste und Laub in ihre Mitte. Aber dort war niemand. Panik drohte ihn zu übermannen. Verzweifelt suchte er nach irgendeinem Zeichen, das ihm verraten hätte, was dem Elfenmädchen zugestoßen war; doch er fand nichts. Seine Angst wurde noch größer. Wo war sie? Er stand auf und sprang wieder aus dem Gebüsch heraus. Vielleicht war dies das falsche, dachte er plötzlich, und sah sich nach einer anderen Gruppe von Büschen um. Nein, es gab keinen Zweifel, er hatte Amberle in diesem Gebüsch zurückgelassen.

Eretria eilte zu ihm.

»Wo ist sie?«

»Ich weiß es nicht«, flüsterte er, das schmale Gesicht von Schweiß überströmt. »Ich kann sie nicht finden.«

Mit großer Willensanstrengung gelang es ihm, sich wieder in die Gewalt zu bekommen. Denk nach, ermahnte er sich. Entweder ist sie geflohen oder der Raffer hat sie getötet. Wenn sie geflohen ist, wohin kann sie sich dann gewendet haben? Er blickte in die Senke hinunter. Dorthin, sagte er sich – zur Hochwarte oder in ihre nächste Nähe. Was aber, wenn der Raffer sie getötet hatte? Was dann? Doch er hatte sie nicht getötet, das sah er jetzt, denn nirgends gab es Spuren eines Kampfes. Sie hätte sich gewehrt; sie hätte ihm irgendein Zeichen hinterlassen. Wenn sie jedoch geflohen war, dann hatte sie gewiß sorgsam darauf geachtet, nur ja nichts zurückzulassen, was ihrem Verfolger ihre Anwesenheit verraten hätte.

Er holte tief Atem. Sie mußte geflohen sein. Dann aber schoß ihm ein neuer Gedanke durch den Kopf. Er ging ständig davon aus, daß Amberle vor dem Raffer geflohen war. Was aber, wenn es nicht der Raffer gewesen war, sondern irgendein Wesen, das aus der Senke hervorgekommen war? Verzweifelt schüttelte er den Kopf. Es gab keine Gewißheit. In dieser Finsternis konnte er nicht hoffen, eine Spur zu finden. Entweder würde er bis zum Morgen warten müssen, und da war es dann vielleicht zu spät, Amberle noch zu helfen, oder ...

Oder er würde die Elfensteine gebrauchen müssen.

Er wollte gerade nach dem Beutel greifen, als Eretria ihn plötzlich am Arm faßte. Überrascht fuhr er zusammen.

»Heiler!« flüsterte sie. »Da kommt jemand!«

Er spürte, wie sich sein Magen zusammenkrampfte. Einen Moment lang stand er wie versteinert, während sein Blick dem des Mädchens folgte, der nach Norden gerichtet war, den Pfad hinauf, über den sie soeben geritten waren. In seinen Schatten bewegte sich etwas. Furcht stieg in Wil auf. Seine Hand griff unter den Kittel und zog die Elfensteine heraus. Eretria riß einen Dolch aus ihrem Stiefel. Seite an Seite blickten sie reglos dem sich nähernden Schatten entgegen.

»Immer ruhig Blut!« rief ihnen eine vertraute Stimme zu.

Wil sah Eretria an, sie blickte ihn an. Langsam senkten sie Elfensteine und Dolch. Die Stimme gehörte zu Hebel. Eretria machte mit gesenkter Stimme eine kurze Bemerkung und lief davon, um die Pferde zurückzuholen, die in den Wald hineingetrottet waren.

Und den Pfad herunter kam Hebel, den zottigen Drifter dicht an seiner Seite. Der alte Mann trug die lederne Kleidung des Waldläufers; auf dem Rücken hatte er einen Sack, an seiner Schulter hingen Pfeil und Bogen, am Gürtel ein Jagdmesser. Schwer auf seinen knorrigen Stock gestützt, kam er ihnen entgegen. Sie konnten sehen, daß er von Kopf bis Fuß mit Schlamm bespritzt war.

»Ihr hättet mich beinahe überrannt, ist Euch das klar«, fuhr er Wil an. »Schaut mich an! Wenn ich so dumm gewesen wäre, ein bißchen weiter auf den Pfad hinauszutreten, als ich Euch da hinten anrief, läge ich jetzt von Hufen zertrampelt im Schlamm. Was denkt Ihr Euch eigentlich dabei, wie die Wilden durch den Wald zu jagen? Da draußen ist es so schwarz wie in einem Grab, und Ihr reitet hier durch, als wär's heller Tag. Warum habt Ihr nicht angehalten, als ich Euch angerufen hab'?«

»Weil wir Euch nicht gehört haben«, antwortete Wil verwirrt.

»Ja, weil Ihr Eure Ohren nicht aufgesperrt habt, wie sich das gehört.« Hebel war nicht bereit, so schnell zu vergeben. Dicht trat er vor Wil hin. »Den ganzen Tag hab' ich gebraucht, um hierher zu kommen – den ganzen Tag. Ohne Pferd, wohlgemerkt.

Wieso habt Ihr so verflixt lange gebraucht? So, wie Ihr da eben an mir vorbeigaloppiert seid, hättet Ihr doch schon längst hier sein müssen!«

Jetzt erst gewahrte er Eretria, die mit den Pferden aus den Büschen trat.

»Was tut Ihr denn hier? Wo ist das Elfenmädchen? Hat das Ungeheuer sie etwa erwischt?«

Wil fuhr zusammen. »Ihr wißt vom Raffer?«

»Raffer? Wenn das Ding so heißt, ja, dann weiß ich davon. Es kam heute zu meiner Hütte – kurz nachdem Ihr aufgebrochen seid. Mir scheint, es hat Euch gesucht, aber das wußte ich natürlich zu dem Zeitpunkt nicht mit Sicherheit. Richtig gesehen hab' ich das Biest gar nicht – nur ganz flüchtig. Ich glaube, wenn ich's aus der Nähe gesehen hätte, dann wär' ich jetzt tot.«

»Das glaube ich auch«, stimmte Wil zu. »Cephelo und die anderen hat es erwischt. Am Heulekamm.«

Hebel nickte ernst. »Mit Cephelo mußte es ja früher oder später ein schlimmes Ende nehmen.« Er warf einen Blick auf Eretria. »Tut mit leid, Mädchen, aber das ist nun mal so.« Dann wandte er sich wieder Wil zu. »Also, wo ist das kleine Elfenmädchen?«

»Ich weiß es nicht«, antortete Wil. »Ich mußte umkehren –« Er zögerte. »Ich mußte noch einmal umkehren, weil ich etwas bei Cephelo im Wagen vergessen hatte. Amberle hatte sich den Knöchel verstaucht, deshalb ließ ich sie hier zurück. Unterwegs traf ich Eretria, und nachdem wir gesehen hatten, was Cephelo und den anderen zugestoßen war, ritten wir so schnell wir konnten hierher zurück. Aber jetzt ist Amberle fort, und ich weiß nicht, was ihr zugestoßen ist. Ich weiß nicht einmal, ob der Raffer schon hier war, oder ob er uns noch sucht.«

»Er war hier«, behauptete Hebel. »Drifter und ich haben ihn verfolgt, während er Euch verfolgt hat. Aber an der Gabelung haben wir seine Spur verloren, weil der Raffer nach Osten gegangen ist, zum Heulekamm hinauf, während Drifter und ich nach Süden gingen, um Euch einzuholen. Aber ein Stück weiter südlich fanden wir dann die Spur des Ungeheuers wieder. Es muß quer durch die Wildnis gelaufen sein. Und wenn es das schafft, dann ist es gefährlich, Elf.«

»Fragt Cephelo, wie gefährlich es ist«, murmelte Eretria, während sie ängstlich in die Finsternis des Waldes spähte. »Heiler, können wir nicht fort von hier?«

»Erst wenn wir wissen, was Amberle zugestoßen ist«, gab Wil zurück.

Hebel tippte ihm auf den Arm.

»Zeigt mir, wo ihr das Mädchen zurückgelassen habt.«

Wil ging zu dem Gebüsch. Eretria, der alte Mann und der Hund folgten ihm. Er wies auf die Lücke, die in die Mitte der Büsche führte. Hebel bückte sich, spähte hinein und pfiff Drifter heran. Leise sprach er auf den Hund ein, und das Tier schob sich schnüffelnd durch das Gebüsch, um dann kehrt zu machen und zum Rand der Senke hinüberzutrotten.

»Er hat die Witterung«, brummte Hebel befriedigt. Drifter blieb stehen und knurrte leise. »Sie ist unten in der Senke, Elf. Und der Raffer ist auch dort unten. Wahrscheinlich immer noch auf ihrer Spur. Das hätt' ich mir ja gleich denken können.«

»Dann müssen wir sie sofort finden.«

Wil stürzte vorwärts. Hebel faßte ihn am Arm.

»Nicht so hastig, Elf. Das da unten ist die Senke, Ihr wißt doch! Da unten ist nichts außer den Hexenschwestern und den Wesen, die ihnen dienen. Alles, was sich sonst in die Senke wagt, wird sogleich gefangen – das weiß ich, weil Mallenroh es mir damals vor langer Zeit erzählt hat.« Er schüttelte den Kopf. »Das Mädchen und das Ungeheuer, das ihm auf der Spur ist, leisten längst einer der Schwestern Gesellschaft – oder aber sie sind tot.«

Wil wurde kreidebleich. »Würden die Hexen sie denn töten, Hebel?«

Der alte Mann schien zu überlegen.

»Oh, das Mädchen nicht, denke ich – jedenfalls nicht gleich. Aber das Ungeheuer ganz gewiß. Und glaubt nicht, daß sie es nicht vermögen, Elf.«

»Ich weiß überhaupt nicht mehr, was ich denken soll«, sagte Wil langsam. Er starrte in die Schwärze der Senke hinunter. »Aber dies eine weiß ich – ich gehe da hinunter, und ich werde Amberle finden. Und zwar sofort.«

Er wollte etwas zu Eretria sagen, doch die kam ihm zuvor.

»Spar dir die Worte, Heiler. Ich komme mit.«

Ihr Ton ließ keine Widerrede zu. Wil blickte zu Hebel.

»Ich komme auch mit, Elf«, verkündete der Alte.

»Aber Ihr habt doch selbst gesagt, daß niemand sich in die Senke hinunterwagen sollte«, bemerkte Wil. »Ich versteh' nicht einmal, warum Ihr überhaupt hierhergekommen seid.«

Hebel zuckte die Schultern.

»Weil es ganz gleichgültig ist, wo ich bin, Elf, schon seit langem. Ich bin ein alter Mann; ich habe in diesem Leben die Dinge getan, die ich tun wollte, war da, wo ich sein wollte, habe gesehen, was ich sehen wollte. Ich habe keine Erwartungen mehr – mich reizt nichts mehr, außer vielleicht diesem einen. Ich möchte sehen, was da unten in der Senke vorgeht.«

Er schüttelte wehmütig den Kopf.

»Jahrelang habe ich immer wieder darüber nachgedacht, habe immer gesagt, daß ich's eines Tages noch sehen werde – so ähnlich, wißt Ihr, als ob man vor einem tiefen Brunnen steht; und überlegt dauernd, was da unten wohl auf dem Grund ist.« Er rieb sich das bärtige Kinn. »Aber ein vernünftiger Mann verschwendet natürlich nicht mit so was seine Zeit, und als ich jünger war, war ich auch ein vernünftiger Mann, wenn es auch sicher welche gab, die anderer Meinung waren. Aber jetzt bin ich es müde, vernünftig zu sein, jetzt bin ich es müde, immer nur darüber nachzugrübeln, anstatt wirklich runter zu gehen und zu schauen, was da wirklich ist. Ihr habt mir den letzten Anstoß dazu gegeben. Zuerst, als Ihr mir erzählt habt, was Ihr vorhabt, wollte ich Euch davon abbringen – gerade so, wie ich mich selbst immer davon abgebracht habe. Ich war überzeugt, daß Ihr rasch das Interesse verlieren würdet, wenn Ihr hörtet, was ich zu erzählen hatte. Aber ich habe mich getäuscht. Ich hab' gesehen, daß das, was Ihr sucht, Euch so wichtig ist, daß nicht einmal die Furcht Euch von Eurem Unterfangen abbringen konnte. Weshalb also, dachte ich mir, sollte ich mich so von der Furcht beherrschen lassen? Als dann dieses Ungeheuer, dieser Raffer, mich beinahe erwischt hätte, und mir klar wurde, wie nahe ich dem Tod gewesen war, da hatte ich plötzlich die Angst verloren. Da war mir nur noch wichtig zu sehen, was da unten in der Senke wartet. Deshalb bin ich Euch gefolgt. Ich fand, wir sollten zusammen hinuntergehen.«

Wil verstand. »Wir wollen hoffen, daß wir beide das finden, was wir suchen.«

»Nun ja, vielleicht kann ich Euch ein bißchen helfen.« Der alte Mann zuckte die Schultern. »Auf dieser Seite der Senke hier liegt Mallenrohs Reich. Sie erinnert sich vielleicht an mich, Elf.«

Einen Moment lang schienen seine Gedanken abzuschweifen, dann sah er Wil wieder an. »Fürs erste kann Drifter uns ja führen.«

Er pfiff nach dem Hund. »Führ' uns runter, Drifter. Na los, alter Bursche.«

Drifter verschwand über dem Rand der Senke. Eretria nahm den Pferden die Sättel und das Geschirr ab und gab beiden einen harten Klaps, so daß sie davongaloppierten, zurück in den Wald. Dann gesellte sie sich zu Wil und dem alten Mann. Im Gänsemarsch traten sie den Abstieg in die Senke an.

»Sehr lange brauchen wir uns ohnehin nicht auf Drifter zu verlassen«, erklärte Hebel. »Mallenroh wird uns schnell genug finden.«

Wenn dem so war, ging es Wil durch den Kopf, dann konnte er nur hoffen, daß sie auch Amberle gefunden hatte.

In der Finsternis des Waldes in der Senke erwachte Amberle. Das leichte Schwanken und Rütteln des Getragenwerdens weckte sie, und für einen Augenblick geriet sie in Panik. Krumme Finger hielten sie, fest um ihre Arme und Beine, ihren Körper, selbst ihren Hals und ihren Kopf gelegt. Die Finger waren so rauh, daß sie sich anfühlten, als wären sie aus Holz geschnitzt. Im ersten Moment hatte sie nur das Bedürfnis, sich von dieser Umklammerung zu befreien, doch sie widerstand dem Impuls und zwang sich, ruhig zu bleiben. Das Wesen, dem sie da in die Finger geraten war, wußte noch nicht, daß sie erwacht war. Darin lag ihr einziger Vorteil. Im Augenblick zumindest konnte sie weiterhin so tun als schliefe sie, um möglichst genau in Erfahrung zu bringen, was da vorging.

Sie hatte keine Ahnung, wie lange sie geschlafen hatte. Es konnten Minuten gewesen sein oder Stunden, vielleicht war es auch noch länger gewesen. Sie glaubte jedoch, daß dies noch dieselbe Nacht war. Und sie glaubte auch, daß das Wesen, dem sie jetzt in die Hände gefallen war, ganz gleich, was es für ein Ding war, nicht das war, das sie bis in die Senke hinunter verfolgt hatte. Hätte jenes Ungeheuer sie gefunden, so hätte es sie einfach getötet. Dies Wesen hier mußte daher ein anderes sein. Der alte Mann, Hebel, hatte ihr und Wil erzählt, die Senke sei das Reich der Hexenschwestern. Vielleicht war sie einer von ihr in die Fänge geraten.

Nachdem sie mit ihren Überlegungen soweit gekommen war, fühlte sie sich etwas besser und war nicht mehr ganz so angespannt. Sie versuchte, ein wenig von dem Gebiet zu sehen, durch das sie getragen wurde. Das war schwierig; durch das Dickicht der Bäume waren nicht einmal die Sterne und der Mond zu sehen, alles war in tiefste Finsternis gehüllt. Wären nicht die vertrauten Gerüche des Waldes gewesen, so hätte sie vielleicht nicht einmal gemerkt, daß sie sich in einem Wald befand. Das Schweigen war tief. Die wenigen Laute, die sie vernahm, kamen aus weiter Ferne, Schreie aus der Wildnis jenseits der Senke.

Aber dann fiel ihr plötzlich auf, daß da doch noch ein anderes Geräusch war, ein Schaben und Knacken, als ob die Zweige eines Baumes sich im Winde aneinander rieben; aber es ging kein Wind, und das Geräusch kam von unten, nicht von oben. Das Wesen, das sie trug, machte dieses Geräusch.

Flüchtig wanderten ihre Gedanken zu Wil, und sie versuchte sich vorzustellen, was er an ihrer Stelle tun würde. Unwillkürlich mußte sie lächeln. Weiß der Himmel, mit was für einem Bravourstück Wil versuchen würde, sich aus einer solchen Situation zu retten, dachte sie. Dann fragte sie sich, ob sie ihn je wiedersehen würde.

Sie spürte, wie ihre Muskeln sich verkrampften und überlegte, ob sie es wagen konnte sie ein wenig zu lockern, ohne sich zu verraten. Versuchsweise streckte sie die Beine, tat so, als bewegte sie sich im Schlaf. Die Finger, die sie umklammert hielten, folgten ihrer Bewegung, lockerten aber nicht den Griff.

Das Plätschern fließenden Wassers drang an ihr Ohr, wurde merklich lauter. Sie roch das Wasser jetzt, frisch und nach Waldblumen duftend – ein Bach, der sprudelnd durch die Stille des Waldes sprang. Dann war er unter ihr, und das Knistern von Ästen und die Geräusche danach gingen in seinem Geplätscher unter. Schritte widerhallten dumpf auf hölzernen Planken, und sie wußte, daß man sie über einen Steg getragen hatte. Das Gurgeln des Baches wurde leiser. Ketten klirrten und rasselten, als würden sie eingeholt, und dann folgte ein dumpfer Schlag. Irgend etwas hatte sich hinter ihr geschlossen, eine Tür – eine sehr schwere Tür. Eine Eisenstange und mehrere Riegel knirschten. Sie hörte es ganz deutlich. Wie zuvor flutete die kühle Nachtluft über ihr Gesicht, doch sie brachte den unverwechselbaren Geruch von Stein und Mörtel mit. Wieder stieg Furcht in ihr auf. Sie befand sich innerhalb von steinernen Mauern, in einem Hof vielleicht, und wurde jetzt, das glaubte sie jedenfalls, in ein Gefängnis getragen. Wenn es ihr nicht gelang, sich sofort zu befreien, würde sie nie mehr freikommen. Doch die Finger, die sie umklammerten, lockerten sich nicht, und es waren ihrer viele. Es würde sie eine ungeheure Anstrengung kosten, sich ihnen zu entreißen, und sie glaubte nicht, daß sie noch soviel Kraft besaß. Und wohin, dachte sie niedergeschlagen, sollte sie sich dann wenden, wenn es ihr wirklich gelang, sich zu befreien?

Wieder wurde eine Tür geöffnet. Sie knarrte leise. Noch immer war nirgends ein Lichtschein zu sehen; nichts als Schwärze umgab sie.

»Hübsch«, sagte plötzlich eine Stimme, und Amberle fuhr erschrocken zusammen.

Sie wurde weitergetragen. Hinter ihr schloß sich die Tür, und die Gerüche des Waldes blieben zurück. Sie war drinnen – aber wo drinnen? Durch lange, gewundene Gänge führte der Weg. Es roch nach Moder und Feuchtigkeit. Aber auch einen anderen Geruch konnte sie noch ausmachen, einen schweren Duft nach Räucherwerk oder Parfüm. Tief atmete sie den Duft ein, und einen Moment lang schwamm ihr der Kopf.

Dann endlich, ganz plötzlich und unerwartet, sah sie Licht, das schimmernd durch einen hohen Torbogen fiel. Amberle, deren Augen noch an die Finsternis gewöhnt waren, blinzelte geblendet. Sie wurde durch den Torbogen getragen und dann eine

Wendeltreppe hinunter. Das Licht blinkte über ihr, blieb kurz zurück, folgte ihr dann schwankend durch die Dunkelheit.

Ihre Träger hielten an. Sie spürte, wie sie auf einen dicken gewobenen Teppich hinuntergelassen wurde. Die hölzernen Finger ließen sie los. Sie stützte sich auf einen Ellenbogen und blickte blinzelnd zum Licht. Einen Moment lang hing es direkt vor ihren Augen, dann zog es sich langsam hinter einer Wand aus Eisenstangen zurück. Eine Tür flog zu, und das Licht war fort.

Kurz bevor es verschwand, sah Amberle flüchtig die Wesen, die sie gefangengenommen hatten. Ihre schmalen Gestalten hoben sich klar aus dem weißen Licht. Sie schienen aus Holzstöckchen gemacht zu sein.

Auf dem Grund der Senke gab Wil das Zeichen zum Anhalten. Es war so finster, daß er kaum die Hand vor Augen sehen konnte; er konnte weder Hebel noch Eretria erkennen, und auch sie konnten ihn nicht sehen. Wenn sie unter diesen Bedingungen einfach losmarschierten, würden sie einander bald verlieren und sich hoffnungslos verlaufen. Er wartete ein paar Augenblicke, bis sein Blick schärfer wurde. Doch viel half das nicht. Die Senke blieb ein finsteres Meer von Schatten, in dem einzelne Formen kaum auszumachen waren.

Hebel hatte schließlich einen Einfall, wie das Problem zu lösen war. Nachdem er aus dem Sack, den er über der Schulter trug, ein Seil herausgenommen hatte, pfiff er nach Drifter und machte ein Ende des Seils an dem Hund fest; das andere Ende schlang er um seine Hüfte, dann um Wil und Eretria. Auf diese Weise aneinandergebunden, konnten sie einander folgen, ohne Angst haben zu müssen, getrennt zu werden. Der alte Mann prüfte das Seil, dann redete er kurz auf Drifter ein. Der große Hund trottete los.

Wil schien es, als wanderten sie stundenlang durch die Senke. Stolpernd schlugen sie sich durch einen Irrgarten von Bäumen und Büschen, blind fast in der undurchdringlichen Finsternis, den Instinkten des Hundes vertrauend, der sie führte. Sie sprachen nicht miteinander, sondern glitten so leise sie konnten durch den Wald. Nur allzu bewußt waren sie sich der Tatsache, daß irgendwo in diesem Wald der Raffer lauerte. Nie zuvor hatte sich

Wil so hilflos gefühlt wie in diesen Augenblicken. Es war schlimm genug, daß er kaum etwas sehen konnte; noch schlimmer aber war das Wissen, daß der Raffer mit ihnen hier unten war. Ständig dachte er an Amberle. Wenn er schon Angst hatte, wie mußte es dann für sie sein? Er schämte sich seiner Furcht. Er hatte kein Recht, sich zu fürchten, während sie doch allein und schutzlos war, da er sie in diese Lage gebracht hatte.

Doch die Furcht ließ ihn nicht los. Um sie abzuschütteln, nahm er den Beutel mit den Elfensteinen in eine Hand und umklammerte ihn so fest, als könnte ihn allein die Tatsache, daß er ihn hielt, gegen alles Unheil schützen, das sich in der Nacht dieses Waldes verbarg. Tief im Inneren jedoch blieb das schreckliche Gefühl, daß die Elfensteine ihn nicht schützen würden, daß ihre Kräfte ihm nicht gehorchten und nie gehorchen würden. Was Amberle ihm gesagt hatte und was er selbst sich gesagt hatte, spielte keine Rolle. Dieses Gefühl beruhte nicht auf logischen Gründen, es war einfach da – quälend, beängstigend. Die Zauberkraft der Elfensteine war ihm verloren.

Er bemühte sich noch immer, das Gefühl abzuschütteln, als das Seil vor ihm plötzlich erschlaffte. Beinahe wäre er gegen Hebel geprallt, der abrupt stehengeblieben war. Eretria lief in ihn hinein, und dicht zusammengedrängt standen die drei nun beieinander und spähten in die Finsternis.

»Drifter hat was gefunden«, flüsterte der Alte Wil zu.

Auf den Knien kroch er bis zu seinem Hund hin, der auf dem Boden herumschnupperte. Wil und Eretria folgten ihm. Beschwichtigend streichelte er den Hund und tastete mit der Hand die Erde ab. Dann stand er auf.

»Mallenroh.« Er sprach den Namen leise. »Sie hat das Elfenmädchen.«

»Seid Ihr sicher?« flüsterte Wil zurück.

Der Alte nickte. »Ganz sicher. Dieses Ungeheuer, der Raffer, ist jetzt irgendwo anders. Drifter wittert ihn jetzt nicht mehr.«

Wil verstand nicht, wie Hebel all dieser Details so sicher sein konnte, zumal es so finster war, daß man beim besten Willen nichts sehen konnte. Doch es wäre sinnlos gewesen, sich mit ihm zu streiten.

»Was tun wir jetzt?« fragte er ratlos.

»Wir gehen weiter«, brummte Hebel. »Drifter – lauf, alter Bursche.«

Der Hund setzte sich wieder in Bewegung, und die drei Menschen folgten ihm. Allmählich begann der Wald sich zu lichten. Zuerst glaubte Wil, seine Augen spielten ihm Streiche, doch schließlich erkannte er, daß die Nacht sich ihrem Ende zuneigte, und ein neuer Tag heraufzuziehen begann. Bäume und Büsche rundum begannen Gestalt anzunehmen, und das Zwielicht erhellte sich langsam, während das schwache Licht der ersten Sonnenstrahlen durch das Dach des Waldes fiel. Zum ersten Mal seit sie in die Senke hinuntergestiegen waren, konnte Wil die zottige schwarze Gestalt Drifters erkennen, der mit gesenktem Kopf voranlief.

Während Wil den Hund noch beobachtete, hob der plötzlich den Kopf und blieb stehen. Verwundert machten auch die drei Menschen halt. Vor ihnen stand das merkwürdigste Geschöpf, das sie je gesehen hatten. Ein menschenähnliches Wesen, das aus Stöcken gemacht war – zwei Arme, zwei Beine und ein Körper, ganz aus Stöcken gebildet. Knorrige Wurzeln an den Enden von Armen und Beinen waren Finger und Zehen. Das Wesen hatte keinen Kopf. Es blickte sie an – zumindest glaubten sie, daß es sie anblickte, da die Wurzeln, die Finger und Zehen bildeten, in ihre Richtung zu deuten schienen. Der dünne Körper schwankte leicht wie ein junges Bäumchen in einem plötzlichen Windstoß. Dann drehte sich das merkwürdige Wesen um und stakste in den Wald zurück.

Hebel warf einen raschen Blick auf die anderen beiden.

»Ich hab's Euch gesagt. Das ist Mallenrohs Werk.«

Hastig winkte er ihnen zu und eilte schon dem Holzgeschöpf nach. Wil und Eretria tauschten einen zweifelnden Blick, dann folgten sei ihm. Stumm marschierte der kleine Zug auf verschlungenen Pfaden durch das Gewirr des Waldes. Nach einer Weile tauchten rundum andere Holzmännchen auf, genau wie der, dem sie zuerst begegnet waren; kopflose, knorrige Wesen, die sich, abgesehen von dem leichten schabenden Geräusch, das sie beim Gehen verursachten, völlig lautlos bewegten. Beinahe ehe sich's die Menschen versahen, waren sie von Dutzenden der Geschöpfe umringt, die wie Geister durch die Schatten wanderten.

»Ich hab's Euch gesagt«, flüsterte Hebel wieder, und sein zerknittertes Ledergesicht war voller Eifer.

Plötzlich hörte der Wald auf. Vor ihnen erhob sich ein einsamer Turm, dessen dunkle Spitze in die Bäume hineinragte, die ihn umgaben. Er thronte auf einer kleinen Anhöhe, ein beinahe fensterloses Verlies auf uraltem Stein, der verwittert war und dicht überwuchert von Rankenpflanzen und Moos. Die Anhöhe war zu einer Insel geworden, eingeschlossen von einem Bach, der irgendwo aus der Tiefe des Waldes hervorsprang und in Windungen den Hügel umrundete, ehe er sich wieder in den Bäumen verlor. Eine niedrige Mauer, die nahe am Ufer des Baches errichtet war, umschloß den Turm; die Zugbrücke stand offen, überspannte das sprudelnde Wasser des Baches, und ihre Ketten hingen schlaff von kleinen Wachhäuschen zu beiden Seiten herab. Rund um den Hügel und dem Turm breiteten mächtige alte Eichen ihre Zweige aus und schirmten die Insel vom Tageslicht ab, so daß sie genau wie die übrige Senke tief im Schatten lag.

Das Holzmännchen, dem sie gefolgt waren, blieb stehen. Es machte eine leichte Wendung, so als wolle seine kopflose Gestalt sich vergewissern, daß sie noch nachkamen. Dann setzte es sich wieder in Bewegung, marschierte auf die Zugbrücke zu. Ohne einen Augenblick des Zögerns schlurfte Hebel ihm hinterher, Drifter an seiner Seite. Wil und Eretria blieben einen Augenblick zurück; sie waren nicht so sicher wie der Alte, ob sie dem Führer folgen sollten. Der Turm war ein unerfreulicher, abschreckender Bau; sie wußten, daß es für sie besser war, ihn nicht zu betreten, wußten, daß sie sich bereits viel weiter vorgewagt hatten, als klug war. Doch Wil spürte irgendwie, daß er hier Amberle finden würde. Er warf Eretria einen Blick zu, dann gingen sie weiter.

Dem schweigsamen Holzmännchen folgend, und rings von der Schar seiner Brüder umgeben, marschierte der kleine Zug zum Bachufer hinunter. Nur die Schabegeräusche der hölzernen Glieder und das Plätschern des Baches waren in der Stille des Waldes zu hören. Das Holzmännchen trat auf die Brücke und überquerte sie. Im Schatten des Tores verschwand es. Die beiden Männer, das

Mädchen und der Hund schritten nach ihm über die Brücke, wobei Wil und Eretria immer wieder furchtsame Blicke auf den massigen, finsteren Bau warfen, der auf der anderen Seite wartete.

Dann hatten sie das Tor erreicht. Das Holzmännchen tauchte wieder auf, stand jetzt genau jenseits des schattigen Torbogens. Als sie, in einer Linie hintereinander, sich näherten, setzte es sich erneut in Bewegung und steuerte auf den Turm zu. Kaum hatten sie das Tor hinter sich gelassen, da hörten sie das Knirschen und Klirren der Ketten. Die Zugbrücke hinter ihnen wurde hochgezogen.

Jetzt gab es kein Zurück. Dicht zusammengedrängt gingen sie dem Turm entgegen. Das Holzmännchen wartete. Es stand in einer hohen Türnische, in deren Schutz sich eine breite, mit Eisenbeschlägen gezierte Flügeltür aus Holz befand. Einer der Flügel stand offen. Das Holzmännchen trat hinein und war verschwunden. Wil blickte an der massigen steinernen Mauer des Turmes empor, dann griff er unter seinen Kittel und zog den Beutel mit den Elfensteinen heraus. Zusammen mit den anderen trat er durch die Tür in schwarze Finsternis.

Einen Augenblick rührte sich keiner. Sie standen gleich jenseits der Schwelle und blinzelten blind in die Düsternis. Dann schwang die Tür hinter ihnen plötzlich zu, und Schlösser schnappten ein. In einem Glaszylinder, der von der Decke herabhing, flammte Licht auf, das einen weichen weißen Schein verbreitete; es war keine Öllampe, und es war keine Pechfackel, es war etwas, das flammenlos brannte. Rundherum standen die Holzmännchen, und ihre krummen, knorrigen Schatten tanzten im Licht an den steinernen Mauern.

Aus der Finsternis hinter ihnen tauchte eine Frau auf, ganz in schwarze Gewänder gekleidet, die mit langen flatternden Bändern aus scharlachrotem Nachtschatten geschmückt waren.

»Mallenroh«, flüsterte Hebel, und Wil Ohmsford spürte, wie die Luft um ihn herum zu Eis wurde.

Der zweite Tag der Schlacht um Arborlon gehörte Andor Elessedil. Es war der Tag voll Blut und Schmerz, ein Tag des Todes und des Heldenmutes. Die ganze Nacht hatten unablässig Dämonen-Horden über die Wasser des Singenden Flusses gesetzt, einzeln und in Gruppen, bis schließlich, zum ersten Mal seit sie der Mauer der Verfemung entronnen waren, ihr gesamtes Heer zum Angriff gesammelt stand. Am Fuß des Carolan, von der Felswand zum Flußufer, von Norden bis Süden soweit das Auge reichte, drängten sich die Massen des Feindes, schrecklich anzusehen und unendlich an Zahl. Vor Morgengrauen schlugen sie los. In nicht enden wollenden Wogen brandeten sie gegen die Mauern des Elfitch, rasend und heulend vor Haß. In wilder Flut sprangen sie an den Felshöhen empor, kletterten am kahlen Stein hinauf, kämpften sich mit wütend gefletschten Zähnen durch einen Hagel von Pfeilen. Höher stiegen die Massen, einer Flutwelle gleich, die die Verteidiger, die oben warteten, überschwemmen und mit sich fortreißen würde.

Andor Elessedil war es, der alles entschied. Er war, als würde er an diesem Tag endlich der König, der sein Vater gewesen war, der König, der fünfzig Jahre zuvor die Elfen gegen die Heere des Dämonen-Lords geführt hatte. Verflogen waren Mattigkeit und Entmutigung. Verflogen waren die Zweifel, die ihn seit der Schlacht am Halys-Joch gequält hatten. Er glaubte wieder an sich selbst und an die Entschlossenheit jener, die an seiner Seite kämpften. Es war ein historischer Moment, und der Elfenprinz wurde zu seinem Mittelpunkt.

Um ihn geschart standen die Heere von vier Rassen, deren Banner im Morgenwind flatterten. Hier waren die silbernen Kriegsadler und die mächtige Eiche der Elfen, das Grau und Rot der Freitruppe, die schwarzen Rösser der alten Garde; dort flogen die Farben der Zwergpioniere, waldgrün, das von der Schlangenlinie des Silberflusses geteilt wurde, und die Standarte der Bergtrolle von Kershal, die einen Hammer und blaue Berggipfel zeigte. Nie zuvor hatten sie alle im selben Wind geflattert. Nie zuvor in der Geschichte der Vier Länder hatten die Rassen sich vereinigt, um gemeinsam für eine Sache zu kämpfen. Troll und

Zwerg, Elf und Mensch – die Menschwesen der neuen Welt standen zusammen gegen eine böse Macht aus uralter Zeit. An diesem einen, wunderbaren Tag wurde Andor Elessedil zu dem zündenden Funken, der sie alle zum Leben erweckte.

Er war überall zugleich, bald hoch oben auf dem Fels, bald an den Toren des Elfitch, mal zu Pferd, mal zu Fuß, immer dort, wo die schwersten Kämpfe erbittert wüteten. Im schimmernden Kettenhemd, den Ellcrysstab hocherhoben, stand er in der vordersten Linie derer, die die Stadt vor dem Ansturm der Dämonen verteidigten. Ganz gleich, wohin er kam, die Verteidiger faßten neuen Mut und sammelten sich wieder. Obwohl an Zahl stets unterlegen, obwohl ständig unter gewaltigem Druck, gelang es dem Elfenprinzen und seinen Waffengefährten, die Angreifer zurückzuwerfen. Andor Elessedil wuchs an diesem Tag über sich selbst hinaus, kämpfte mit so grimmiger Entschlossenheit, daß es schien, als könne nichts ihm widerstehen. Wieder und wieder versuchten die Dämonen, die rasch erkannt hatten, daß dieser eine Mann die treibende Kraft hinter den Verteidigern war, seiner habhaft zu werden. Wieder und wieder schien es, als würde es ihnen gelingen, wenn sie Andor in einem Schwarm schwarzer, wütender Leiber umringten. Jedesmal aber kämpfte er sich seinen Weg wieder frei. Jedesmal wurden die Dämonen zurückgetrieben.

Es war ein Tag der Helden, denn alle Verteidiger Arborlons wurden durch den hohen Mut des Elfenprinzen befeuert. Eventine Elessedil stand an der Seite seines Sohnes und kämpfte mit Tapferkeit, und allein schon seine Gegenwart gab den Elfen Mut und Entschlossenheit. Auch Allanon war da. Hochgewachsen, schwarzgewandet, überragte er um Haupteslänge die Kämpfenden um ihn herum, wenn die blauen Flammen aus seinen Fingern züngelten und mitten unter die rasenden Dämonen fuhren. Zweimal brachen die Dämonen durch das Tor der dritten Rampe, und zweimal warfen die Bergtrolle unter Führung Amantars sie wieder zurück. Stee Jans und die Männer der Freitruppe fingen einen dritten Angriff ab, begegneten ihm mit einer Gegenattacke von solchem Feuer und solcher Härte, daß sie die Dämonen bis zur zweiten Rampe zurückwarfen und eine Zeitlang sogar die Tore wiederzuerobern hofften. Elfen-Kavallerie und Zwergpioniere wehrten am Rand des Carolans einen Überfall nach dem anderen ab, drängten scharenweise die Dämonen zurück, denen es gelungen war, die Felswand zu erklimmen, und die nun die Verteidiger auf dem Elfitch von den Flügeln her anzugreifen drohten.

Doch Andor war es, der sie alle führte, Andor, der ihnen neue Kraft und neuen Mut gab, wenn es schien, als könnten sie dem Ansturm nicht länger widerstehen. Andor war es, der sie immer wieder von neuem beflügelte. Als der Tag schließlich zu Ende ging, und die Dunkelheit sich herabsenkte, waren die Dämonen gezwungen, sich wiederum zurückzuziehen und in den schwarzen Wäldern am Fuß des Felsplateaus Schutz zu suchen. Heulend und kreischend vor ohnmächtiger Wut wichen sie zurück. Wieder war es den Verteidigern Arborlons gelungen, die Stadt zu halten. Es war Andor Elessedils größte Stunde.

Dann aber schien das Blatt sich zu wenden. Mit dem Einbruch der Nacht griffen die Dämonen von neuem an. Sie warteten nur, bis das letzte Sonnenlicht verglüht war, dann stürmten sie aus den Wäldern hervor, um die Verteidigungsstellen der Elfen zu überrennen. Im Nu hatten sie die Fackeln gelöscht, die die Verteidiger am unteren Teil des Elfitch entzündet hatten, und kämpften sich hinauf zum Tor der dritten Rampe. Verzweifelt stemmten sich die Verteidiger gegen den Ansturm; die massigen Bergtrolle blockierten das Tor, während Elfen und Freikämpfer von der Höhe der Mauern versuchten, die Angreifer abzuwehren. Doch der Ansturm war zu gewaltig; das Tor gab nach, die beiden Flügel flogen auf. Und mit wütendem Geheul strömte das Heer der Dämonen durch das doppelt geöffnete Tor.

Auch oben auf den Höhen gelang es jetzt den Dämonen, Preschen zu schlagen. Dutzende schwarzer Gestalten drängten sich durch die Linien der Kavallerie, welche die Höhe bewachten, und stoben mit wildem Geheul zur Stadt. Mehr als einhundert von ihnen stürmten den Garten des Lebens, wohl wissend, daß hinter seinen Toren jenes Zauberwesen stand, das sie so viele Jahrhunderte lang eingeschlossen gehalten hatte. Dort stießen sie auf die Soldaten der Schwarzen Wache, die bereitstanden, den uralten Baum, der ihnen anvertraut war, bis auf den letzten Mann zu verteidigen. In wahnsinniger Raserei griffen die Dämonen an, stürzten mitten hinein in die gesenkten Piken der Schwarzen Wache und wurden in Stücke zerrissen.

Am südlichen Ende des Carolan gelang es einer anderen Horde von Dämonen, sich im Schatten der Nacht zur Höhe emporzuarbeiten. Den von der Schwarzen Wache behüteten Garten des Lebens abseits liegen lassend, stahlen sie sich nach Osten, weg vom Carolan, und krochen hinter einer Reihe von Fackeln, die am Felsrand aufgestellt waren, durch die flackernden Schatten, um dann zur Stadt zu stürmen. Ein halbes Dutzend verwundeter Elfen, die, kampfunfähig, auf dem Weg nach Hause waren, fielen ihnen in die Hände, wurden getötet. Noch mehr wären umgekommen, hätte nicht eine Patrouille von Zwergenpionieren eingegriffen, die, zusammen mit Elfen-Patrouillen, den Umkreis der Stadt überwachten. Als sie merkten, daß es den Dämonen gelungen war, die Reihen der Verteidiger auf der Höhe zu durchbrechen, folgten sie den Schreien der Sterbenden und überraschten die Mörder. Als der Kampf endlich vorüber war, standen nur noch drei der Zwerge auf den Beinen. Doch alle Dämonen waren tot.

Als der Morgen graute, war die Höhe wieder freigekämpft, die Dämonen noch einmal zurückgeworfen. Doch die dritte Rampe des Elfitch war verloren, und die vierte war bedroht. Am Fuß der Felswand sammelten sich die Dämonen von neuem. Wildes Geschrei schallte durch die morgendliche Stille, als sie in wogenden Massen die Rampe hinaufstürmten. Jene, welche die Horde anführten, trugen einen gewaltigen Sturmbock. Mit ihm rannten sie gegen das Tor an, zertrümmerten die beiden schweren Holzflügel, und sogleich strömten die Horden mit wildem Triumphgeschrei hindurch. Trolle und Elfen bildeten in aller Eile eine festgefügte Phalanx, eine Wand eiserner Speere und Lanzen, die sich tief in die Woge zuckender schwarzer Leiber bohrten. Doch die Dämonen ließen nicht nach, weiter stürmten sie vor, warfen sich immer wieder gegen die Reihen der Verteidiger, bis sie diese hinter die dicken Mauern der fünften Rampe zurückgedrängt hatten.

Es war eine verteufelte Situation. Vier der sieben Terrassen des

Elfitch waren verloren. Die Dämonen waren auf dem besten Weg, die Höhen des Plateaus zu erklimmen. Andor sammelte die Verteidiger um sich, während Amantar und Kerrin mit ihren Truppen die Flügel verstärkten. Die Dämonen preschten von neuem vor, warfen sich krachend gegen das Tor der Rampe. Doch als es schon schien, als könne ihr Durchbruch nicht mehr verhindert werden, erschien Allanon auf der Höhe der Mauer und erhob seine Arme. Blaue Flammen schossen züngelnd die Rampe hinunter, trieben die Dämonen-Horden auseinander und verbrannten den Sturmbock zu Asche. Erschrocken und bestürzt fielen die Dämonen zunächst einmal zurück.

Den ganzen Morgen versuchten die Dämonen immer wieder, die Verteidigungslinien der Elfen an der fünften Rampe zu durchbrechen. Als es Mittag wurde, gelang es ihnen schließlich. Zwei gewaltige, riesenhafte Unholde drängten sich an die Vorderfront des Dämonenheeres und warfen sich donnernd gegen das Tor – einmal, zweimal. Holz und Eisen zersprangen, die Torflügel splitterten, wurden auseinandergerissen. Die Unholde stürmten hindurch und jagten die Verteidiger auseinander. Eine kleine Gruppe von Bergtrollen versuchte, sie aufzuhalten, doch die Unholde wischten die Trolle zur Seite, als seien sie aus Papier. Wieder sammelte Andor seine Soldaten um sich und feuerte sie zum Gegenangriff an. Doch die Dämonen strömten jetzt in hellen Heerscharen durch das gesprengte Tor und überschwemmten die Verteidiger.

Eventine Elessedil, der der Sicherheit des höherliegenden Tores entgegenritt, wurde das Pferd getötet, und der alte König stürzte. Die Dämonen sahen es. Mit gierigem Geheul rannten sie vorwärts. Sie hätten ihn getötet, wäre nicht Stee Jans gewesen. Er und der klägliche Rest seiner Leute sprangen den Ungeheuern in den Weg und griffen sie mit mächtigen Schwerthieben an. Hinter ihnen kam Eventine torkelnd auf die Beine; benommen und blutig geschlagen, doch am Leben. Rasch führte Kerrin die Leibgarde in die Nähe des Königs, und sie trugen ihn aus dem Schlachtgetümmel fort.

Die Soldaten der Freitruppe hielten noch einige Zeit länger aus, dann wurden auch sie überrannt. Die Dämonen drängten unaufhaltsam vor, schoben sich einfach an den Elfen vorbei, die versuchten, ihnen den Weg zu versperren. Angeführt wurde der Überfall von den beiden Unholden, die das Tor gesprengt hatten, und die nun alle niedertrampelten, die sich ihnen in den Weg stellten. Den Ellcrysstab hoch erhoben, rief Andor die Verteidiger der Stadt zusammen, mit ihm gemeinsam die Attacke der Dämonen abzuwehren. Doch zu gewaltig war der Ansturm. Amantar und Stee Jans kämpften, an die Mauern der Rampe zurückgedrängt um ihr Leben und vermochten nicht, den Elfenprinzen zu erreichen. Einen beängstigenden Moment lang stand Andor Elessedil praktisch allein vor dem Heer wütender Dämonen, das sich unaufhaltsam heranwälzte.

Doch nur einen Augenblick lang. Auf der Höhe des Tores zum sechsten Plateau pfiff Allanon Dayn vom Rand des Carolan herunter. Ohne ein Wort riß er dem verwundeten Himmelsreiter die Zügel seines Vogels aus der Hand und sprang auf den Rücken des gigantischen Rock. Im nächsten Moment schwebte er abwärts, während seine schwarzen Gewänder sich um ihn bauschten wie Segel. Dancer schrie einmal laut auf, dann stieß er mit reißenden Krallen und hackendem Schnabel herab, mitten unter die Dämonen, die Andor bedrohten. Kreischend stürzten die schwarzen Gestalten auseinander. Blaues Feuer raste zuckend aus den Fingern des Druiden, und die Rampe vor ihm verwandelte sich in ein Flammenmeer. Mit rascher Hand zog er den erstaunten Andor zu sich hinauf, gab Dancer einen scharfen Befehl, und sogleich hob sich der Rock wieder in die Lüfte; unten gewannen gerade die letzten Verteidiger die Sicherheit der sechsten Rampe, und das Tor fiel hinter ihnen zu.

Noch einige Sekunden lang loderte das Feuer des Druiden, dann erstarb es zuckend. Wutentbrannt jagten die Dämonen den fliehenden Verteidigern nach. Doch inzwischen hatte man die Zwergenpioniere oben auf der Höhe alarmiert. Winden und Flaschenzüge begannen sich zu drehen, und die Ketten um die Stützpfeiler der Rampe strafften sich. Gleich würden Broworks schlau verborgene Fallen zuschnappen. Knirschend, krachend lösten sich die schon geschwächten Stützpfeiler unter dem Elfitch, von den Ketten herausgezogen. Rüttelnd und schwankend senkte sich die Rampe unterhalb der sechsten Stufe und splitterte. Dämonen, die sich auf ihr befanden, verschwanden in einer riesigen Wolke von Staub und Trümmern. Gellende Schreie erfüllten die Luft, und von der großen unteren Rampe war nichts mehr zu sehen.

Als der Staub sich gelegt hatte, war der Elfitch vom Tor der sechsten Rampe bis hinunter zur vierten nur noch ein wüster Haufen von Geröll und zersplitterten Holzbalken. Die Leichen zahlloser Dämonen, verzerrt und zerfetzt, lagen überall. Die, die überlebt hatten, wichen bis zum Fuß der Felswand zurück, wobei sie Mühe hatten, dem Hagel von Felsbrocken und Geröll zu entgehen, der sich über sie ergoß. Sie zogen sich in die Wälder zurück.

An diesem Tag griffen die Dämonen nicht wieder an.

Eventine Elessedil, der eine Kopfwunde davongetragen hatte und dazu eine Anzahl kleinerer Verletzungen, wurde vom Schlachtfeld auf der Höhe des Elfitch in die Stille und Abgeschiedenheit seines Hauses getragen. Der getreue Gael säuberte und verband die Wunden und half seinem König ins Bett. Danach ließ man den König der Elfen allein, um ihm Ruhe zu gönnen. Dardan und Rhoe bezogen Posten vor der Tür seines Schlafgemachs. Aber Eventine schlief nicht. Der Schlaf mied ihn. In den weichen Federkissen lag er und starrte tieftraurig vor sich hin. Verzweiflung überflutete ihn. Der Kampf war verloren, auch wenn die Freitruppe, die Zwerge und die Bergtrolle den Elfen mit großem Einsatz Beistand geleistet hatten. Alle Verteidigungsmaßnahmen hatten nichts geholfen. Einen Tag noch, vielleicht zwei, dann würden das sechste und das siebte Tor des Elfitch fallen, und die Dämonen würden die Höhe des Carolan erreichen. Das war dann das Ende. An Zahl hoffnungslos unterlegen, würden die Verteidiger schnell überrannt und vernichtet werden. Das Westland würde verlorengehen, die Elfen in alle vier Winde vertrieben werden.

Die innere Bedeutung dessen, was ihm das Herz bedrückte, quälte ihn tief. Wenn die Dämonen hier siegten, dann bedeutete das, daß Eventine Elessedil versagt hatte. Nicht nur seinem eigenen Volk gegenüber, sondern den Völkern der Vier Länder gegenüber – denn die Dämonen würden beim Westland nicht haltmachen, jetzt, da sie vom Fluch der Verfemung befreit waren. Und wie stand es um seine Vorfahren, die vor so vielen Jahrhunderten die Dämonen eingekerkert hatten, zu einer Zeit, die so fern war, daß sie ihm unvorstellbar blieb? Auch ihnen gegenüber würde er versagt haben. Sie hatten die Mauer der Verfemung geschaffen, doch ihre aufrechte Haltung hatten sie jenen anvertraut, die nach ihnen folgten; sie hatten sich darauf verlassen, daß die, die nach ihnen kamen, dafür sorgen würden, daß der Bannspruch seine Wirkung behielt. Doch im Laufe der Jahrhunderte, während der Umwälzungen, die die alte Welt vernichtet und zu einer Neugeburt der Rassen geführt hatten, hatte man den Bannspruch vergessen. Alle hatten ihn vergessen. Selbst die Erwählten hatten ihn nur als einen fernen Teil ihrer Geschichte angesehen, eine uralte Legende, die einem anderen Zeitalter angehörte, der Vergangenheit oder der Zukunft – niemals aber eigentlich der Gegenwart.

Die Kehle war ihm wie zugeschnürt. Wenn Arborlon fiel, wenn das Westland verloren war, dann würde das seine Niederlage sein. Seine! Seine durchdringenden blauen Augen wurden hart vor Zorn. Zweiundachtzig Jahre hatte er auf der Erde gelebt; mehr als fünfzig davon war er der Führer seines Volkes gewesen. Er hatte viel erreicht in dieser Zeit – und nun würde alles verlorengehen. Er dachte an Arion, seinen Erstgeborenen, seinen Sohn, der hätte leben sollen, um das weiterzuführen, wofür er so hart gearbeitet hatte, und er dachte auch an Kael Pindanon, den alten Waffengefährten, den treuen Freund. Er dachte an die Elfen, die bei der Verteidigung des Sarandanon und Arborlons gefallen waren. Für nichts waren sie gestorben.

Er schlüpfte tiefer unter die Decke seines Bettes, während er überlegte, welche Möglichkeiten noch geblieben waren, welche Taktik sich vielleicht noch anwenden ließ, auf welche Reserven man zurückgreifen konnte, wenn die Dämonen erneut angriffen. Die Gedanken jagten sich in seinem Kopf, und tief in seinem Inneren verspürte er ein Gefühl von Hoffnungslosigkeit. Es gab keine Rettung mehr.

Während er um Antworten auf die Fragen rang, die er sich selbst gestellt hatte, fiel ihm plötzlich Amberle ein. Der Gedanke an sie erschreckte ihn beinahe, und mit einem Ruck setzte er sich in seinem Bett auf. In den Verwirrungen der letzten Tage hatte er seine Enkelin vergessen, sie, die die letzte der Erwählten war, die, wie Allanon ihm gesagt hatte, die einzige Hoffnung seines Volkes war. Was, fragte er sich niedergeschlagen und voller Trauer, was war nur aus Amberle geworden?

Er legte sich wieder nieder und starrte durch den Schatten der Vorhänge in die dichter werdende Dunkelheit hinaus. Allanon hatte gesagt, daß Amberle lebte. Und inzwischen tief drinnen im unteren Westland war; doch Eventine glaubte nicht, daß dieser Druide es wirklich wußte. Der Gedanke bedrückte ihn. Wenn sie tot war, dann wollte er es nicht wissen, sagte er sich plötzlich. Es war besser so, es nicht zu wissen. Und doch war es eine Lüge. Er mußte es wissen, unbedingt. Bitterkeit stieg in ihm auf. Alles entglitt ihm – seine Familie, sein Volk, sein Land, alles, was er liebte, alles, was seinem Leben Sinn und Bedeutung gegeben hatte. Er sah eine Ungerechtigkeit darin, die er nicht begreifen konnte. Nein, es war mehr als das. Es war eine Ungerechtigkeit, die er nicht akzeptieren konnte. Er wußte, wenn er es tat, würde es sein Ende sein.

Er schloß die Augen, um das Licht nicht sehen zu müssen. Wo war Amberle? Man mußte es wissen, sagte er sich eigensinnig. Er mußte einen Weg finden, sie zu erreichen, ihr zu helfen, wenn seine Hilfe gebraucht wurde. Er mußte einen Weg finden, sie zu ihm zurückzuholen. Schwer atmend lag er da. Noch immer an Amberle denkend, übermannte ihn der Schlaf.

Es war dunkel, als er wieder erwachte. Im ersten Moment war er nicht sicher, was ihn geweckt hatte. Sein Geist war noch umnebelt vom Schlaf, seine Gedanken wirr. Ein Geräusch, dachte er, ein Schrei. In seinen Kissen richtete er sich auf und blickte angestrengt in die Düsternis des Zimmers. Bleiches weißes Mondlicht sickerte durch den Stoff der zugezogenen Vorhänge und erhellte schwach die Linien der verriegelten zweiflügeligen Fenstertür. Ungewiß wartete er.

Dann hörte er wieder ein Geräusch, ein gedämpftes Stöhnen, das beinahe augenblicklich wieder verstummte. Es war von draußen gekommen, aus dem Korridor, wo Dardan und Rhoe Wache standen. Langsam setzte er sich auf und lauschte angestrengt. Doch er hörte nichts mehr; nur Schweigen umgab ihn, tiefes, lastendes Schweigen. Eventine rutschte zum Rand des Bettes und schob vorsichtig ein Bein auf den Boden hinunter.

Die Tür zu seinem Schlafgemach schwang langsam auf. Das Licht der Öllampen aus dem Korridor fiel ins Zimmer. Der Elfenkönig erstarrte. Durch die Öffnung kam Manx, den massigen Körper in Lauerstellung tief am Boden, den zottigen grauen Kopf zu seinem Herrn emporgestreckt, der auf dem Bettrand saß. Die Augen des Wolfshundes glitzerten wie die einer Katze, und seine dunkle Schnauze war feucht von Blut. Doch seine Beine und Pfoten erschreckten den König am meisten; im dämmrigen Licht schien es, als seien sie die knotigen, klauenbewehrten Glieder eines Dämons geworden.

Aus dem Licht der Öllampen glitt Manx in den Schatten, und Eventine blinzelte erstaunt. In diesem Augenblick war er sicher, daß das, was er gesehen hatte, der letzte Fetzen eines Traums gewesen war, daß er sich nur eingebildet hatte, Manx sei nicht Manx, sondern etwas anderes. Der Wolfshund kam langsam auf ihn zu, und der König erkannte, daß er freundlich mit dem Schwanz wedelte. In tiefer Erleichterung seufzte er auf. Es war wirklich nur Manx, sagte er sich.

»Manx, braver Alter...« sagte er und brach ab, als er die blutigen Spuren sah, die der Hund auf dem Fußboden hinterlassen hatte.

Da sprang Manx schon nach seiner Kehle, schnell und lautlos, mit weitaufgerissenem Maul und krallenden Pfoten. Doch Eventine war schneller. Er riß die Decken vom Bett und warf sie dem Hund über. Nachdem er sie fest um das sich wehrende Tier gewickelt hatte, schleuderte er das Bündel mit Wucht auf das Bett und stürzte zur offenen Tür. Mit einem Satz war er draußen, schlug die Tür hinter sich zu, ließ den Riegel einschnappen.

Schweiß strömte in kleinen Bächen an seinem Körper herab. Was ging hier vor? Wie betäubt taumelte er von der Tür zurück und wäre beinahe über den reglosen Körper Rhoes gefallen, der mit aufgeschlitztem Hals auf dem Boden lag. Eventines Gedanken rasten. Manx? Weshalb hätte Manx...? Aber nein, sagte er sich scharf, das war ja nicht Manx. Dieses Ungeheuer, das sich da in seinem Schlafgemach auf ihn gestürzt hatte, war nicht Manx, sondern nur etwas, das wie Manx aussah. Benommen ging er den Korridor hinunter auf der Suche nach Dardan. Er fand ihn nicht weit vom vorderen Portal mit einer Lanze tief in der Brust steckend.

Da flog krachend die Tür seines Schlafgemachs auf, und das Ungeheuer, das wie Manx aussah und doch ganz sicher nicht Manx war, stürzte heraus. In wilder Hast rannte Eventine zum Portal und rüttelte an den Klinken. Sie rührten sich nicht, die Tür war verschlossen. Der alte König drehte sich um und sah, wie das Untier im Flur, das bluttriefende Maul weit geöffnet, langsam auf ihn zuschlich. Furcht packte da Eventine, so entsetzlich, daß sie ihn einen Moment lang völlig zu überwältigen drohte. Er war in seinem eigenen Haus gefangen. Es war niemand da, der ihm helfen konnte, niemand, zu dem er sich flüchten konnte. Er war allein.

Hechelnd klang der Atem des Ungeheuers durch die Stille des Korridors. Ein Dämon, dachte Eventine voller Grauen, ein Dämon, der sich als Manx eingeschlichen hatte, als der treue alte Manx. Ihm fiel plötzlich ein, wie er nach dem Fall des Sarandanon aufgewacht war und Manx gesehen hatte und plötzlich, völlig irrational, den Eindruck gehabt hatte, daß dies gar nicht Manx gewesen war, sondern etwas anderes. Eine Täuschung, hatte er damals gedacht – aber es war keine gewesen. Manx war tot, seit vielen Tagen wahrscheinlich schon, vielleicht auch schon seit Wochen...

Mit einem Schlag dämmerte ihm die gräßliche Wahrheit. Bei all seinen Besprechungen mit Allanon, als sie gemeinsam ihre geheimen Pläne ausgearbeitet hatten, und als sie die Maßnahmen zum Schutz Amberles erörtert hatten, war Manx zugegen gewesen. Oder der Dämon, der wie Manx aussah. Allanon hatte ihn darauf aufmerksam gemacht, daß sich im Lager der Elfen ein Spitzel befand – ein Spitzel, der über all ihre Geheimnisse Bescheid wußte. Der alte König dachte daran, wie oft er diesen zottigen grauen Kopf gestreichelt hatte, und ein eisiger Schauder rann ihm über den Körper.

Der Dämon war keine zwölf Fuß mehr von ihm entfernt. Mit gefletschten Zähnen kroch er in Lauerstellung heran. In diesem Augenblick wußte Eventine, daß er ein toter Mann war. Da geschah etwas in ihm, und es geschah so plötzlich, daß der Elfenkönig alles andere vergaß. Rasender Zorn flammte in ihm auf – Zorn über den Verrat, der an ihm geübt worden war, Zorn über die Opfer dieses Verrats, Zorn über seine eigene Ohnmacht und Hilflosigkeit in diesem Augenblick, da er in seinem eigenen Haus gefangen war.

Sein Körper straffte sich. Neben dem toten Dardan lag das kurze Schwert, das dem Elfenjäger die liebste Waffe gewesen war. Den Blick unverwandt auf den Dämon gerichtet, stahl sich Eventine vorsichtig von der Tür weg. Wenn es ihm gelang, an das Schwert zu kommen...

Mit einem plötzlichen Satz sprang der Dämon nach dem Kopf des Elfenkönigs. Eventine riß die Arme empor, um sein Gesicht zu schützen, und wurde von der Wucht des Aufpralls niedergerissen. Verzweifelt trat er mit den Füßen um sich. Zähne und Klauen schlugen sich in seine Unterarme, doch seine Füße trafen das Untier mit solcher Wucht im Bauch, daß es über ihn hinweg in die dunkle Türnische flog. Hastig wälzte er sich herum, warf sich über Dardan und packte das Schwert. Dann war er schon wieder auf den Beinen und drehte sich um, dem Angreifer entgegenzutreten.

Ungläubiges Staunen lief über sein Gesicht. Aus der dunklen Ecke hinter der Tür kroch der Dämon, aber nicht mehr Manx, sondern etwas anderes jetzt. Noch während er sich ihm schleichenden Schrittes näherte, war er in der Umbildung begriffen, verwandelte sich von Manx in ein schmales, geschmeidiges schwarzes Wesen mit einem haarlosen, muskulösen Körper. Auf vier Beinen, die in Krallenhänden ausliefen, kam es auf ihn zu, und scharfe Zähne blitzten in seinem Maul. Es tänzelte um den König herum, hob sich hin und wieder auf die Hinterbeine, täuschte mit Scheinangriffen, während es haßerfüllt fauchte. Ein

Wandler, dachte Eventine und drängte gewaltsam eine neue Welle der Furcht zurück. Ein Dämon, der alles sein konnte, was er sein wollte.

Der Wandler stürzte sich plötzlich auf ihn. Seine Krallen rissen dem König Schultern und Seiten auf, daß das Blut aus den tiefen Wunden strömte. Mit dem Schwert holte er aus, das Ungeheuer zu treffen, doch es war zu spät. Schon hatte es ihn wieder aus den Klauen gelassen und war fort. Und wieder umkreiste der Dämon den König, lauernd wie eine Katze, die eine in die Enge getriebene Maus beobachtet. Diesmal muß ich flinker sein, sagte sich der alte König. Wieder sprang der Dämon zu, hoch, als wolle er ihm an die Brust, doch im letzten Moment tauchte er unter der Klinge des Schwertes hinweg und schlug seine Krallen in das linke Bein des Königs. Ein scharfer Schmerz durchfuhr das Bein, und Eventine fiel auf die Knie. Es kostete ihn Mühe, aufrecht zu bleiben. Einen Moment lang verschwamm alles vor seinen Augen, dann wurde sein Blick wieder klar, und er zwang sich aufzustehen.

Vor ihm kauerte der Wandler. Als er sah, daß er auf den Beinen blieb, begann er von neuem, den König zu umkreisen. Blut rann an Eventines Körper herab, und er spürte, wie die Schwäche ihn zu übermannen drohte. Auch diesen Kampf würde er verlieren, dachte er verzweifelt, und er würde mit seinem Tod enden, wenn er nicht eine Möglichkeit fand, das Ungeheuer in die Defensive zu drängen. Schlingernd und schwankend umlauerte ihn der Dämon. Der König versuchte, ihn in eine Ecke zu treiben, doch er wich ihm auf tänzelnden, flinken Füßen aus, viel zu behende für den verletzten alten Mann. Eventine gab die Verfolgung auf; sie brachte ihm nichts ein. Unverwandt beobachtete er den Dämon, während dieser ihn weiterhin fauchend umrundete.

In einem verzweifelten Versuch, doch noch eine Wende herbeizuführen, tat der Elfenkönig so, als stolpere er und geriete ins Schwanken. Schwer ließ er sich auf die Knie fallen. Schmerz durchzuckte ihn, doch die List wirkte. Des Glaubens, der alte Mann sei am Ende, stürzte der Wandler sich auf ihn. Diesmal aber erwartete Eventine ihn. Die Klinge des Schwertes traf das Ungeheuer in die Brust, bohrte sich tief durch Knochen und Muskeln. Kreischend vor Schmerz schlug der Dämon dem Elfenkönig

Krallen und Zähne ins Fleisch, dann riß er sich los. Blut strömte aus der Wunde, ein grünlich-roter Schleim, der den geschmeidigen schwarzen Körper befleckte.

Von Angesicht zu Angesicht kauerten sie einander gegenüber, der Elfenkönig und der Dämon, beide verletzt, beide darauf lauernd, daß der andere sich zu einer Unvorsichtigkeit würde hinreißen lassen. Wieder begann der Dämon um den König herumzutänzeln, zog blutige Kreise auf dem Fußboden. Eventine Elessedil nahm seine ganze Kraft zusammen, während er sich drehte, der Bewegung des Dämons zu folgen. Er war von Blut besudelt, und seine Kräfte verließen ihn zusehends. Brennende Schmerzen quälten seinen mißhandelten Körper. Er wußte, daß er nur noch einige wenige Minuten aushalten konnte.

Plötzlich sprang ihm der Wandler an die Kehle. Es geschah so rasch, daß der König nicht die Zeit hatte, mehr zu tun, als mit erhobenen Armen zurückzutaumeln. Der Dämon umkrallte seinen Hals und riß ihn zu Boden, um mit scharfen Zähnen und Krallen über ihn herzufallen. Eventine schrie auf vor Schmerz, als die Klauen ihm die Brust aufrissen und die reißenden Zähne sich in seinen Unterarm bohrten.

In diesem Augenblick flog das Portal des Herrenhauses auf. Die Schlösser sprangen klirrend auf, die beiden Türflügel wurden aus den Angeln gerissen. Laute Rufe schallten durch den dunklen Vorraum, der sich jetzt rasch mit bewaffneten Männern füllte. Umfangen von Schleiern des Schmerzes und der Angst schrie Eventine auf. Es war jemand da! Es war jemand gekommen!

Mit gellendem Geschrei sprang der Wandler vom Körper des gestürzten Königs auf. In diesem Augenblick war sein Hals ungeschützt. Eventine riß das Schwert in die Höhe, die Klinge blitzte auf. Das Kreischen des Dämonen verstummte abrupt, als das Ungeheuer, den Kopf fast vom Körper getrennt, zur Seite stürzte. Augenblicklich umringten es die Retter des Königs, und die Klingen ihrer Schwerter bohrten sich tief in seinen Körper.

Der Wandler erzitterte unter der Wucht der Hiebe und Stiche und starb.

Taumelnd kam Eventine Elessedil auf die Füße, das Schwert noch immer fest in der Hand. Die blauen Augen blickten hart und starr. Ein Gefühl völliger Benommenheit umhüllte ihn, als er sich umdrehte und sah, daß Andor ihm die Arme entgegenstreckte. Dann brach der König der Elfen zusammen, und die Nacht schloß sich über ihm.

Wie die Botin des Todes kam sie den Menschen entgegen, höher gewachsen selbst als Allanon, das lange graue Haar von Nachtschatten durchwirkt. Lose fließende schwarze Gewänder umhüllten ihre schlanke Gestalt und belebten das tiefe Schweigen des Turms mit einem Rascheln von Seide. Sie war schön, ihr Gesicht zart und fein geschnitten, die Haut so bleich, daß sie beinahe ätherisch wirkte. Sie hatte etwas Zeitloses, als sei sie ein Wesen, das immer gewesen war und immer sein würde. Die Holzmännchen wichen zurück, als sie sich näherte, und sie schritt zwischen ihnen hindurch, ohne ihnen einen Blick zu gönnen. Ihre seltsamen, tief violetten Augen ließen die drei nicht los, die wie versteinert standen. Klein und zerbrechlich waren ihre Hände, die sich den drei Menschen entgegenstreckten. Ihre Finger krümmten sich, als wolle sie sie an sich ziehen.

»Mallenroh!« flüsterte Hebel ein zweites Mal, erregte Erwartung in der Stimme.

Sie blieb stehen. Die vollendet geschnittenen Züge zeigten keinen Ausdruck, als sie auf den alten Mann hinunterblickte. Dann wandte sie sich Eretria zu und schließlich Wil. Dem war so kalt, daß er am ganzen Leib zitterte.

»Ich bin Mallenroh«, sagte sie, und ihre Stimme war leise und fern. »Warum seid ihr hier?«

Keiner sagte etwas; sie hielten nur ihre Blicke unverwandt auf sie gerichtet. Sie wartete, dann hob sie ihre bleiche Hand.

»Die Senke ist verbotenes Gebiet. Kein Mensch darf sich da hineinwagen. Die Senke ist mein Reich, und in diesem Reich habe ich die Macht über Leben und Tod aller Lebewesen. Jenen, die meinen Gefallen finden, gewähre ich das Leben. Den anderen aber gebe ich den Tod. So ist es immer gewesen. Und so wird es immer sein.«

Wieder wanderte ihr Blick von einem zum anderen, und sie betrachtete jeden der drei mit strenger Aufmerksamkeit. Schließlich blieb ihr Blick auf Hebel ruhen.

»Wer bist du, alter Mann? Warum bist du in die Senke gekommen?«

Hebel schluckte. »Ich habe – ich habe Euch gesucht.« Seine Worte überschlugen sich. »Ich habe Euch etwas mitgebracht, Mallenroh.«

Die bleiche Hand streckte sich aus.

»Was hast du mir mitgebracht?«

Hebel nahm seinen Sack von der Schulter, öffnete ihn und kramte suchend darin herum. Gleich darauf entnahm er ihm eine glänzend polierte Holzfigur, eine kleine Statuette, die aus einem Stück Eichenholz geschnitzt war. Es war Mallenroh, so vollendet getroffen, daß es schien, als sei sie aus dem Schnitzwerk heraus ins Leben getreten. Sie nahm dem alten Mann die kleine Figur ab und betrachtete sie eingehend, während ihre schlanken Finger langsam über das glänzende Holz glitten.

»Hübsch«, sagte sie schließlich.

»Das seid Ihr«, erklärte Hebel hastig.

Sie sah ihn wieder an, und Wil war das, was er da erblickte, nicht geheuer. Das Lächeln, mit dem sie den alten Mann musterte, war dünn und kalt.

»Ich kenne dich«, sagte sie und schwieg dann, während ihre violetten Augen wieder sein verwittertes altes Gesicht musterten. »Vor langer Zeit war es, am Rande der Senke, als du noch jung warst. Eine Nacht habe ich dir gegeben...«

»Ich habe Euch nie vergessen«, flüsterte Hebel und wies rasch auf die Holzfigur. »Ich konnte mich noch genau erinnern, wie Ihr aussaht.«

Zu Hebels Füßen drückte sich Drifter auf den steinernen Boden des Turms nieder und winselte. Doch der alte Mann beachtete ihn nicht. Er hatte sich völlig in den Augen der Hexe verloren. Diese schüttelte den Kopf mit dem prachtvollen langen Haar.

»Es war eine Laune, du Törichter«, flüsterte sie.

Die Statuette in der Hand, ging sie an ihm vorüber zu Eretria. Angst schimmerte in den Augen des Mädchens, als die Hexe zu ihr trat.

»Und was hast du mitgebracht?« klang Mallenrohs Frage durch die Stille.

Eretria war sprachlos. Verzweifelt sah sie zu Wil hinüber, dann wieder auf Mallenroh. Die Hand der Hexe glitt einmal in einer Geste, die sowohl besänftigend als auch gebieterisch war, an ihren Augen vorüber.

»Du hüsches Ding«, sagte Mallenroh lächelnd. »Hast du dich selbst mitgebracht?«

Eretrias zierlicher Körper bebte.

»Ich – nein, ich –«

»Schlägt dein Herz für diesen da?« Mallenroh wies plötzlich auf Wil. Sie drehte sich um, um den jungen Mann anzusehen. »Sein Herz schlägt für eine andere, glaube ich. Für ein Elfenmädchen vielleicht? Ist das richtig?«

Wil nickte langsam. Ihre merkwürdigen Augen hielten die seinen fest, und ihre Worte trafen ihn bestimmt und mit Nachdruck.

»Du bist es, der die Zaubersteine bei sich trägt.«

»Die Zaubersteine?« stammelte Wil.

Ihre Hände glitten wieder unter die schwarzen Gewänder.

»Zeig sie mir.«

Ihre Stimme war so zwingend, daß Wil Ohmsford die Hand mit dem Lederbeutel öffnete, ohne zu wissen, was er tat. Sie nickte andeutungsweise.

»Zeig sie mir«, wiederholte sie.

Unfähig zu widerstehen, schüttete Wil die Elfensteine aus dem Beutel in seine offene Hand. Blitzend und schimmernd lagen sie da. Mallenroh hielt den Atem an, und eine Hand näherte sich den Steinen.

»Elfensteine«, sagte sie leise. »Blau für den Suchenden.« Ihre Augen begegneten denen Wils. »Sollen sie dein Geschenk an mich sein?«

Wil versuchte zu sprechen, doch die Kälte in seinem Inneren

lähmte ihn, und keine Worte kamen über seine Lippen. Er war nicht einmal imstande, seine Hand zurückzuziehen. Mallenrohs Augen blickten tief in die seinen; was er dort sah, entsetzte ihn. Sie wollte ihn wissen lassen, was sie ihm antun konnte.

Die Hexe trat zurück.

»Wisp«, rief sie.

Aus den Schatten kam ein kleines, buschig behaartes Geschöpf hervorgesprungen, einem Irrwisch ähnlich, mit dem Gesicht eines uralten Mannes. Der kleine Wicht dribbelte eilig zu Mallenroh hin und blickte diensteifrig zu dem kalten Gesicht auf.

»Ja, Dame. Wisp dient nur Euch.«

»Hier sind Geschenke...« Sie lächelte schwach, und ihre Stimme verlor sich in der Stille.

Stumm reichte sie Wisp die kleine Holzstatuette, die sie selbst zeigte, dann trat sie ein paar Schritte zur Seite und blieb wartend vor Hebel stehen. Wisp eilte ihr nach und kauerte sich in die Falten ihres Umhangs.

»Alter Mann«, sprach sie Hebel an, und ihr bleiches Gesicht neigte sich dem seinen entgegen. »Was soll ich mit dir tun?«

Hebel schien wieder zu klarem Verstand gekommen zu sein. Der Blick seiner Augen war nicht mehr geistesabwesend, als er die Hexe rasch ansah und dann wieder wegblickte.

»Mit mir? Ich weiß nicht.«

Ihr Lächeln war hart.

»Vielleicht solltest du hier in der Senke bleiben?«

»Es spielt keine Rolle«, erwiderte er, als spüre er irgendwie, daß die Hexe mit ihm ohnehin tun würde, wie ihr beliebte. Dann blickte er auf. »Aber die jungen Elfen, Mallenroh. Helft ihnen. Ihr könntet –«

»Ihnen helfen?« fiel sie ihm ins Wort.

Der alte Mann nickte. »Wenn Ihr wollt, daß ich bleibe, so werde ich es tun. Mich erwartet nichts mehr. Aber laßt die jungen Elfen gehen. Gebt ihnen die Hilfe, die sie brauchen.«

Sie lachte leise. »Vielleicht kannst du etwas tun, um ihnen zu helfen, alter Mann.«

»Aber ich habe schon alles getan, was ich kann...«

»Vielleicht nicht. Wenn ich dir sagte, daß du noch etwas tun kannst, wärst du dann bereit, es zu tun?«

Ihre Augen fixierten den alten Mann. Wil sah, daß die Hexe nur mit ihm spielte.

Hebel machte ein unsicheres Gesicht.

»Ich weiß nicht.«

»Natürlich weißt du es«, entgegnete sie mit gesenkter Stimme. »Sieh mich an.« Sie hob den Kopf. »Sie sind deine Freunde. Du willst ihnen doch helfen, nicht wahr?«

Wil war völlig verzweifelt. Irgend etwas Schreckliches war da im Gange, doch er konnte sich weder regen noch sprechen, um Hebel zu warnen. Flüchtig sah er Eretrias verängstigtes Gesicht. Auch sie witterte die Gefahr.

Auch Hebel spürte sie. Doch er spürte auch, daß er ihr nicht entrinnen könne. Sein Blick traf den der Hexe.

»Ich möchte ihnen helfen.«

Mallenroh nickte. »Dann sollst du es tun, Alter.«

Sie hob die Hand, um sein Gesicht zu berühren. In den Augen der Hexe sah Hebel, was aus ihm werden würde. Drifter fletschte plötzlich die Zähne und sprang auf, doch Hebel packte ihn und hielt ihn fest. Die Zeit des Widerstands war vorüber. Sachte streichelten die Finger der Hexe die bärtige Wange des alten Mannes, und sein ganzer Körper schien plötzlich zu erstarren. Nein! wollte Wil schreien, doch es war zu spät. Mallenrohs Umhang umfing Hebel und Drifter, und sie waren verschwunden. Einen Moment lang umhüllte sie der Umhang, dann fiel er wieder auseinander. Mallenroh stand allein. In der einen Hand hielt sie ein vollendet geschnitztes kleines Standbild des alten Mannes mit seinem Hund.

»Auf diese Weise hilfst du ihnen am meisten.« Sie lächelte kalt.

Sie reichte die kleine Figur an Wisp weiter, der sie an sich nahm. Dann wandte sie sich an Eretria. »So, und was soll ich nun mit dir anfangen, du Hübsche?« flüsterte sie.

Sie hob die Hand, und streckte einen Finger in die Höhe. Eretria wurde in die Knie gezwungen und senkte tief den Kopf. Die Finger winkten, und Eretria streckte der Hexe die Hände in einer Geste der Unterwerfung entgegen. Tränen rannen ihr über das Gesicht. Mallenroh betrachtete sie einen Moment lang ohne etwas zu sagen, dann blickte sie plötzlich auf Wil.

»Möchtest du, daß auch aus ihr eine Holzfigur wird?« Ihre Stimme hatte eine Schärfe, die Wil durch Mark und Bein ging. Noch immer konnte er nicht sprechen. »Oder vielleicht aus dem Elfenmädchen? Du weißt natürlich, daß es bei mir ist.«

Sie wartete nicht auf die Erwiderung, die er, wie sie wohl wußte, nicht geben konnte. Sie trat einige Schritte näher an ihn heran, und ihre hochgewachsene Gestalt neigte sich zu ihm hinunter, bis ihr Gesicht dem seinen ganz nahe war.

»Ich wünsche die Elfensteine, und du wirst sie mir geben. Du wirst sie mir zum Geschenk machen, Elf, denn ich weiß, wenn sie dir mit Gewalt genommen werden, dann sind sie nutzlos.« Ihre Augen brannten sich in die seinen. »Ich möchte ihre Zauberkraft haben, verstehst du? Ich weiß ihren Wert weit besser zu schätzen als du. Ich bin älter als diese Welt und ihre Waffen, älter als die Druiden, die in Paranor mit Zauberkräften spielten, die längst von meiner Schwester und mir gemeistert wurden. Und so ist es auch mit den Elfensteinen. Zwar fließt in mir kein Elfenblut, doch mein Blut ist das Blut aller Rassen, und daher ist es mir gegeben, mich ihrer Kräfte zu bedienen. Dennoch kann nicht einmal ich das Gesetz brechen, das ihre Kräfte wirksam macht. Die Elfensteine müssen freiwillig gegeben werden. Und so wird es auch geschehen.«

Ganz nahe kam ihre Hand seinem Gesicht, berührte es beinahe.

»Ich habe eine Schwester, Elf – Morag nennt sie sich. Seit Jahrhunderten leben wir in dieser Senke, wir, die Hexenschwestern, die letzten unserer Art. Vor langer Zeit einmal hat sie mir bitter Unrecht getan, und ich habe ihr nie vergeben. Ich hätte mich ihrer entledigt, doch wir sind einander völlig gleich an Kräften, so daß niemals die eine die andere besiegen kann. Die Elfensteine aber besitzen eine Zauberkraft, die meiner Schwester fehlt, eine Kraft, die es mir möglich machen wird, ihr Ende herbeizuführen. Morag – die verhaßte Morag! Süß ist der Gedanke, daß sie mir eines Tages dienen muß wie diese Holzmännchen! Süß ist der Gedanke, diese verhaßte Stimme zum Schweigen zu bringen. Oh, so lange habe ich darauf gewartet, mich von ihr zu befreien, Elf! So lange!«

Ihre Stimme schwoll an, während sie sprach, bis die Wörter sich an den Steinen des Turmes brachen und die tiefe Stille mit ihrem Widerhall füllten. Das schöne kalte Gesicht entfernte sich von Wil, die schlanken Arme verschränkten sich unter den schwarzen Gewändern. Wil spürte, wie ihm der Schweiß am ganzen Körper hinunterrann.

»Die Elfensteine sollen dein Geschenk an mich sein«, flüsterte sie. »Mein Geschenk an dich wird dein eigenes Leben und das Leben der Frauen sein. Nimm mein Geschenk an. Gedenke des alten Mannes. Denke an ihn, ehe du wählst.«

Sie hielt inne, als die Pforte zum Turm sich öffnete, und ein kleines Grüppchen von Holzmännchen hereinkam. Auf leise klappernden hölzernen Beinen traten sie zu Mallenroh und blieben dicht gedrängt vor ihr stehen. Einen Moment lang neigte sie sich zu ihnen hinunter, dann richtete sie sich auf und blickte aus kalten Augen auf Wil.

»Ihr habt einen Dämon in die Senke gelockt«, schrie sie ihn an. »Einen Dämon – nach all diesen Jahren! Er muß gefunden und vernichtet werden. Wisp – sein Geschenk!«

Der kleine Irrwisch schoß zu Wil hin und nahm dem Ohnmächtigen den Beutel und die Elfensteine aus den Händen. Das alte Gesicht blickte flüchtig zu dem Talbewohner auf, dann versteckte er sich in den Falten von Mallenrohs Umhang. Die Hexe hob die Hand, und Wil spürte, wie er plötzlich ganz schwach wurde.

»Denke daran, was du gesehen hast, Elf.« Ihre Stimme schien jetzt fern und kühl. »Ich besitze die Macht über Leben und Tod. Wähle klug.«

Sie ging an ihm vorüber und verschwand durch die offene Tür. Seine Kräfte ließen ihn im Stich, sein Blick trübte sich. Neben ihm brach Eretria zusammen.

Dann stürzte auch er. Das letzte, woran er sich erinnerte, war die Berührung der hölzernen Finger, die sich um seinen Körper schlossen.

Wil!«

Der Klang seines Namens hing wie ein irrendes Echo im schwarzen Nebel, der ihn einhüllte. Die Stimme schien aus weiter Ferne zu kommen, um durch die Dunkelheit herabzuschweben und in seinen Schlaf einzudringen. Träge regte er sich, hatte das Gefühl, als sei er gebunden und mit Gewichten beschwert. Mit einer Kraftanstrengung tauchte er aus sich selbst heraus.

»Wil, ist dir auch nichts passiert?«

Die Stimme gehörte Amberle. Er blinzelte in dem Bemühen zu erwachen.

»Wil?«

Sie barg seinen Kopf auf ihrem Schoß, und ihr Gesicht neigte sich über das seine. Das lange kastanienbraune Haar floß über ihn wie ein Schleier.

»Amberle?« fragte er schläfrig und setzte sich auf. Dann streckte er stumm die Arme nach ihr aus und drückte sie fest an sich.

»Ich dachte, ich hätte dich verloren«, stieß er hervor.

»Und ich dachte, ich hätte dich verloren.« Sie lachte leise, während sie ihn umschlungen hielt. »Du hast stundenlang geschlafen, bist nicht ein einziges Mal erwacht, seit sie dich hier hereingebracht haben.«

Wil nickte, den Kopf an ihrer Schulter, und wurde plötzlich des betäubenden Duftes von Räucherwerk gewahr, der in der Luft hing. Sogleich wurde ihm klar, daß es dieser berauschende Duft war, der ihn so müde und ermattet machte. Sacht ließ er Amberle los und sah sich um.

Sie befanden sich in einer fensterlosen Zelle. An einer Kette hing von der Decke ein leuchtender Glaszylinder herab, wieder eines dieser Lichter, die ohne Öl oder Pech brannten und keinen Rauch absonderten. Die eine Wand der Zelle bestand ganz aus senkrechten alten Stangen, die im steinernen Boden und der Decke verankert waren. Die einzige Tür der Zelle befand sich in dieser eisernen Wand. Man hatte ihnen einen Krug mit Wasser, eine Eisenschüssel, Handtücher, Decken und drei Strohsäcke in die Zelle gebracht. Auf einer dieser Matratzen lag Eretria. Ihr

Atem ging tief und regelmäßig. Jenseits der eisernen Gitterwand befand sich ein Gang, der zu einer Treppe führte und sich dann in Schwärze verlor.

Amberle folgte seinem Blick, der zu Eretria wanderte.

»Ich glaube, ihr ist nichts geschehen – sie schläft nur. Bis jetzt hab' ich es nicht geschafft, einen von euch beiden zu wecken.«

»Mallenroh«, flüsterte er, als ihm alles wieder einfiel. »Hat sie dir etwas angetan?«

Amberle schüttelte den Kopf.

»Sie hat kaum ein Wort mit mir gesprochen. Anfangs wußte ich nicht einmal, wer mich da gefangengenommen hatte. Die Holzmännchen brachten mich hierher, und ich schlief eine ganze Weile. Dann kam sie zu mir. Sie erzählte mir, daß andere nach mir suchten, daß sie zu ihr gebracht werden würden, genau wie ich zu ihr gebracht worden war. Danach ging sie.« Die meergrünen Augen suchten die seinen. »Sie macht mir Angst, Wil – sie ist schön, aber so kalt.«

»Sie ist ein Ungeheuer. Wie hat sie dich denn überhaupt gefunden?«

Amberle wurde bleich bei der Erinnerung.

»Irgend etwas bedrohte mich, und da bin ich in die Senke hinuntergelaufen. Ich habe es nicht gesehen, aber ich spürte es – es war etwas Böses, das nach mir suchte.« Sie hielt einen Moment inne. »Ich lief und lief, solange ich konnte, und dann kroch ich. Am Ende bin ich zusammengebrochen. Die Holzmännchen müssen mich gefunden und zu ihr gebracht haben. Wil, war es Mallenroh, die ich spürte?«

Wil schüttelte den Kopf.

»Nein. Es war der Raffer.«

Ratlos starrte sie Wil einen Moment lang an, dann blickte sie zur Seite.

»Und jetzt ist er hier in der Senke, nicht wahr?«

»Ja«, bestätigte Wil. »Die Hexe weiß von ihm. Sie sucht ihn.« Er lächelte grimmig. »Vielleicht werden sie einander gegenseitig vernichten.«

Sie erwiderte das Lächeln nicht.

»Wie hast du mich gefunden?«

Er erzählte ihr alles, was geschehen war, seit er sie oben am Rand der Senke zurückgelassen hatte – er berichtete von dem Zusammentreffen mit Eretria, vom Tod Cephelos und der anderen Fahrensleute, vom Wiederauffinden der Elfensteine, der Flucht zurück durch den Wildewald, der Begegnung mit Hebel und Drifter, der Wanderung in die Senke, der Entdeckung der Holzmännchen und der Begegnung mit Mallenroh. Am Ende erzählte er noch, was die Hexe mit Hebel angestellt hatte.

»Der arme alte Mann«, flüsterte sie, und in ihren Augen standen Tränen. »Er wollte ihr doch nichts Böses. Warum hat sie ihm das angetan?«

»Wir alle sind ihr völlig gleichgültig«, erwiderte Wil. »Sie ist nur an den Elfensteinen interessiert. Sie will sie unbedingt haben, Amberle. Hebel sollte uns anderen nur ein Beispiel sein – besonders mir.«

»Aber du wirst sie ihr doch nicht geben, nicht wahr?«

Er sah sie unsicher an.

»Wenn ich dadurch unser Leben retten kann, dann gebe ich sie ihr. Wir müssen hier fort.«

Das Elfenmädchen schüttelte langsam den Kopf.

»Ich glaube nicht, daß sie uns fortlassen wird, Wil – auch nicht wenn du ihr das gibst, was sie haben will. Nachdem, was du mir von Hebel erzählt hast, glaube ich nicht mehr daran.«

Er schwieg bedrückt einen Moment.

»Ich weiß. Aber vielleicht können wir mit ihr feilschen. Sie würde bestimmt alles tun, um in den Besitz der Steine zu kommen...« Plötzlich brach er ab und lauschte. »Pscht, da kommt jemand.«

Stumm spähten sie durch das Eisengitter vor der Zelle in die Finsternis des Korridors hinaus. Von der Treppe her kam ein leichtes Scharren. Dann tauchte eine Gestalt im Lichtschein auf. Es war Wisp.

»Etwas zu essen«, verkündete er strahlend und hielt ihnen eine Platte mit Brot und Früchten hin. Eilig trippelte er zu ihrer Zelle und schob die Platte durch eine schmale Öffnung am unteren Ende der Gittertür.

»Gutes Essen«, sagte er und wandte sich schnell ab, um wieder zu gehen.

»Wisp!« rief Wil ihm nach. Der kleine Irrwisch drehte sich um und sah den Talbewohner fragend an. »Kannst du nicht ein bißchen bleiben und mit uns sprechen?« fragte Wil.

Das alte Gesicht verzog sich zu einem Lächeln.

»Ja, Wisp spricht gern mit euch.«

Wil warf einen Blick auf Amberle.

»Was macht dein Knöchel – kannst du laufen?«

Sie nickte. »Es ist viel besser«, antwortete sie.

Er nahm sie bei der Hand und führte sie zu der Platte mit dem Essen. Schweigend setzten sie sich nieder. Wisp hockte sich auf die unterste Stufe der Treppe und neigte seinen Kopf zur Seite. Wil nahm sich ein Stück Brot, kaute und nickte beifällig.

»Sehr gut, Wisp.«

Der kleine Bursche grinste. »Sehr gut.«

Wil lächelte. »Wie lange bist du schon hier, Wisp?«

»Lange. Wisp dient der Dame.«

»Hat die Dame dich gemacht – wie sie die Holzmänner gemacht hat?«

Der kleine Irrwisch lachte.

»Holzmänner – klick, klack. Wisp dient der Dame – aber nicht aus Holz gemacht.« Seine Augen leuchteten auf. »Elf wie du.«

Wil war erstaunt. »Aber du bist so klein. Und weshalb bist du so behaart?« Er deutete erst auf seine eigenen Arme und Beine, dann auf die von Wisp. »Hat sie das gemacht?«

Der kleine Elf nickte glücklich.

»Niedlich, hat sie gesagt. Da sieht Wisp niedlich aus. Da kann er mit den Stockmännern herumtollen und spielen. Niedlich.« Er hielt inne und spähte an ihnen vorbei zu Eretria, die immer noch schlief. »Hübsches Ding.« Er wies mit dem Finger zu ihr hin. »Die Hübscheste von allen.«

»Was weißt du über Morag?« fragte Wil, ohne auf Wisps offenkundiges Interesse an Eretria einzugehen.

Wisps altes Gesicht verzerrte sich zu einer Grimasse.

»Bös ist Morag. Sehr bös. Eine lange Zeit lebt sie schon in der Senke, alle beide, sie und die Dame. Sie sind Schwestern. Morag im Osten, die Dame im Westen. Beide haben Holzmännchen, aber nur die Dame hat Wisp.«

»Verlassen sie jemals die Senke – Morag und die Dame?«

Wisp schüttelte den Kopf. »Nie.«

»Warum nicht?«

»Außerhalb der Senke keine Zauberkraft.« Wisp grinste verschlagen.

Das verriet Wil etwas, was er nicht vermutet hatte. Die Macht der Hexenschwestern hatte ihre Grenzen; sie reichte über die Senke nicht hinaus. Das erklärte, warum niemals jemand ihnen irgendwo im Westland begegnet war. Er schöpfte neue Hoffnung. Wenn er ein Mittel finden konnte, um aus der Senke herauszukommen...

»Warum haßt die Dame Morag so sehr?« fragte Amberle.

Wisp überlegte. »Vor langer, langer Zeit war da einmal ein Mann. Schön war er, hat die Dame gesagt. Die Dame wollte ihn für sich haben. Morag wollte ihn für sich haben. Jede wollte den Mann haben. Der Mann –« Er verklammerte die Finger seiner beiden kleinen Hände ineinander und riß sie dann mit Gewalt auseinander. »Fort war er. Tot.« Er schüttelte den Kopf. »Morag tötete den Mann. Böse Morag.«

Böse Mallenroh, dachte Wil. Damit war jedenfalls klar, wie die Hexenschwestern zueinander standen. Er beschloß herauszufinden, was Wisp sonst noch über die Senke wußte.

»Gehst du jemals aus dem Turm heraus, Wisp?« fragte er.

Das alte Gesicht verzog sich wiederum zu einem Grinsen. Es war ein Grinsen des Stolzes.

»Wisp dient der Dame.«

Wil faßte das als eine bejahende Antwort auf.

»Warst du schon mal bei der Hochwarte?« fragte er.

»Sichermal«, antwortete Wisp sogleich.

Darauf folgte ein plötzliches Schweigen. Amberle faßte Wil am Arm und warf ihm einen raschen Blick zu. Wil war so verblüfft über diese Erwiderung, daß er einen Moment lang sprachlos war. Als er sich wieder gefaßt hatte, beugte er sich vor und winkte mit gekrümmtem Finger. Wisp rückte ein bißchen näher.

»Lange, lange Tunnel, die sich durch den Berg schlängeln«, sagte Wil. »In diesen Tunneln kann man sich leicht verirren,

Wisp.«

Der behaarte kleine Elf schüttelte den Kopf.

»Wisp nicht.«

»Nein?« meinte Wil ein wenig herausfordernd. »Und was ist mit der Tür aus Glas, das nicht bricht?«

Wisp dachte einen Augenblick nach, dann klatschte er aufgeregt in die Hände.

»Nein, nein, sieht nur aus wie Glas. Wisp kennt das falsche Glas. Wisp dient der Dame.«

Wil versuchte noch, diese Antwort zu entschlüsseln, als Wisp in den Hintergrund der Zelle deutete.

»Schau, das hübsche Ding, hallo, hallo!«

Wil und Amberle drehten sich herum. Eretria hatte sich auf ihrem Strohsack aufgesetzt. Endlich war sie wach. Das schwarze Haar fiel ihr in schweren Locken ins Gesicht, als sie sich mit beiden Händen den Nacken rieb. Langsam blickte sie auf, wollte etwas sagen, sah dann, wie Wil warnend die Finger auf seine Lippen drückte. Sie blickte an ihm vorbei zu Wisp, der mit einem strahlenden Grinsen auf der anderen Seite des Eisengitters kauerte.

»Hübsches Ding, hallo!« wiederholte Wisp und hob winkend die Hand.

»Hallo«, erwiderte sie unsicher. Als sie sah, daß Wil beifällig nickte, setzte sie ihr strahlendstes Lächeln auf. »Hallo, Wisp.«

»Ich will mit dir sprechen, du hübsches Ding.«

Wil und Amberle hatte Wisp völlig vergessen. Eretria stand ein wenig schwankend auf, rieb sich die Augen und gesellte sich zu ihren beiden Freunden. Flink wanderte ihr forschender Blick zur Treppe und dem Flur dahinter.

»Was spielen wir denn jetzt, Heiler?« flüsterte sie aus dem Mundwinkel. Furcht stand in ihren dunklen Augen, doch ihre Stimme zitterte nicht.

Wil wandte den Blick nicht von Wisp.

»Wir versuchen, ihn ein bißchen auszuhorchen, damit wir hier irgendwie wieder rauskommen.«

Sie nickte, dann rümpfte sie plötzlich die Nase.

»Was ist denn das für ein Geruch?«

»Räucherwerk. Ich bin zwar nicht sicher, aber ich glaube, der Rauch wirkt wie ein Schlaftrunk, wenn man ihn einatmet. Ich glaube, deshalb fühlen wir uns alle so schwach.«

Eretria wandte sich wieder Wisp zu.

»Wozu ist das Räucherwerk gut, Wisp?«

Der behaarte kleine Elf dachte nach, dann zuckte er die Schultern.

»Schöner Geruch. Keine Sorgen.«

»In der Tat«, murmelte Eretria mit einem Blick auf Wil. Dann sah sie Wisp wieder mit strahlendem Lächeln an. »Kannst du die Tür aufmachen, Wisp?« fragte sie und wies auf die Gitterstangen.

Wisp erwiderte das Lächeln.

»Wisp dient der Dame, hübsches Ding. Ihr müßt bleiben.«

Eretria lächelte wieder. »Ist die Dame jetzt hier, im Turm?«

»Sie sucht den Dämon«, antwortete Wisp. »Sehr schlimm. Hat alle ihre Holzmännchen kaputtgemacht.« Er schnitt eine Grimasse. »Sie wird dem Dämon sehr weh tun.« Er rieb zwei Finger aneinander. »Sie wird machen, daß er verschwindet.« Dann hellten sich seine Züge auf. »Wisp könnte dir kleine Holzfiguren zeigen. Wie den kleinen Mann mit dem Hund. In der Schachtel, hübsche Dinger, so wie du.«

Er wies auf Eretria, die blaß wurde und hastig den Kopf schüttelte. »Ach nein, Wisp, besser nicht. Schwatz lieber ein bißchen mit mir.«

Wisp nickte freundlich. »Wir schwatzen nur.«

Während Wil dem Gespräch lauschte, kam ihm plötzlich ein Einfall. Er beugte sich vor und umfaßte die Eisenstangen der Zellenwand mit beiden Händen.

»Wisp, was hat die Dame mit den Elfensteinen gemacht?«

Wisp sah ihn an.

»In der Schachtel sind sie, gut aufgehoben in der Schachtel.«

»In was für einer Schachtel, Wisp? Wo hebt die Dame die Schachtel auf?«

Wisp wies uninteressiert zum dunklen Korridor, während er unverwandt Eretria anstarrte.

»Schwatz mit mir, hübsches Ding«, bat er.

Wil sah Amberle an und zuckte die Schultern. Sehr erfolgreich war er nicht in seinen Bemühungen, Wisp auszuhorchen. Der kleine Bursche interessierte sich ausschließlich für Eretria.

Das Mädchen kreuzte die Beine und wippte ein wenig hin und her.

»Würdest du mir die hübschen Steine zeigen, Wisp? Könnte ich sie sehen?«

Wisp sah sich verstohlen um.

»Wisp dient der Dame. Wisp ist treu.« Er schwieg und überlegte. »Wisp kann dir die Holzfiguren zeigen, hübsches Ding.«

Eretria schüttelte den Kopf.

»Nein, Wisp, schwatzen wir lieber. Warum mußt du hier in der Senke bleiben? Warum gehst du nie von hier fort?«

»Wisp dient der Dame.« Wisp wiederholte eifrig diese, seine Lieblingsantwort, und sein Gesicht wurde unruhig. »Geht niemals aus der Senke fort. Kann nicht fortgehen.«

Irgendwo hoch oben im Turm ertönte ein Glockenschlag, dann war es wieder still. Hastig sprang Wisp auf.

»Die Dame ruft«, erklärte er Wil, den Blick schon zur Treppe gerichtet.

»Wisp!« rief Wil ihm nach. Der kleine Bursche blieb stehen. »Wird die Dame uns fortgehen lassen, wenn ich ihr die Elfensteine gebe?«

Wisp schien nicht zu verstehen. »Fortgehen?«

»Fort, aus der Senke heraus?« erläuterte Wil.

Wisp schüttelte den Kopf. »Keiner geht fort. Niemals. Holzfiguren.« Er winkte Eretria zu. »Das hübsche Ding ist für Wisp. Paß gut auf das hübsche Ding auf. Dann schwatzen wir noch ein bißchen. Später.«

Er machte kehrt und sprang die Treppe hinauf. Die Gefangenen blickten ihm nach, bis die Finsternis ihn verschluckte. Die Glocke hoch im Turm schlug ein zweites Mal.

Wil sprach als erster.

»Wisp könnte sich täuschen. Mallenroh will die Elfensteine unbedingt haben. Ich glaube, sie würde uns fortlassen, wenn ich bereit wäre, sie ihr zu geben.«

Dicht zusammengedrängt kauerten sie vor der Tür ihrer Zelle

und spähten voller Unbehagen in die Finsternis des Korridors auf der anderen Seite.

»Nein, Wisp täuscht sich nicht.« Amberle schüttelte bedächtig den Kopf. »Hebel hat uns doch erzählt, daß niemand sich in die Senke hineinwagt. Er hat gesagt, daß noch nie jemand wieder zurückgekommen ist.«

»Das Elfenmädchen hat recht«, stimmte Eretria zu. »Niemals wird diese Hexe uns fortlassen. Sie wird uns alle in Holzfiguren verwandeln.«

»Nun, dann müssen wir uns einen anderen Plan einfallen lassen.«

Wil umfaßte die Eisenstangen der Zelle, um ihre Stärke zu prüfen. Eretria stand auf und blickte vorsichtig zur düsteren Treppe hin.

»Ich habe einen anderen Plan, Heiler«, sagte sie leise.

Sie griff in ihren rechten Stiefel, teilte die Lederfalten an der Innenseite und zog eine dünne Metallstange mit einem merkwürdig geformten Haken am Ende heraus. Dann griff sie in den linken Stiefel und nahm den Dolch heraus, den Wil schon vorher gesehen hatte, als Hebel sie am Rand zur Senke überrascht hatte. Mit einem triumphierenden Lächeln hielt sie den Dolch hoch und ließ ihn dann wieder in den Stiefel gleiten.

»Wie konnte Mallenroh den denn übersehen?« fragte Wil erstaunt.

Das Mädchen zuckte die Schultern.

»Sie hat sich gar nicht die Mühe gemacht, ihren Holzmännern zu befehlen, mich zu durchsuchen. Sie war viel zu sehr damit beschäftigt, uns fühlen zu lassen, wie ohnmächtig wir sind.«

Sie trat zur Zellentür und prüfte aufmerksam das Schloß.

»Was machst du da?« Wil trat zu ihr.

»Ich sorge dafür, daß wir hier rauskommen«, erklärte sie, während sie angestrengt ins Schlüsselloch starrte. Dann blickte sie zu ihm auf und hob den kleinen Metallschaft hoch. »Ein Dietrich. Es gibt bei den Fahrensleuten weder Mann noch Frau ohne ein solches Ding. Weil allzu viele schlecht beratene Bürger immer wieder versuchen, uns einzusperren. Sie trauen uns wahrscheinlich nicht.«

Sie zwinkerte Amberle zu; die runzelte die Stirn.

»Manche von diesen Leuten haben wahrscheinlich guten Grund, euch nicht zu trauen«, meinte sie.

»Wahrscheinlich.« Eretria blies Staub von dem Schloß. »jeder von uns schwindelt ab und zu mal – nicht wahr, *Schwester* Amberle?«

»Augenblick mal.« Wil kniete neben ihr nieder, ohne das Gespräch zu beachten. »Angenommen, du bringst das Schloß auf, Eretria, was tun wir dann?«

Sie sah ihn an, als sei er nicht ganz bei Sinnen.

»Wir fliehen, Heiler – so schnell und so weit es geht.«

Wil schüttelte den Kopf.

»Das geht nicht. Wir müssen bleiben.«

»Wir müssen bleiben?« wiederholte sie ungläubig.

»Eine Zeitlang zumindest.« Wil warf einen flüchtigen Blick auf Amberle, dann faßte er seinen Entschluß. »Eretria, ich glaube, jetzt ist der Moment gekommen, daß wir den Schwindel, von dem du eben gesprochen hast, mal aus der Welt schaffen sollten. Hör mir jetzt gut zu.«

Er winkte Amberle, sich zu ihnen zu gesellen, und dann klärte er Eretria in aller Eile darüber auf, wer Amberle war, wer er selbst war, was sie in den Wildewald geführt hatte und was sie in Wirklichkeit suchten. Er ließ nichts aus in seinem Bericht, denn es war jetzt notwendig, daß Eretria die lebenswichtige Bedeutung ihrer Suche nach dem Blutfeuer begriff. Sie befanden sich in diesem Turm in großer Gefahr, doch selbst wenn es ihnen gelingen sollte, sich zu befreien, würde die Gefahr nicht geringer werden, die sie bedrohte. Wenn ihm selbst irgend etwas zustoßen sollte, sagte er, dann sollte Eretria alles tun, was in ihrer Macht stand, um Amberle bei der Flucht aus der Senke zu helfen.

Als er geendet hatte, starrte Eretria ihn sprachlos an. Dann wandte sie sich Amberle zu.

»Ist das alles wahr, Elfenmädchen? Ich glaube, dir traue ich eher.«

Amberle nickte. »Es ist alles wahr.«

»Und ihr seid entschlossen, hier zu bleiben, bis ihr dieses Blutfeuer gefunden habt?«

Amberle nickte wieder.

Eretria schüttelte voller Zweifel den Kopf.

»Kann ich das Samenkorn mal sehen, das du bei dir hast?«

Unter ihrem Kittel zog Amberle das Samenkorn des Ellcrys hervor, das sorgfältig in weißes Leinen eingeschlagen war. Sie packte es aus und hielt es der staunenden Eretria hin. Silberweiß und vollkommen geformt lag es auf ihren Händen. Die Zweifel in Eretrias Augen erloschen, und sie wandte sich wieder Wil zu.

»Wo du hingehst, da gehe auch ich hin, Wil Ohmsford. Wenn du sagst, daß wir bleiben müssen, dann ist die Sache erledigt. Aber aus dieser Zelle hier müssen wir trotzdem raus.«

»Also gut«, stimmte Wil zu. »Dann suchen wir Wisp.«

»Wisp?«

»Wir brauchen ihn. Er weiß, wo Mallenroh die Elfensteine versteckt hat, und er kennt Sichermal, er kennt sich aus in seinen unterirdischen Gängen und weiß um all seine Geheimnisse. Er kennt die Senke. Wenn wir Wisp als Führer haben, dann könnte es uns gelingen, unsere Mission zu erfüllen und lebend von hier zu entkommen.«

Eretria nickte. »Aber erst einmal müssen wir von hier entkommen. Ich brauche bestimmt eine ganze Weile, um dahinterzukommen, wie das Schloß da funktioniert. Seid so leise wie möglich. Beobachtet die Treppe.«

Vorsichtig schob sie das Metallrohr mit dem Haken in das Schlüsselloch und begann, es behutsam hin und her zu drehen.

Wil und Amberle rückten zur anderen Seite des Gitters hinüber, von wo aus sie den dunklen Korridor besser beobachten konnten, der vom Turm aus die Treppe herunterführte. Die Minuten verrannen, und noch immer war es Eretria nicht gelungen, die Zellentür zu öffnen. Schwaches Kratzen und Knirschen war in der tiefen Stille zu hören, während der Dietrich im Schloß hin und her bewegt wurde. Eretria schimpfte leise vor sich hin, als ihre Versuche, das Schloß zu öffnen, immer wieder fehlschlugen. Amberle kauerte sich neben Wil, ihre Hand locker auf seinem Knie.

»Und was tun wir, wenn sie es nicht schafft?« flüsterte sie nach einer Weile.

Wil hielt die Augen auf den Korridor gerichtet.

»Sie schafft es schon.«

Amberle zweifelte. »Aber wenn sie es nicht schafft – was dann?«

Er schüttelte den Kopf.

»Du solltest Mallenroh die Elfensteine nicht geben«, erklärte Amberle leise.

»Das haben wir doch schon besprochen. Ich muß dich hier herausbringen.«

»Wenn sie die Steine erst hat, dann wird sie uns vernichten.«

»Nein, nicht, wenn ich es richtig anpacke.«

»Jetzt hör mir doch mal zu!« Ihre Stimme war zornig. »Mallenroh hat keine Achtung vor menschlichem Leben. In ihren Augen sind die Menschen nutzlose Wesen, soweit sie ihr nicht dienen. Hebel begriff das nicht, als er ihr damals vor langer Zeit am Rand der Senke das erste Mal begegnete. Er sah nur ihre Schönheit und die magischen Kräfte, mit denen sie sich umgab, die Träume, die sie mit ihren Worten spann, den Eindruck, den sie hinterließ – nur Blendwerk. Er sah nicht das Böse, das darunter lag – oder er sah es jedenfalls erst viel zu spät.«

»Aber ich bin nicht Hebel.«

Sie holte tief Atem.

»Nein. Aber es beruhigt mich, daß deine Sorge um mich und um die Mission, die ich zu erfüllen habe, jetzt dein Urteil beeinflußt. Du besitzt eine solche Entschlossenheit, Wil. Du meinst, daß du jedes Hindernis überwinden kannst, ganz gleich wie mächtig es ist. Ich neide dir deine Entschlossenheit – mir fehlt sie vollkommen.«

Sie nahm seine Hände in die ihren.

»Ich will dir nur begreiflich machen, daß ich auf dich angewiesen bin. Du kannst es nennen, wie du willst – ich brauche deine Kraft und deine Stärke, deine Überzeugung, deine Entschlossenheit. Aber weder dies noch deine Gefühle für mich dürfen dein Urteil beeinflussen. Sonst sind wir beide verloren.«

»Entschlossenheit ist so ziemlich die einzige Waffe, über die ich noch verfüge«, erwiderte er leise und sah ihr in die Augen. »Im übrigen finde ich gar nicht, daß es dir an Entschlossenheit mangelt.«

»Doch, Wil. Allanon wußte das, als er dich auswählte, um mich zu beschützen. Ich glaube, er wußte, wie wichtig deine Entschlossenheit für unser Überleben werden würde. Und ohne sie, Wil, wären wir längst tot.« Sie hielt einen Moment inne, und als sie weitersprach, war ihre Stimme sehr leise. »Du irrst dich, wenn du sagst, daß es mir nicht an Entschlossenheit fehlt. Ich habe sie nie in ausreichendem Maße besessen.«

»Das glaube ich dir nicht.«

»Du kennst mich nicht so gut, wie du glaubst, Wil.«

Er musterte forschend ihr Gesicht.

»Was meinst du damit?«

»Ich meine, daß es gewisse Dinge gibt...« Sie brach ab. »Ich meine, daß ich nicht so stark bin, wie ich gern sein würde – nicht so mutig, nicht einmal so zuverlässig wie du. Weißt du noch, Wil, als wir in Havenstead aufbrachen? Damals hast du nicht sonderlich viel von mir gehalten. Und ich habe auch nicht viel von dir gehalten.«

»Amberle, du hattest Angst. Das ist doch nicht –«

»O ja, da hast du recht, ich hatte große Angst«, unterbrach sie ihn rasch. »Ich habe immer noch Angst. Und gerade die Tatsache, daß ich Angst habe, ist die Ursache für alles, was geschehen ist.«

An der Zellentür brummte Eretria zornig vor sich hin, lehnte sich zurück und begutachtete aus zusammengekniffenen Augen das widerspenstige Schloß. Einmal sah sie kurz zu Wil hinüber, dann machte sie sich wieder an die Arbeit.

»Du willst mir doch etwas ganz Bestimmtes sagen, Amberle. Was ist es?« fragte Wil leise.

Amberle schüttelte langsam den Kopf.

»Ich bemühe mich, den Mut aufzubringen, dir das eine zu sagen, das ich dir bis jetzt einfach nicht sagen konnte.« Sie starrte in die öde Düsternis der Zelle. »Ich vermute, es drängt mich gerade jetzt, es dir zu sagen, weil ich nicht weiß, ob sich noch eine andere Gelegenheit überhaupt bieten wird.«

»Dann sag es mir doch«, ermunterte er sie.

Sie hob das kindliche Gesicht zu ihm auf.

»Ich habe Arborlon verlassen und meine Pflichten als Erwählte im Dienste des Ellcrys im Stich gelassen, weil ich mit der Zeit eine solche Angst vor dem Ellcrys bekam, daß ich es nicht mehr ertragen konnte, auch nur in seiner Nähe zu sein. Das klingt töricht, ich weiß, aber hör mich bitte bis zum Ende an. Ich habe dies nie jemandem erzählt. Ich glaube, meine Mutter hat es gemerkt und verstanden, aber sonst niemand. Ich kann das auch den anderen nicht zum Vorwurf machen. Ich hätte mich ja vielleicht erklären können, aber ich zog es vor, das nicht zu tun. Ich war einfach der Meinung, ich könnte mit niemandem darüber sprechen.«

Sie machte eine kurze Pause.

»Ich hatte einen schweren Stand, nachdem ich von dem Ellcrys erwählt worden war. Ich wußte natürlich um die Einzigartigkeit meiner Erwählung. Ich wußte, daß ich seit fünfhundert Jahren die erste Frau war, die der Baum erkoren hatte, die erste Frau seit den Tagen des Zweiten Krieges der Rassen. Ich nahm meine Erwählung einfach an, obwohl es viele gab, die sie in Frage stellten. Ganz offen. Doch ich war die Enkelin von Eventine Elessedil; so sonderbar fand ich es gar nicht, daß ich erwählt worden war. Und meine Familie – ganz besonders mein Großvater – war so stolz.

Aber ich entdeckte bald, daß meine Erwählung nicht nur im Hinblick darauf, daß ich eine Frau war, etwas Besonderes war. Vom ersten Tag meines Dienstes an nahm ich eine Ausnahmestellung unter meinen Miterwählten ein. Der Ellcrys, das war wohlbekannt, pflegte nur sehr selten zu jemandem zu sprechen. Es war praktisch noch nie vorgekommen, außer unter ganz besonderen Umständen natürlich, daß er nach dem Zeitpunkt ihrer Berufung mit den Erwählten gesprochen hatte. Mit mir aber sprach er vom ersten Tag an – nicht einmal oder zweimal, sondern jeden Tag; nicht flüchtig, nicht obenhin, sondern ausführlich und mit Absicht. Immer war ich allein; die anderen waren nie dabei. Er pflegte mir zu sagen, wann ich kommen sollte, und ich folgte dem Befehl natürlich. Ich fühlte mich tief geehrt; ich nahm eine Sonderstellung ein, ich lag ihm mehr am Herzen als jeder andere zuvor, und das machte mich sehr stolz.«

Sie schüttelte den Kopf bei der Erinnerung.

»Anfangs war es wunderbar. Der Ellcrys erzählte mir Dinge,

die sonst niemand wußte, Geheimnisse über die Erde und das Leben auf ihr, die bei den Rassen seit Jahrhunderten in Vergessenheit geraten waren. Er erzählte mir von den Großen Kriegen, von den Rassenkriegen, von der Geburt der Vier Länder und ihrer Einwohner, von allem, was seit Beginn der neuen Welt sich ereignet hatte. Er schilderte mir, wie die alte Welt gewesen war, obwohl sein Gedächtnis manchmal versagte, wenn er allzuweit zurückgriff. Manches von dem, was er mir berichtete, verstand ich nicht. Aber ich verstand vieles. Ich begriff, was er mir über das Wachstum lebendiger Wesen sagte, über die Pflege von Pflanzen und Tieren. Das war sein Geschenk an mich, die Fähigkeit, die Dinge zum Wachsen zu bringen. Es war ein wunderschönes Geschenk. Und die Gespräche waren zauberisch – allein die Möglichkeit, von all diesen wundersamen Dingen zu hören.

So war es am Anfang. Da hatte ich meinen Dienst gerade erst aufgenommen, und die Gespräche waren so neu und aufregend, daß ich das, was geschah, fraglos hinnahm. Bald aber entwickelte sich etwas sehr Unangenehmes. Das wird sich vielleicht merkwürdig anhören, Wil, aber ich fing an, mich in den Baum zu verlieren. Ich verlor allmählich alles Gefühl dafür, wer ich war. Ich war nicht mehr ich; ich war ein Teil des Ellcrys. Ich weiß bis heute nicht, ob das von ihm gewollt war, oder ob es nur das natürliche Ergebnis unserer nahen Beziehung war. Damals hielt ich es für gewollt. Ich bekam Angst vor dem, was mir da geschah – und dann wurde ich sehr zornig. Wurde von mir als Erwählte erwartet, auf meine eigene Persönlichkeit, meine eigene Identität zu verzichten, um die Bedürfnisse des Baumes befriedigen zu können? Ich hatte den Eindruck, daß der Ellcrys mit mir spielte; daß er mich benutzte. Aber ich täuschte mich.

Die anderen Erwählten begannen die Veränderung an mir zu sehen. Allmählich kam ihnen, glaube ich, der Verdacht, daß an meiner Beziehung zu dem Ellcrys etwas anders und besonders war. Ich spürte, wie sie mich mieden; ich spürte, wie sie mich beobachteten. Und die ganze Zeit verlor ich mich immer mehr an den Ellcrys – jeden Tag war wieder ein Stück von mir entschwunden. Ich war entschlossen, dem ein Ende zu machen. Ich fing an, den Baum zu meiden, wie die anderen Erwählten mich mieden.

Ich weigerte mich, zu ihm zu gehen, wenn er darum bat; ich sandte einen anderen an meiner Statt. Als er mich fragte, was nicht in Ordnung sei, erklärte ich es ihm nicht. Ich hatte Angst vor ihm; ich schämte mich; ich war voller Zorn auf die ganze Situation.«

Ihr Mund wurde schmal und bitter.

»Schließlich kam ich zu dem Schluß, das wahre Problem läge darin, daß ich nicht dafür geschaffen war, eine Erwählte zu sein. Ich schien mir nicht in der Lage, mit der Verantwortung fertigzuwerden oder zu begreifen, was von mir erwartet wurde. Der Ellcrys hatte für mich etwas getan, was er für keinen anderen Erwählten getan hatte – etwas Wunderbares, Herrliches – ich konnte es nicht annehmen. Ich fand es unrecht, wie ich reagierte; ich war der Meinung, daß keiner der anderen so reagiert hätte. Und ich kam zu dem Schluß, daß meine Berufung zur Erwählten ein Irrtum gewesen war.

Da ging ich, Wil, kaum einen Monat nach meiner Erwählung. Ich sagte meiner Mutter und meinem Großvater, daß ich fortgehen würde, daß ich dem Ellcrys nicht länger dienen könne. Ich sagte ihnen nicht, warum. Das brachte ich nicht über mich. Als Erwählte zu versagen, war schlimm genug. Aber zu versagen, weil der Baum Forderungen an mich stellte, die jeder andere mit Freuden erfüllt hätte – nein. Vor mir selber konnte ich zugeben, was zwischen dem Ellcrys und mir geschehen war, aber keinem anderen konnte ich es bekennen. Meine Mutter schien zu verstehen. Mein Großvater nicht. Es gab harte Worte zwischen uns, die Bitterkeit in uns beiden zurückließ. Mit Schimpf und Schande beladen in meinen eigenen Augen und in den Augen der anderen ging ich aus Arborlon fort, fest entschlossen, nie wieder zurückzukehren. Ich leistete den Elfeneid zum Dienst in fremdem Land; ich wollte mich in einem der anderen Länder niederlassen und die Leute dort das lehren, was ich über die Pflege und Erhaltung der Erde und des Lebens wußte. Ich wanderte, bis ich Havenstead fand. Das Dorf wurde mein Zuhause.«

Tränen schimmerten jetzt in ihren Augen.

»Aber ich habe mich getäuscht. Das kann ich jetzt sagen – ich muß es jetzt sagen. Ich bin vor einer Verantwortung davongelaufen, die mir bestimmt war. Ich bin vor meinen Ängsten davongelaufen. Ich enttäuschte alle, und letzten Endes ließ ich meine Miterwählten zurück, ohne mich zu sterben.«

»Du beurteilst dich zu hart«, widersprach Wil.

»Meinst du?« Sie verzog den Mund. »Ich fürchte, ich beurteile mich selbst nicht hart genug. Wäre ich in Arborlon geblieben, dann hätte der Ellcrys vielleicht früher von seinem nahenden Tod gesprochen. Ich war es, mit der er schon zuvor gesprochen hatte – mit keinem der anderen. Die anderen wußten nicht einmal, was sich abgespielt hatte. Zu mir hätte der Ellcrys vielleicht gesprochen, so rechtzeitig vielleicht, daß das Blutfeuer hätte gefunden und das Samenkorn gepflanzt werden können, ehe die Mauer der Verfemung ins Wanken geriet und die Dämonen sich befreien konnten. Begreifst du, Wil? Wenn das zutrifft, dann habe ich alle die Elfen, die jetzt tot sind, auf dem Gewissen.«

»Es ist genauso möglich«, entgegnete Wil, »daß die Warnung des Ellcrys auch dann nicht einen Tag früher gekommen wäre, wenn du Arborlon nicht verlassen hättest, sondern geblieben wärst. Dann wärst du jetzt tot wie die anderen und den noch lebenden Elfen keine Hilfe.«

»Und damit soll ich meine Handlungen rechtfertigen?«

Er schüttelte den Kopf. »Nein, aber du sollst jetzt nicht zurückblicken und Mutmaßungen darüber anstellen, was hätte sein können. Vielleicht war alles so gewollt, wie es sich entwickelt hat. Das kannst du doch gar nicht wissen.« Seine Stimme wurde härter. »Jetzt hör du mir mal einen Moment zu. Nimm an, der Ellcrys hätte sich einen anderen deiner Miterwählten zu diesen täglichen Gesprächen auserkoren. Hätte dieser Erwählte anders als du auf das Erlebnis reagiert? Wäre ein anderer den Gefühlen gegenüber immun gewesen, die dich bedrängten? Das glaube ich nicht, Amberle. Ich kenne dich. Ich kenne dich vielleicht besser als jeder andere, nach dem, was wir alles gemeinsam durchgemacht haben. Du besitzt Charakterstärke, du hast den Mut deiner Überzeugung und du besitzt Entschlossenheit, auch wenn du es anders behauptest.«

Er schob seine Hand unter ihr Kinn.

»Ich kenne niemanden – niemanden, Amberle –, der diese lange Reise und all die Gefahren und Unbilden besser gemeistert hätte als du. Ich denke, es ist Zeit, daß ich dir einmal sage, was du mir so gerne sagst. Glaub an dich selbst. Hör auf zu zweifeln. Hör auf Mutmaßungen anzustellen. Glaube einfach. Habe ein bißchen Vertrauen in dich selbst, Amberle, du verdienst dieses Vertrauen.«

Sie weinte jetzt ganz offen.

»Ich habe dich so gern.«

»Und ich dich.« Er küßte ihre Stirn. »Sehr, sehr.«

Sie lehnte ihren Kopf an seine Schulter, und er umschlang sie. Als sie zu ihm aufblickte, waren die Tränen versiegt.

»Jetzt mußt du mir etwas versprechen«, bat sie ihn.

»Ja, gut.«

»Versprich mir, dafür zu sorgen, daß ich bis zum Ende durchhalte – daß ich nicht wanke, daß ich nicht vom eingeschlagenen Weg abweiche, daß ich nicht davor zurückschrecke, das zu tun, was mich hierhergeführt hat. Sei meine Kraft und mein Gewissen. Versprich mir das.«

Er lächelte sanft. »Ich verspreche es dir.«

»Ich habe immer noch Angst«, gestand sie leise.

An der Zellentür sprang Eretria auf.

»Heiler!«

Wil sprang auf, und Amberle folgte ihm. Zusammen liefen sie zu Eretria hinüber. Ihre schwarzen Augen funkelten. Wortlos zog sie das Metallrohr aus dem Schlüsselloch und steckte es wieder in ihren Stiefel. Augenzwinkernd umfaßte sie dann die Eisenstangen der Zellentür und zog. Lautlos öffnete sie die Tür.

Wil Ohmsford lächelte triumphierend. Jetzt mußten sie nur noch Wisp finden.

Sie fanden ihn beinahe augenblicklich. Gerade waren sie von der Zelle zum Fuß der Treppe gelaufen und spähten blinzelnd aufwärts in die Finsternis des Korridors, als sie Schritte nahen hörten. Rasch bedeutete Wil Eretria, an die Wand zurückzuweichen, während er Amberle mit sich auf die andere Seite zog. An den kalten Stein gepreßt warteten sie, während die Schritte näherkamen, leichte, vertraute Dribbelschritte, die Wil sogleich erkannte.

Wenig später tauchte Wisps Altmännergesicht aus der Dunkelheit des Korridors.

»Hübsches Ding, hallo, hallo. Willst du mit Wisp schwatzen?«

Mit festem Griff packte Wil ihn am Schlafittchen. Wisp schrie auf vor Schreck und strampelte wie ein Wahnsinniger, um sich zu befreien, als Wil ihn vom Boden hochhob.

»Sei ganz still!« flüsterte Wil warnend und drehte den kleinen Burschen herum, so daß dieser sehen konnte, wer ihn gepackt hielt.

Wisp riß die Augen auf.

»Nein, nein, ihr könnt nicht fort.«

»Sei still!« Wil schüttelte ihn, bis er keinen Laut mehr von sich gab. »Noch ein Wort und ich dreh' dir den Kragen um, Wisp.«

Wisp nickte voll ängstlichen Eifers, während sein behaarter kleiner Körper sich in Wils Händen wand. Wil ging in die Knie und setzte seinen Gefangenen auf den Boden, hielt ihn aber weiterhin am Kragen fest.

»Jetzt hör mal genau zu, Wisp«, sagte Wil. »Ich möchte die Elfensteine zurückhaben, und du wirst mir zeigen, was die Hexe mit ihnen gemacht hat. Verstehst du?«

Wisp schüttelte heftig den Kopf.

»Wisp dient der Dame. Ihr könnt nicht fort!«

»In einer Schachtel sind sie, hast du gesagt.« Wil ging auf seinen Einwurf gar nicht ein. »Bring mich da hin, wo sie die Schachtel aufbewahrt.«

»Wisp dient der Dame! Wisp dient der Dame!« wiederholte der kleine Bursche voller Verzweiflung. »Ihr müßt bleiben! Geht zurück!«

Wil war ratlos. Da trat Eretria heran und neigte ihr dunkles Gesicht zu Wisp hinunter. Blitzend fuhr der Dolch aus ihrem Stiefel, und sie legte ihn dem kleinen Burschen an den Hals.

»Jetzt hör mal her, du kleiner Irrwisch«, sagte sie. »Wenn du uns nicht sofort zu den Elfensteinen bringst, dann schneide ich dir den Hals von einem Ohr zum anderen durch. Dann kannst du gar niemanden mehr dienen.«

Wisps Gesicht verzerrte sich vor Entsetzen.

»Tu Wisp nichts, du Hübsche. Wisp mag dich, du hübsches Ding. Er mag dich. Tu ihm nichts.«

»Wo sind die Elfensteine?« fragte sie, während sie dem kleinen Elf die Klinge noch fester an die Kehle drückte.

Plötzlich begann die Turmglocke zu schlagen – einmal, zweimal, dreimal, dann ein viertes Mal. Wisp ließ einen erschreckten Aufschrei hören und begann unter Wils Hand wieder heftig zu strampeln. Wil schüttelte ihn ärgerlich.

»Was ist los, Wisp? Was gibt's?«

Hilflos sank der Kleine in sich zusammen. »Morag kommt«, wimmerte er.

»Morag?« Ein plötzliches Gefühl völliger Verzweiflung stieg in Wil auf. Was führte Morag plötzlich in die finstere Residenz ihrer Schwester? Hastig blickte er die anderen an, doch ihre Augen spiegelten nur die Verwirrung, die er selbst verspürte.

»Wisp dient der Dame«, wimmerte Wisp und begann zu weinen.

Eilig sah Wil sich um.

»Wir brauchen etwas, um ihm die Hände zu binden.«

Eretria riß sich die lange Schärpe herunter, die sie um die Taille trug, und band damit dem kleinen Burschen die Hände auf den Rücken. Wil nahm die lose herabhängenden Enden und wickelte sie sich um eine Hand.

»Jetzt hör mir zu, Wisp.« Er zog dem jammernden Elf den Kopf zurück, bis ihre Blicke sich trafen. »Hör mir zu!«

Wisp hörte zu.

»Du bringst uns jetzt in das Gemach, wo die Dame die Elfensteine aufbewahrt hat. Wenn du versuchen solltest davonzulaufen, oder jemanden zu warnen, dann weißt du wohl, was dir dann passiert?«

Er wartete geduldig, bis Wisp nickte.

»Dann sei also nicht so dumm, so etwas zu versuchen. So, und jetzt bring uns zu den Elfensteinen.«

Wisp wollte etwas entgegnen, doch gleich drohte Eretria wieder mit dem Dolch. Eingeschüchtert nickte der Kleine noch einmal.

»So ist es gut, Wisp.« Wil ließ seinen Kopf los. »Jetzt gehen wir.«

Hintereinander gingen sie los, Wisp an der Spitze und Wil direkt dahinter, fest die Schärpe in der Hand, mit der Wisps Arme gebunden waren. Eretria und Amberle folgten. Beinahe blind stiegen sie durch die Finsternis aufwärts, und nach einer Weile sahen sie in der Ferne ein Licht, in dessen Schein sie schwach die Konturen der Treppe erkennen konnten. Ein Zylinder ähnlich dem, der ihre Zelle erleuchtet hatte, tauchte auf, und sie gingen unter ihm hindurch. In der Ferne schimmerten noch mehr solcher Lampen durch die Dunkelheit.

Immer weiter ging es die Wendeltreppe des Turms hinauf. Von Zeit zu Zeit kamen sie an dunklen, leeren Korridoren vorüber und an Türen, die fest verschlossen waren, doch Wisp verlangsamte nicht einmal den Schritt. Die Glockenschläge waren verklungen; der Turm war in tiefes Schweigen eingehüllt. Der schwere Duft von Räucherwerk wurde stärker, je höher sie kamen. Er benebelte Wil und die beiden Mädchen, und sie bemühten sich, den Rauch möglichst nicht einzuatmen. Wil begann allmählich argwöhnisch zu werden. Vielleicht war Wisp durchtriebener als er schien.

Dann aber erreichten sie einen Treppenabsatz, und Wisp blieb stehen. Er wies in einen dämmrig erleuchteten Korridor, der ein kurzes Stück in den Turm hineinführte und vor einer schweren, eisenbeschlagenen Tür endete. Von jenseits der Tür waren Stimmen zu hören.

Wil neigte sich hastig zu ihm hinunter.

»Was ist, Wisp?«

Das alte Gesicht war ängstlich und naß von Schweiß.

»Morag«, wisperte Wisp und schüttelte dann rasch den Kopf. »Sehr schlimm. Sehr böse.«

Wil richtete sich auf.

»Morag geht uns nichts an. Wo sind die Elfensteine?«

Wieder deutete Wisp auf die Tür. Wil zögerte und sah den Kleinen unsicher an. Sagte Wisp die Wahrheit? Dann kniete

Eretria neben dem kleinen Irrwisch nieder und sprach ihn mit sanfter Stimme an.

»Wisp, bist du da auch sicher?«

Wisp nickte. »Ich lüge nicht, meine Hübsche. Bitte tu es nicht.«

»Ich will dir ja gar nichts tun«, versicherte sie ihm, ihn fest anblickend. »Aber du dienst der Dame und nicht uns. Können wir glauben, was du sagst?«

»Wisp dient der Dame«, pflichtete Wisp mit dünnem Stimmchen bei und schüttelte dann wieder den Kopf. »Wisp lügt nicht. Die schönen Steine sind dort drüben, auf der anderen Seite vom großen Saal, in einem kleinen Zimmer oben an der Treppe. In einer Schachtel mit hübschen Blumen, die rot und golden ist.«

Noch einen Moment lang blickte Eretria ihm in die Augen, dann sah sie zu Wil auf und nickte.

»Gibt es keinen anderen Weg, um an die Schachtel heranzukommen?« drängte Wil den kleinen Elf.

Wisp schüttelte den Kopf.

»Eine Tür nur.« Er wies den Korridor hinunter.

Schweigend sah Wil ihn an, dann winkte er den anderen, ihm zu folgen. Leise schlichen sie den kurzen Gang hinunter und blieben vor der Tür stehen. Die Stimmen, die herausdrangen, waren schrill und zornig. Wil holte tief Atem, dann drückte er langsam und sorgsam die Klinke der Tür herunter und zog. Die Tür öffnete sich einen winzigen Spalt. Wil spähte hindurch.

Sein Blick fiel in den Saal, wo Mallenroh sie empfangen hatte. Der weite Raum, dessen massige Mauern aus Steinquadern errichtet waren, wirkte schattig und düster. Nur einige der merkwürdigen rauchlosen Lichter, die wie Spinnen von einer unsichtbaren Decke herabhingen, erleuchtete ihn schwach. Unmittelbar hinter der Tür führte eine Folge halbkreisförmig gehauene Stufen abwärts. Und dort, wo die Treppe endete, drängten sich Hunderte von Holzmännchen um zwei gertenschlanke schwarze Gestalten, die einander gegenüberstanden. Die beiden Frauen kreischten und fauchten wie wütende Katzen.

Wil Ohmsford starrte die beiden entgeistert an. Die Hexenschwestern, Morag und Mallenroh, die letzten ihrer Art, seit Jahrhunderten erbitterte Feindinnen aus Gründen, die längst vergessen waren, glichen einander wie ein Ei dem anderen. Sie waren Zwillinge. Fließende schwarze Gewänder umhüllten ihre hochgewachsenen Gestalten, feingesponnenes graues Haar, durchwoben von Nachtschatten, umrahmte die schön geschnittenen Gesichter, fleckenlos weiß war die Haut, geisterhaft in der Dunkelheit – eine sah aus wie das Spiegelbild der anderen. Beide waren sie feingliedrig, beide geschmeidig und zart. In diesem Augenblick jedoch war ihre Schönheit entstellt durch den Haß, der ihre Züge verzerrte und die violetten Augen verfinsterte. Ihre Worte erreichten den lauschenden Wil; ihre Stimmen waren jetzt leise, nicht mehr so schrill, aber hart und ätzend.

»Meine Macht ist der deinen gleich, Schwester, und ich fürchte nichts, was du tun könntest. Du kannst mich ja nicht einmal deines armseligen Hauses verweisen. Wir sind wie Fels und Stein, weder die eine noch die andere ist stärker.« Die Sprecherin lachte spöttisch. »Aber du möchtest das am liebsten alles ändern, Schwester. Du möchtest dich mit Zauberkräften rüsten, die nicht dir gehören. Und indem du das tust, würdest du unsere gemeinsame Herrschaft über dieses Gebiet beenden. Töricht bist du, Schwester. Du kannst keine Geheimnisse vor mir haben. So schnell wie du weiß ich, was deine Absicht ist.« Sie machte eine Pause. »Und ich weiß von den Elfensteinen.«

»Du weißt nichts«, schrillte die andere, die, wie Wil jetzt sah, Mallenroh war. »Verlaß mein Haus, Schwester. Geh, solange du noch kannst, oder ich werde Mittel und Wege finden, dich wünschen zu machen, du hättest meinen Rat befolgt.«

Morag lachte wieder. »Sei still, du Törichte. Du kannst mich nicht schrecken. Ich werde dann gehen, wenn ich das habe, was zu holen ich hergekommen bin.«

»Die Elfensteine gehören mir!« schrie Mallenroh. »Ich habe sie, und ich werde sie behalten. Die Gabe war für mich bestimmt.«

»Schwester, keine Gabe wird dir gehören, wenn ich es nicht wünsche. Solche Kräfte, wie sie den Elfensteinen innewohnen, müssen jener gehören, die am besten geeignet ist, sie zu beherrschen. Und die bin ich. Die bin ich immer gewesen.«

»Nie warst du besser für irgendwas geeignet als ich, Schwester.« Mallenroh spie der anderen zu Füßen. »Ich habe dir gestattet, dieses Tal mit mir zu teilen, weil du die letzte meiner Schwestern warst, und ich Mitleid hatte mit einer, so häßlich und so unnütz wie du. Denk nach, Schwester. Ich habe stets meinen Teil an schönen Dingen gehabt; aber du, du hast nichts gehabt als die Gesellschaft deiner stimmlosen Holzmänner.« Ihre Stimme wurde zu einem Zischen. »Erinnerst du dich des Menschenwesens, das du mir rauben wolltest, des Schönen, der mir gehörte, den du unbedingt für dich haben wolltest? Erinnerst du dich, Schwester? Ach, selbst dieser Schöne war dir verloren, ist es nicht so? So unachtsam warst du, daß du ihn vernichtetest.«

Morag funkelte die andere zornig an.

»Du warst es, die ihn vernichtet hat, Schwester.«

»Ich?« Mallenroh lachte höhnisch. »Eine Berührung von dir, und er verdorrte vor Entsetzen.«

Morags Gesicht war wie versteinert vor Wut.

»Gib mir die Elfensteine.«

»Ich gebe dir gar nichts!«

Wil Ohmsford, der reglos hinter der schweren Tür kauerte, spürte plötzlich eine Hand auf seiner Schulter und fuhr erschrocken zusammen. Eretria spähte an ihm vorbei durch den Spalt.

»Was ist denn los?«

»Bleib zurück«, flüsterte er, und seine Augen kehrten sogleich zu der Szene zurück, die sich im Saal abspielte.

Morag stand jetzt ganz dicht vor Mallenroh.

»Gib mir die Elfensteine. Du mußt sie mir geben.«

»Scher dich zurück in das Loch, aus dem du herausgekrochen bist, du Giftnatter«, höhnte Mallenroh. »Kehr doch zurück in dein leeres Nest.«

»Schlange! Dein eigen Fleisch und Blut möchtest du töten!«

»Verschwinde, du Ungeheuer!« kreischte Mallenroh. »Verschwinde endlich!«

Blitzartig schoß Morags Hand unter den schwarzen Gewändern hervor und versetzte Mallenroh einen brennenden Schlag ins Gesicht. Laut klang das Klatschen durch die Stille. Entgeistert taumelte Mallenroh zurück. Die hölzernen Glieder der Holzmänner klapperten, als diese sich ängstlich zusammendrängten und vor den beiden wütenden Hexen zurückwichen.

Dann schrillte ganz unerwartet Mallenrohs Gelächter durch den weiten Saal.

»Du bist erbärmlich, Schwester. Du kannst mir nichts antun. Geh nach Hause. Dort kannst du auf mich warten. Ich werde zu dir kommen. Ich werde dir den Tod bringen, den du verdienst. Du bist es nicht wert, als Sklavin gehalten zu werden.«

Morag stürzte vor und schlug wieder zu. Es war ein rascher, plötzlicher Hieb, auf den Mallenroh mit einem schrillen Wutschrei reagierte.

»Gib mir die Elfensteine!« In Morags Stimme schwang ein Unterton tollwütiger Raserei. »Gib sie mir endlich!«

Sie ging auf Mallenroh los, und ihre Hände schlossen sich um den Hals der Schwester. Wieder torkelte Mallenroh zurück. Ihr schönes Gesicht verzerrte sich vor Wut. Ineinander verschlungen stürzten die Hexenschwestern auf den steinernen Boden des großen Saales, während sie sich kreischend schlugen und kratzten wie die Katzen. Dann gelang es Mallenroh sich loszureißen, und sie sprang wieder auf die Beine. Mit schneller, schlangenhafter Bewegung streckte sie eine Hand aus. Augenblicklich brach eine gewaltige Wurzel aus dem Stein zu ihren Füßen hervor und umrangte fest Morags sich windende Gestalt. Aufwärts glitt sie in die Dunkelheit und trug die um sich schlagende Morag mit sich, während sie immer höher wuchs, hinaufstrebte in die Finsternis jenseits der Lampen. Morag schrie gellend. Plötzlich erstrahlte die Finsternis in einem grellen Blitz, und grünes Feuer lief züngelnd die ganze Wurzel entlang und verbrannte sie zu Asche. In dicken Wolken stieg der Qualm von den zusammengesunkenen Aschehäufchen auf. Dann aber kam Morag wieder, schwebte wie ein Geist durch die Rauchschleier herab, bis sie wieder auf dem steinernen Boden des Turms stand.

Mallenroh kreischte vor Zorn, und das grüne Feuer sprang jetzt aus ihren Fingern, um ihre Schwester einzuhüllen. Morag schlug zurück. Einen Moment lang standen beide in grünen Flammen, und ihr schrilles Kreischen brach sich an den steinernen Wänden des Saales. Dann erlosch das Feuer, und die Schwestern standen einander wieder gegenüber, hochgewachsene schwarze Gestalten, die einander belauerten.

»Diesmal werde ich mich endlich von dir befreien«, flüsterte Mallenroh. Ihre Stimme war erfüllt von kaltem Haß, und sie stürzte sich auf ihre Schwester.

Morag wehrte den Angriff ab und schleuderte Mallenroh von sich weg. Wieder züngelten die grünen Flammen aus ihren Fingern. Mallenrohs Schrei stieg hoch und schrecklich in die Luft, und sie verschwand in undurchdringlichen Rauchschleiern. Einen Augenblick später tauchte sie ein paar Schritte zur Rechten wieder auf, und diesmal brach das Feuer aus ihren Händen hervor. Hin und her wogte der Kampf zwischen den beiden Schwestern, die einander immer wieder in wütender Raserei angriffen. Funken der grünen Flammen fielen auf die unglücklichen Holzmänner herab; innerhalb von Augenblicken standen Dutzende von ihnen in Flammen.

Und wieder prallten die Schwestern aufeinander, rangen heulend miteinander, während das Feuer aus ihren Fingern loderte. Die schwarzen Gewänder flogen im wütenden Kampf, und das Feuer barst wie eine gewaltige Säule aus dem Steinboden unter ihnen empor. Ein schreckliches Kreischen drang aus beider Kehlen, als ihre Hände sich ineinanderkrallten, und ihre hochgewachsenen Gestalten sich aufbäumten in Kampfeswut. Grüne Flammen breiteten sich aus wie Wasserlachen, rannen bis in die hinterste Ecke des Saales, um die angstvollen Holzmännchen zu verzehren. Hitze von solcher Intensität strahlte von der Feuersäule ab, daß sie Wil und seinen Gefährten, die noch immer hinter der angelehnten Tür hockten, die Gesichter versengte.

Dann begann der Turm selbst zu erzittern; Stein und Holz barsten, und in Kaskaden regnete es Splitter und Staub durch den Raum und die Finsternis. Wil sah, wie die Feuersäule von den beiden Hexenschwestern emporstieg, um gierig an den gewaltigen Holzbalken zu lecken, die den Turm stützten. Überall standen die Holzmännchen in Flammen, gaben dem Feuer Nahrung, so daß es sich im ganzen Saal ausbreiten konnte.

Hastig sprang Wil auf. Wenn sie noch länger zauderten, würden sie den Flammen nicht mehr entkommen können. Schlimmer noch, es konnte geschehen, daß der Turm einstürzte und sie unter seinen schweren Steinen begrub. Sie mußten jetzt den Ausbruch wagen. Es würde gefährlich werden, aber noch gefährlicher wäre es gewesen zu bleiben.

Er schob Wisp zum Türspalt.

»Wo ist das Zimmer mit der Schachtel, Wisp?«

Wisp jammerte und schluchzte. Wil schüttelte ihn ärgerlich.

»Zeig mir das Zimmer.«

Wisp streckte die Hand durch die Tür. Ganz rechts, praktisch auf der anderen Seite des Saales, zog sich eine schmale Wendeltreppe hin, die zu einer Tür hinaufführte.

Wil warf Amberle einen raschen Blick zu. Mit ihrem verletzten Knöchel würde sie nicht so schnell laufen können.

»Schaffst du es?« fragte er.

Sie nickte stumm. Er sah Eretria an, und die nickte ebenfalls. Da holte er tief Atem.

»Dann los!«

Den strampelnden Wisp unter einem Arm, zog er die schwere Holztür weit auf und schoß in den Saal hinein. Die Hitze der Flammen brandete ihm wie eine Flutwelle entgegen, traf sengend sein Gesicht, brannte bis in seine Kehle hinunter. Er senkte den Kopf, folgte der Steinmauer nach rechts und sprang die abgerundeten Treppenstufen hinunter. Holzmänner umdrängten ihn in heilloser Verwirrung, doch er schleuderte sie zur Seite, um seinen Gefährten den Weg freizumachen. Sie rannten hinunter zum Grund des Turmes, bahnten sich zwischen Flammenpfützen einen Weg zu der fernen Wendeltreppe.

Da schoß plötzlich die Feuersäule in einer Explosion aufwärts, die sie alle zu Boden schleuderte. Benommen rafften sie sich wieder auf und sahen, wie der Kampf zwischen den Hexenschwestern noch grimmiger wurde. Das Feuer änderte plötzlich seine Farbe vom geheimnisvollen Grün zum hell lodernden Orange. Eine echte, natürliche Flamme war aus ihm geworden. Die Hexenschwestern kreischten. Das Feuer sprang an ihren Gestalten empor, züngelte in ihrem wehenden grauen Haar. Es verbrannte sie.

»Schwester!« schrie eine von ihnen in hellem Entsetzen.

Brennendes Fleisch knisterte; mit erstaunlicher Schnelligkeit umhüllten die Flammen die Hexenschwestern mit lodernden

Schleiern, verzehrten sie. Eben hatte sie noch dagestanden, in grimmiger Umklammerung; und nun war nichts mehr von ihnen übrig. Jede war den Kräften der anderen gewachsen gewesen; doch als ihrer beider Kräfte sich vereint hatten, hatten sie dem nichts entgegenzusetzen gehabt. Alles was von ihnen blieb, war ein Haufen Asche und verkohltes Fleisch.

Wil hörte, wie Amberle entsetzt aufschrie. Dann fielen plötzlich die Holzmännchen in sich zusammen; wie Marionetten klappten sie zusammen, Arme und Beine lösten sich von den Rümpfen, Finger und Zehen verdörrten, und schließlich war nur noch ein riesiger Haufen schwelenden Holzes von ihnen übrig. Die Zauberkraft, die sie geschaffen und erhalten hatte, war mit den Hexenschwestern zugrunde gegangen. In dem brennenden Saal war nichts Lebendes mehr außer den drei Menschen und Wisp.

Die Zeit wurde knapp. Hustend im beißenden Rauch, sprang Wil auf. Wisp fest unter dem Arm, hastete er durch Flammen und Rauch, schleuderte mit den Füßen zur Seite, was von den Holzmännern noch geblieben war, rief Amberle und Eretria immer wieder drängend zu, sie sollten sich beeilen. Wisp hing weinend in seinem Arm, doch Wil hatte in diesem Moment kein Gefühl dafür und kümmerte sich nicht um den Kleinen, während er sich zu der Wendeltreppe auf der anderen Seite des Saales durchschlug und endlich die ersten Stufen hinaufstolperte. Oben an der Tür griff er zur Klinke, während er im stillen darum flehte, daß die Tür offen sein möge. Sie war offen. Mit tränenden Augen stürzte er hustend und keuchend hinein.

Das Prasseln des Feuers folgte ihm und übertönte Wisps Geschrei und Gezeter. Das ganze Zimmer war mit schwerer dunkler Seide ausgeschlagen, und Nachtschatten rankten an Wänden und schmiedeeisernen Spalieren. Angespannt spähte Wil durch die Dunkelheit und fand endlich, was er suchte. Auf einem Tisch auf der gegenüberliegenden Seite des Raumes, zwischen allen möglichen Ziergegenständen und Döschen mit Räucherwerk und Parfüm, stand ein großer, kunstvoll geschnitzter Holzkasten, dessen Deckel mit Blumen in Rot und Gold geschmückt war. Die Elfensteine! Wilde Freude durchfuhr ihn. Wisp schrie und zeterte wie ein Wahnsinniger, doch Wil, von der Hitze und vom Rauch halb betäubt, hörte ihn nicht. Sein ganzes Trachten war darauf gerichtet, die Steine zurückzuholen. Vage nahm er wahr, daß Eretria und Amberle ins Zimmer kamen, während er schon zu dem Tisch mit dem Holzkasten rannte. Gerade wollte er zugreifen, als Eretria in lauter Warnung aufschrie und ihn mit einem kräftigen Puff zur Seite stieß.

»Wie oft muß ich dich eigentlich noch retten, Heiler?« schrie sie, um sich im lauten Prasseln des Feuers verständlich zu machen. Sie riß einen eisernen Schlüssel von einem Haken an der Wand, näherte sich dem Kasten von der Seite und klappte mit Hilfe des langen Schlüssels vorsichtig den Deckel hoch. Ein blitzschnelles grünes Ding schoß aus dem Kasten und wickelte sich fest um den Schaft des Schlüssels. Hastig schlug Eretria den Schaft auf den Steinfußboden, bis das Ding, das sich darumgeschlungen hatte, nur noch eine leblose Hülle war.

Wil starrte voller Entsetzen hinunter. Es war eine Viper.

»Er wollte dich warnen!«

Eretria deutete auf Wisp. Der kleine Bursche schluchzte besinnungslos.

Wil war einen Moment lang so voller Entsetzen, daß er sich weder rühren noch sprechen konnte. Ein Biß von dieser Viper... Eretria stieß den Holzkasten mit ihrem Dolch an und schob ihn vom Tisch herunter. Edelsteine und Geschmeide ergossen sich auf den Fußboden. Mitten unter ihnen lag der lederne Beutel. Eretria hob ihn auf, behielt ihn einen Moment lang in der Hand, als überlege sie, was sie damit anfangen sollte, dann reichte sie ihn Wil. Er nahm ihn wortlos, öffnete die Zugschnur, blickte hinein.

Ein schwaches Lächeln huschte über sein Gesicht. Die Elfensteine gehörten wieder ihm.

Ein neues Beben erschütterte den Turm; im großen Saal brach einer der massigen Stützbalken aus Holz in einem Funkenregen zusammen. Wil stopfte den Beutel mit den Elfensteinen unter seinen Kittel und rannte zur Tür, Wisp und Eretria mit sich ziehend. Sie mußten sofort weg von hier.

Doch lautes Hämmern, das plötzlich aus dem Inneren eines großen hölzernen Schrankes herausdrang, ließ ihn innehalten. In die trommelnden Schläge mischten sich gedämpfte Rufe und Schreie und das Knurren irgendeines Tieres. Wil warf Eretria einen raschen Blick zu. Jemand war in diesem Schrank gefangen. Wil zögerte nur einen Augenblick. Ganz gleich, was oder wer es war, man mußte ihm die Chance geben, dem brennenden Turm zu entkommen. Er stürzte zu dem Schrank und öffnete den Riegel. Die Türen flogen auf, und ein massiger dunkler Leib stürzte sich auf Wil, so daß dieser nach rückwärts torkelte. Laute Rufe drangen durch das von Rauch erfüllte Gemach, während Wil sich bemühte, seinen Angreifer abzuwehren. Dann wurde das Tier mit einem Ruck von ihm weggezogen, und ein vertrautes Gesicht zeigte sich.

»Hebel!« rief Wil erstaunt.

»Zurück, Drifter!« Der alte Mann gab dem Hund einen scharfen Klaps. »Was ist hier eigentlich los? Was hab' ich denn da in dem Schrank gemacht?«

Unsicher stand Wil auf.

»Hebel! Die Hexe, Mallenroh – sie hat Euch in eine Holzskulptur verwandelt! Erinnert Ihr Euch nicht?« Er lachte vor Erleichterung. »Wir dachten schon, Ihr wärt auf immer verloren! Ich versteh gar nicht, wie –«

Amberle nahm ihn beim Arm.

»Die Zauberkraft wirkt nicht mehr, Wil. Als Mallenroh starb, verlor der Zauber seine Kraft. Deshalb sind ja auch die Holzmännchen einfach so zusammengefallen – weil der Zauber nicht mehr wirkte. Und sicher war es so auch mit Hebel und dem Hund.«

Eine neue Rauchwolke wälzte sich durch die offene Tür, und Eretria rief ängstlich nach den anderen.

»Wir müssen hier raus.«

Wil machte sich sogleich auf den Weg zur Tür, den vor Angst wie versteinerten Wisp noch immer unter dem Arm.

»Nehmt Amberle mit«, rief er Hebel zu.

Draußen, auf dem Treppenabsatz, machten sie erschrocken halt. Der ganze große Saal stand in Flammen. Brennende Holzmännchen waren überall auf dem Boden verstreut. Die Holzbalken, die die gewölbte Decke trugen, krachten und bogen sich unter den züngelnden Flammen. Selbst die steinernen Mauern schimmerten in roter Glut von der Hitze. Das große Portal, das aus dem Saal zum Turm hinausführte, war verschlossen und verriegelt. Zögernden Schrittes stieg Wil die Treppe hinunter, während er in Flammen und Rauch nach einem Weg suchte, der sie zu dem Portal führen würde.

Da flog dieses plötzlich krachend auf, und die beiden Flügel schlugen donnernd gegen die Steinmauern. Wil Ohmsford und die anderen, die inzwischen den Fuß der schmalen Wendeltreppe erreicht hatten, blieben verblüfft stehen und spähten durch die Feuerswand. Tageslicht strömte durch das offenstehende Tor, und Wil hatte einen Moment lang den Eindruck, daß sich im Saal etwas Schattenhaftes bewegte. Angestrengt starrte er in die Flammen und versuchte festzustellen, was er da gesehen hatte. Oder hatte er sich vielleicht nur eingebildet, daß da ein Schatten ...

Drifter, der ein paar Schritte zurück war, kauerte sich plötzlich knurrend und winselnd zusammen.

Da wußte er es. Der Raffer! Er hatte den Raffer vergessen.

»Wisp!« schrie er in wilder Verzweiflung und schüttelte den kleinen Elf so fest, daß das alte Gesicht vor ihm wie rasend hin und her wackelte. »Wie kommen wir hier raus? Jetzt hör mir zu! Du mußt mir einen anderen Weg nach draußen zeigen!«

»Wisp – raus – da drüben.«

Ein Arm wies schwach die Richtung.

Wil sah die Tür zu ihrer Linken, vielleicht vierzig Schritte durch das Feuer. Er zögerte keinen Augenblick. Nachdem er seinen Gefährten zugerufen hatte, ihm zu folgen, stürzte er durch die Flammen und die Rauchschwaden zur Tür. Er meinte beinahe, den eisigen Atem des Raffers in seinem Nacken zu spüren. Irgendwo draußen im großen Saal pirschte sich das Ungeheuer lauernd an sie heran.

Sie erreichten die Tür. Hustend und würgend fand Wil die Klinke und drückte sie herunter. Auch diese Tür war nicht verschlossen. Die anderen vor sich herschiebend, hastete er hindurch, schlug die Tür hinter sich zu und schob den Riegel vor.

Dann rannten sie – eine Wendeltreppe hinunter, die sich tief unter den Grund des Turmes schraubte, durch schwarze Finsternis, die von rauchlosen Lichtern nur spärlich erleuchtet war, durch muffig riechende Feuchtigkeit, die ihre erhitzten Körper abkühlte. Stolpernd und taumelnd rannten sie abwärts, und ihre Schritte widerhallten dumpf in der Stille.

Am Fuß der Treppe öffnete sich ein Gang, der sich im trüben Licht einiger Lampen durch die Tiefen der Erde schlängelte. Diesen Korridor liefen sie hinunter. Wil voraus, noch immer den wimmernden Wisp tragend; dann Hebel – Drifter an seiner Seite – und Eretria, die Amberle stützten. Endlos wand sich der Tunnel durch die Dunkelheit, bald in der einen, bald in der anderen Richtung; weiß schimmernde Insekten krochen hastig davon, als sie nahten, Staub wirbelte auf unter ihren eilenden Füßen.

Immer wieder blickte Wil durch die Schatten zurück. Hatte sich dort etwas gerührt? Hatte er dort etwas gehört? Tränen verschleierten seinen Blick, und er wischte sie sich zornig aus den Augen. Wo war der Raffer? Den ganzen Weg von Arborlon bis zu diesem Tunnel war er ihnen gefolgt. Er war hier, ganz nahe; er konnte es spüren. Der Raffer war hier.

Noch ein Stück, und der Tunnel mündete in eine zweite Treppe, die sich dunkel und leer aufwärtswand. An ihrem Fuß blieb Wil stehen bis die anderen ihn eingeholt hatten, dann nahmen sie gemeinsam den Anstieg in Angriff. Lange wanderten sie aufwärts durch die Finsternis, hofften bei jeder neuen Windung der Treppe vergeblich, daß sie dahinter das Tageslicht erblicken würden. Unaufhörlich lauschten sie nach Geräuschen des Ungeheuers, das sie verfolgte. Aber sie hörten nichts. Schweigen lag über dem Schacht und hüllte jene ein, die ihn erklommen.

Schließlich gelangten sie zu einer Falltür, die fest verriegelt war. Mit Gewalt riß Wil den Riegel zurück, drückte seine Schulter gegen die Tür und stemmte sich dagegen. Mit einem gedämpften Krachen flog die Tür auf; wolkenverhangenes, trübes Sonnenlicht ergoß sich in den dunklen Schacht. Hastig krochen die Menschen und der Hund aus dem Bauch der Erde heraus.

Sie standen wieder in der Senke, die sie grau, nebelverhangen und still umgab. Hinter ihnen befand sich der Wasserturm Mallenrohs, in dichte Rauchschwaden eingehüllt, die hoch in die Bäume hinaufstiegen und über Wall und Graben dahinzogen.

Der Wald rundum war leer. Der Raffer war nirgends zu sehen.

Unsicher blickte Wil sich um. Dunst und Düsternis verschleierte alles außer dem leuchtenden Flackern des Feuers, das noch in Mallenrohs Turm brannte. Nichts sonst war zu erkennen. Wil hatte keine Ahnung, in welcher Richtung sie von hier aus weiterwandern sollten.

»Hebel, wo ist die Hochwarte?« fragte er eilig.

Der alte Mann schüttelte den Kopf.

»Das kann ich nicht mit Sicherheit sagen, Elf. Ich kann überhaupt nichts sehen.«

Wil zögerte, dann kniete er rasch auf der Erde nieder und ließ den sich windenden Wisp aus der Umklammerung seines Armes frei. Wisp hielt das alte Gesicht in die Hände vergraben, und sein dicht behaarter Körper war zu einer Kugel zusammengerollt. Wil konnte versuchen was er wollte, es gelang ihm nicht, den kleinen Elf dazu zu bewegen, ihn anzusehen. Schließlich gab er es auf. Wisp bei den Schultern haltend, schüttelte er ihn heftig.

»Wisp, hör mir zu. Wisp, du mußt mit mir sprechen. Sieh mich an, Wisp!«

Da erst spähte der kleine Bursche widerwillig zwischen gespreizten Fingern hervor. Sein kleiner Körper zitterte.

»Wisp, wo ist die Hochwarte?« fragte Wil. »Du mußt uns zur Hochwarte führen.«

Wisp erwiderte nichts. Stumm starrte er zwischen seinen Fingern hervor, dann schloß er seine Hände wieder.

»Wisp!« Erneut schüttelte Wil ihn. »Wisp, antworte mir!«

»Wisp dient der Dame!« rief der kleine Elf plötzlich. »Dient der Dame! Dient der Dame! Dient der ...«

Wil schüttelte ihn, daß seine Zähne klapperten.

»Hör auf! Schluß damit! Sie ist tot, Wisp! Die Dame ist tot! Du dienst ihr nicht mehr.«

Da verstummte Wisp und langsam sanken seine Hände vom Gesicht herab. Er begann zu weinen. Heftiges Schluchzen schüttelte seinen kleinen Körper.

»Wisp nicht wehtun«, flehte er. »Wisp ist brav. Nicht wehtun.«

Er zog sich wieder zu einer kleinen behaarten Kugel zusammen und wälzte sich weinend auf dem feuchten Erdboden wie ein verwundetes Tier. Wil blickte hilflos zu ihm hinunter.

»Gut gemacht, Heiler.« Eretria seufzte und trat näher. »Du hast ihm ja Todesangst gemacht. In dem Zustand ist er uns bestimmt keine Hilfe.« Sie packte Wil beim Arm und schob ihn weg. »Laß mich das mal machen.«

Wil ging zu Amberle hinüber und sie sahen beide zu, wie Eretria neben dem kleinen Wisp niederkniete und das schluchzende Bündel in die Arme nahm. Leise flüsternd drückte sie den Elf an sich und streichelte den Wuschelkopf. Nach einer Weile hörte Wisp auf zu weinen. Vorsichtig hob er den Kopf ein kleines Stück.

»Hübsche?«

»Es ist alles gut, Wisp.«

»Paßt du jetzt auf Wisp auf, Hübsche?«

»Ja, ich paß auf dich auf.« Sie warf Wil einen strengen Blick zu. »Dir tut keiner etwas.«

»Keiner tut Wisp weh?« Das Altmännergesicht blickte sie an. »Versprichst du mir das?«

Eretria sah ihn mit einem beruhigenden Lächeln an.

»Ja, das verspreche ich dir. Aber du mußt uns dafür helfen, Wisp. Willst du das tun? Willst du uns helfen?«

Der kleine Bursche nickte eifrig.

»Ich helfe dir, Hübsche. Wisp ist brav.«

»Ja, Wisp ist wirklich brav«, stimmte Eretria zu. Dann neigte sie sich nahe zu ihm hinunter. »Aber wir müssen uns beeilen, Wisp. Der Dämon – der, der uns in die Senke verfolgt hat – sucht uns immer noch. Und wenn er uns findet, dann wird er uns allen etwas antun, Wisp.«

Wisp schüttelte ängstlich den Kopf.

»Du mußt Wisp schützen, Hübsche.«

»Natürlich schütze ich dich, Wisp, aber wir müssen uns beeilen.« Sie streichelte seine Wange. »Wir müssen den Berg finden – Heiler, wie heißt er?«

»Die Hochwarte«, sagte Wil.

Sie nickte. »Die Hochwarte. Kannst du uns den Weg dahin zeigen, Wisp? Kannst du uns dahin führen?«

Mißtrauisch sah der kleine Irrwisch Wil an, dann wanderte sein Blick weiter zu dem brennenden Turm. Einen Moment lang blieb er dort liegen, dann kehrte er zu Eretria zurück.

»Ich führe Euch, Hübsche.«

Eretria stand auf und nahm den kleinen Burschen bei der Hand.

»Hab keine Angst. Ich passe auf dich auf, Wisp.«

Als sie an Wil vorübergingen, zwinkerte Eretria.

»Ich hab' dir ja gesagt, daß du mich brauchst, Heiler.«

Sie verschmolzen mit der Düsternis des Waldes. Eretrias Hand fest umklammert, hüpfte Wisp wie ein Irrlicht durch den Nebel und das Gewirr von Büschen und Bäumen. Ihm folgte Hebel mit Drifter, dann kam Wil mit Amberle. Den Arm um ihre Taille gelegt, stützte er sie, während sie tapfer an seiner Seite hinkte. Dennoch vergrößerte sich der Abstand zu den anderen rasch. In dem Bemühen, sie einzuholen, stolperte Amberle und stürzte. Wil zögerte nicht. Er hob das Elfenmädchen einfach in seine Arme und eilte weiter. Zu seiner Überraschung protestierte Amberle nicht. Er hatte das erwartet, nachdem sie während ihrer gemeinsamen Wanderung so grimmig darauf bestanden hatte, ihre Selbständigkeit zu beweisen. Jetzt aber war sie ganz still. Ihr Kopf ruhte an seiner Schulter, und ihre Arme lagen lose um seinen Hals. Nicht ein Wort wurde zwischen ihnen gewechselt.

Flüchtig machte sich Wil Gedanken über dieses veränderte Verhalten, dann aber jagten seine Gedanken zu anderen Dingen. Schon beschäftigte er sich mit einem Plan für ihre Flucht – nicht nur aus der Senke, sondern auch vor dem Raffer. Denn was nützte es ihnen, der Senke zu entkommen, wenn sie nicht auch dem Raffer entkamen. Die Senke war gefährlich, gewiß, doch wirkliche Furcht hatte Wil vor dem Raffer, diesem erbarmungslosen Mörder, den offenbar nichts aufhalten konnte in seiner Suche nach Amberle. Er darf sie nicht finden, dachte Wil. Selbst die

Kraft der Elfensteine, sollte es ihm gelingen, ihren Quell wieder zu erschließen, würde vielleicht nicht ausreichen, diesem Ungeheuer Einhalt zu gebieten. Sie mußten ihm entkommen, und sie mußten ihm schnell entkommen.

Er meinte, das Mittel dazu zu besitzen. Es war der fünfte Tag ihrer Ankunft im Wildewald – der Tag, an dem Perk auf Genewen ein letztes Mal über das Tal fliegen würde, ehe er sich heimwärts wandte. Hastig griff Wil mit einer Hand zur Tasche seines Kittels, wo das silberne Pfeifchen steckte, das Perk ihm gegeben hatte, um Genewen herbeizurufen. Es war ihre einzige Verbindung zu dem jungen Himmelsreiter, und Wil hatte sorgfältig darüber gewacht.

Wenn sie den Weg durch die Senke und den Wildewald, durch das ganze untere Westland bis nach Arborlon zu Fuß bewältigen mußten, würden sie das nie schaffen. Der Raffer würde ihre Spur doch finden und sie töten. Naiv und töricht wäre es, etwas anderes zu hoffen. Wir müssen einen besseren Weg finden, nach Arborlon zurückzukehren, und Wil wußte einen: mit Genewen zu fliegen. Der Raffer würde sie dennoch verfolgen, genauso, wie er sie bisher überallhin verfolgt hatte, doch es würde ihm nicht gelingen, sie einzuholen. Sie würden seinen mörderischen Fängen entkommen.

Vielleicht, mahnte er sich selbst zur Vorsicht. Vielleicht. Denn es war ja auch eine Frage der Zeit; das bißchen Zeit, das ihnen noch blieb, zerrann ihnen förmlich zwischen den Fingern. Sie hatten von Anfang an nicht viel Zeit gehabt, und der größte Teil dieser Frist war bereits verstrichen. Der Raffer hatte sie gejagt. Obwohl sie ihn in den Ruinen des Hexenturms ausmanövriert hatten, würde er sie rasch genug wiederfinden. Wenn sie überhaupt entkommen wollten, dann mußten sie Sichermal erreichen und das Blutfeuer finden, um das Samenkorn des Ellcrys darin einzutauchen; dann mußten sie die Höhen der Hochwarte erklimmen, um Perk das Zeichen zu geben, der vielleicht erst von weit herkommen mußte; dann mußten sie Genewen besteigen, vorausgesetzt, der gewaltige Rock konnte sie alle tragen, um sich von ihm nach Arborlon bringen zu lassen – das alles, ehe der Raffer ihrer habhaft wurde. Das war viel verlangt.

Zweige klatschten ihm ins Gesicht, und Dornen rissen an ihm, während er Eretrias schlanker Gestalt durch den Wald folgte. Er hielt Amberle fest in den Armen, obwohl er die Anstrengung schon zu spüren begann. Rundum dehnte sich der Wald schweigend und still.

Flüchtig wanderten seine Gedanken zu Arborlon und den Elfen. Die Dämonen hatten inzwischen gewiß die Mauer der Verfemung durchbrochen und das Westland überschwemmt, so daß das gesamte Elfenvolk jetzt um die Erhaltung seines Heimatlandes kämpfen mußte. Der schreckliche Kampf, den Eventine hatte vermeiden wollen, war nun wohl doch ausgebrochen. Und was war mit dem Ellcrys? Hatte Allanon ein Mittel gefunden, den sterbenden Baum zu schützen? Hatten die magischen Kräfte des Druiden ausgereicht, um dem Ansturm der Dämonen Widerstand zu bieten? Nur die Wiedergeburt des Ellcrys konnte die Elfen retten, hatte Allanon gesagt. Doch wieviel Zeit blieb ihnen noch, diese Wiedergeburt herbeizuführen? Mußten sie nicht fürchten, daß es auch dafür schon zu spät war?

Sinnlose Fragen, schalt sich Wil Ohmsford selbst. Fragen, die er nicht beantworten konnte, da er nicht wußte, was jenseits der Senke und des Wildewalds sich zutrug. Und doch wünschte er, Allanon besäße die Macht, ihn mit seinem Geist zu erreichen, ihm etwas darüber zu sagen, was im Heimatland der Elfen geschah, ihn wissen zu lassen, daß noch Zeit war – wenn Wil nur Mittel und Wege finden konnte, nach Arborlon zurückzukehren.

Verzweiflung übermannte ihn plötzlich, die beängstigend war in ihrer Gewißheit – als wüßte er, daß es, selbst wenn er und Amberle hier ihr Ziel erreichen sollten, dennoch zu spät wäre für jene, die seine Rückkehr erwarteten. Und wenn dem so war...

Wil Ohmsford erlaubte sich nicht, diesen Gedanken zu Ende zu führen. Das war der Weg in den Wahnsinn.

Das Gelände begann zu steigen, allmählich zunächst, dann steil. Sie befanden sich auf den Hängen der Hochwarte. Der Wald lichtete sich, und sie traten auf kahlen Fels hinaus. Ein schmaler Pfad schlängelte sich aufwärts in Nebelschwaden. Ohne Rast eilten sie weiter. Allmählich lösten sich die Nebelschleier, und das Dach des Waldes versank unter ihnen. Grauer Himmel wurde sichtbar, aus dem wässrige Sonnenstrahlen herabfielen. Langsam, vorsichtig stiegen die Kletterer weiter aufwärts.

Plötzlich dann standen sie auf einem Plateau, das über die Senke hinweg den Blick auf die höheren Wände des Wildewalds bot. Verkrüppelte Bäume und dürre Büsche wuchsen auf dem Felsboden zwischen Büscheln groben Grases, und am hinteren Ende des Plateaus, dort, wo es von einer steilen Felswand begrenzt wurde, öffnete sich wie ein gewaltiger dunkler Rachen eine große Höhle.

Wisp führte die kleine Gruppe zum Eingang der Höhle. Dort blieb er stehen und drehte sich rasch nach Eretria um.

»Sichermal, Hübsche – dort.« Sein Arm wies in die Höhle hinein. »Viele, viele Tunnel und Gänge, die sich winden und schlängeln. Sichermal. Braver Wisp.«

Eretria lächelte ihn an und warf dann einen Blick zurück zu Wil.

»Und jetzt?«

Wil kam zu ihr und spähte in die Dunkelheit, doch ohne Erfolg. Er ließ Amberle kurz hinunter und drehte sich dann nach Wisp um. Sogleich versteckte sich der kleine Irrwisch hinter Eretria, das Gesicht in die Falten ihrer weiten Hose gedrückt.

»Wisp?« rief Wil freundlich, doch der Kleine wollte nichts mit ihm zu tun haben. Wil seufzte. Jetzt war nicht die Zeit für solchen Unsinn.

»Eretria, frag ihn nach einer Tür aus Glas, die nicht bricht.«

Das Mädchen beugte sich zu Wisp hinunter.

»Wisp, es ist ja gut. Ich erlaube nicht, daß dir jemand wehtut. Sieh mich an, Wisp.« Der Kleine hob den Kopf und lächelte unsicher. Eretria streichelte seine Wange. »Wisp, kannst du uns eine Tür aus Glas zeigen, das nicht bricht? Weißt du von einer solchen Tür?«

»Machen wir ein Spiel, Hübsche? Spielst du mit Wisp?«

Eretria war ratlos. Sie sah Wil an. Der zuckte die Schultern und nickte.

»Natürlich können wir ein Spielchen machen, Wisp.« Wieder lächelte Eretria ihn an. »Kannst du uns die Tür zeigen?«

Wisps altes Gesicht verzog sich zu einem strahlenden Wonnelächeln.

»Wisp kann es dir zeigen.«

Er sprang auf, schoß in den Schlund der Höhle hinein, dann wieder heraus, um Eretrias Hand zu fassen und das Mädchen mit sich zu ziehen. Wil schüttelte den Kopf. Der Kleine war wirklich ein bißchen verrückt, ob nun von all dem, was ihm während seiner Gefangenschaft in der Senke widerfahren war, oder von dem Schock über den Tod seiner Dame. Es war auf jeden Fall ein großes Risiko ihm zu glauben, daß er ihnen die geheime Kammer des Blutfeuers zeigen konnte. Doch sie hatten keine andere Wahl. Wieder blickte Wil auf die Schwärze der Höhle.

»Also verlaufen möcht' ich mich da drin nicht gern«, murmelte Hebel neben ihm.

Eretria schien es ähnlich zu gehen.

»Wisp, wir können ja gar nichts sehen.« Sie zog an seinem Arm, bis er stehenblieb. »Wir müssen uns Fackeln machen.«

Wisp erstarrte. »Keine Fackeln, Hübsche. Kein Feuer. Feuer brennt – macht kaputt. Tut Wisp weh. Feuer verbrennt den Turm der Dame. Die Dame... Wisp dient...«

Unvermittelt brach er wieder in heftiges Schluchzen aus. Tränen traten ihm in die Augen, während seine kleinen Arme fest Eretrias Beine umspannten.

»Du tust Wisp nicht weh, Hübsche!«

»Nein, nein, Wisp«, versicherte sie und hob ihn hoch, um ihn fest an sich zu drücken. »Keiner wird dir etwas tun. Aber wir brauchen Licht, Wisp. Ohne Licht können wir in dieser Höhle nichts sehen.«

Wisp hob das von Tränen feuchte Gesicht.

»Licht, Hübsche? Oh, Licht – es ist Licht da. Kommt. Da drüben ist Licht.«

Eifrig vor sich hinmurmelnd, führte er sie noch einmal zum Schlund der Höhle. Dort trat er nahe an die Wand, griff in eine kleine Nische im Fels und entnahm ihr zwei jener merkwürdigen Lampen. Als er sie in die Höhle hineinstreckte, entzündeten sich die Glaszylinder mit dem gleichen rauchlosen Licht, das überall in Mallenrohs Turm gebrannt hatte.

»Licht.«

Wisp lächelte voller Eifer und Stolz und reichte Eretria die

Lampen. Sie nahm sie, behielt eine für sich und reichte die andere Wil. Der drehte sich nach Hebel um.

»Ihr braucht nicht weiter mit uns zu kommen, wenn Ihr nicht wollt«, sagte er.

»Seid nicht albern«, schnaubte der alte Mann verächtlich. »Und was ist, wenn Ihr Euch da drinnen verlauft? Ihr braucht Drifter und mich, wenn Ihr da wieder rauskommen wollt, oder vielleicht nicht? Außerdem möcht' ich mir dieses Sichermal ganz gern anschauen.«

Wil sah, daß es keinen Sinn hatte, sich auf weitere Auseinandersetzungen einzulassen. Er nickte Eretria zu. Sie nahm den kleinen Irrwisch fest bei der Hand; die Lampe vor sich hinhaltend, tat sie die ersten Schritte in die Höhle. Wil hob Amberle wieder in seine Arme und folgte. Hebel und Drifter bildeten den Schluß.

Ganz vorsichtig bewegten sie sich vorwärts. Allmählich gewöhnten sich ihre Augen an die Dunkelheit, und sie konnten sehen, daß die Höhle tief in das Herz der Hochwarte hineinführte. Das Licht der Lampen erreichte ihr Dach und ihre Mauern nicht. Der Boden des Tunnels war holprig, doch nirgends stellten sich ihnen Hindernisse entgegen. Tief wanderten sie in die Schwärze hinein. Nach einer Weile machte Wisp vor der hinteren Wand der Höhle halt. Vor ihnen zeigten sich zahlreiche Öffnungen, die meisten nur schmale Spalte im Fels, eine der anderen sehr ähnlich.

Wisp entschied sich ohne Zögern und zog Eretria mit sich in eine der Spalten hinein. Die anderen folgten. Er führte sie nun durch ein Labyrinth von Gängen und Windungen, die ständig weiter in die Tiefe führten. Die anderen hatten bald jede Orientierung verloren. Doch Wisp führte sie unbeirrt weiter.

Dann standen sie plötzlich vor einer Treppe, und Aussehen und Form der unterirdischen Gänge wandelte sich schlagartig. Das waren keine natürlich geformten Felswände und -mauern mehr. Die Treppe und der Gang waren aus rohbehauenen, massigen Steinquadern errichtet, ganz zweifellos von Menschenhand. Flecken von Feuchtigkeit glitzerten an den Mauern und am Dach des Ganges, und Rinnsale sickerten die Stufen hinab. Aus der Tiefe der Finsternis waren Geräusche zu hören. Ein Scharren winziger Füße, ein dünnes Quietschen des Ärgers. Im Schein der Lampen waren die huschenden Körper von Ratten zu erkennen.

Wisp führte sie die Treppe hinunter in die Finsternis. Hunderte von Stufen stiegen sie hinab, während die Treppe sich in endlosen Windungen immer tiefer schlängelte. Rund um sie herum, gerade noch außerhalb des Lichtscheins der rauchlosen Lampen, huschten die Ratten durch die Finsternis. Schrill und unangenehm drangen ihre Schreie durch die Stille. Ein durchdringender Geruch nach Moder und Feuchtigkeit und nach Verfall schwängerte die Luft. Und immer noch stiegen sie tiefer hinunter, und das Ende der Treppe war nicht abzusehen.

Endlich hatten sie die letzte Stufe hinter sich. Sie standen nun in einem großen Saal, dessen hohe gewölbte Decke von mächtigen Säulen getragen wurde. Halbzerfallene steinerne Bänke umgaben in sacht ansteigenden, immer weiter werdenden Kreisen ein Rondell in der Mitte des Raumes. Seltsame Zeichen waren in den Stein der Säulen und der Mauern eingeritzt, und unten im leeren Rund verrosteten eiserne Fahnenstangen. Früher einmal war diese steinerne Kammer ein Ratssaal oder ein Versammlungsraum gewesen, vielleicht auch ein Ort, wo seltsame Rituale vollzogen worden waren, dachte Wil. Früher einmal hatte sich ein anderes Volk hier versammelt. Flüchtig nur konnte er sich umsehen, denn schon führte Wisp sie durch die Bankreihen zu einer schweren Steintür, die am Ende des Saales wartete. Sie stand offen, und hinter ihr führte eine weitere Treppe in die Tiefe.

Wieder stiegen sie abwärts. Wil wurde allmählich unruhig. Sie hatten schon einen weiten Weg im Inneren des Berges zurückgelegt, und nur Wisp hatte überhaupt eine Ahnung, wo sie sich befanden. Wenn der Raffer sie hier einholte...

Die Treppe mündete in einen Gang. Wil glaubte das Geräusch plätschernden Wassers zu hören, als sprudele weiter vorn ein Bach durch den Fels. Eifrig eilte Wisp voran, während er Eretria mit sich zog und immer wieder ängstliche Blicke zurückwarf, als wolle er sich vergewissern, daß sie noch da war.

Dann hatten sie auch diesen Gang hinter sich und standen in einer gewaltigen Höhle, nicht von Menschenhand errichtet, sondern ein Werk der Natur. Ihre Wände waren von Löchern und

Rissen durchsetzt, und von ihrem Dach stachen zahllose spitze Stalaktiten herab. In der Dunkelheit jenseits ihrer Lichter konnten sie das Rauschen von Wasser hören.

Wisp führte sie durch die Höhle und murmelte dabei unaufhörlich vor sich hin. An der hinteren Wand türmte sich ein Berg von Felsbrocken, vielleicht durch einen Erdrutsch aufgeworfen. Von den Felsen herab sprang zischend und schäumend ein schmaler Bach, dessen Wasser sich in einem Becken sammelte, um sich dann in einer Anzahl winziger Bächlein und Rinnsale zu verzweigen, die sich glucksend in die Finsternis schlängelten.

»Hier«, verkündete Wisp strahlend und wies auf den kleinen Wasserfall.

Wil ließ Amberle herunter und starrte den kleinen Burschen verständnislos an.

»Hier«, wiederholte Wisp. »Eine Tür aus Glas, das nicht bricht. Ein lustiges Spiel.«

»Wil, er meint den Wasserfall«, sagte Amberle plötzlich. »Schau doch mal genau hin – da, wo das Wasser zwischen diesen beiden Felsen zu dem Becken herabfällt.«

Wil schaute sich das an, sah jetzt, was Amberle schon vor ihm gesehen hatte. An dieser Stelle, wo das Wasser in das Becken abfiel, rieselte es in einem dünnen, glitzernden Vorhang zwischen zwei Felssäulen herab. Der Anblick erinnerte in der Tat an eine Tür aus Glas. Wil trat ein paar Schritte näher heran. Das Licht seiner Lampe spiegelte sich im Wasser.

»Aber das ist doch nicht Glas!« rief Eretria ungeduldig. »Das ist doch nur Wasser!«

»Aber würde sich der Ellcrys daran erinnern?« entgegnete Amberle rasch, immer noch zu Wil sprechend. »Er hat ein so langes Leben hinter sich. Vieles von dem, was er einst wußte, ist ihm im Lauf der Zeit entfallen. Vieles ist ihm unklar geworden. Vielleicht erinnert er sich an diesen Wasserfall nur deshalb, weil er eben aussieht wie eine Tür aus Glas, das nicht bricht.«

Eretria blickte auf Wisp hinunter.

»Das ist die Tür, Wisp? Bist du ganz sicher?«

Wisp nickte eifrig. »Lustiges Spiel, Hübsche. Spiel noch ein lustiges Spiel mit Wisp.«

»Wenn das die Tür ist, dann muß auf der anderen Seite eine Höhle sein ...«

Wil ging noch näher an das Wasser heran.

»Wisp kann es zeigen!« Wisp lief ihm voraus und zog Eretria mit sich. »Schau, schau, Hübsche! Komm!«

Er zog Eretria mit sich, bis sie unmittelbar rechts von dem kleinen Wasserfall standen. Aus seinem Altmännergesicht warf er einen Blick zurück, dann ließ er ihre Hand los.

»Schau, Hübsche.«

Er trat in den Wasserfall hinein und verschwand. Eretria starrte ihm erstaunt nach. Beinahe unverzüglich war er wieder da. Sein dichtbehaarter Körper war klatschnaß, sein Gesicht strahlte.

»Schau!« Er faßte das Mädchen wieder an der Hand und zog es hinter sich her.

Rasch glitt die kleine Gruppe durch den Vorhang des Wasserfalls, und im Licht der rauchlosen Lampe sah Wil, daß sie sich nun in einer Felsnische befanden, aus der ein schmaler Gang hinausführte. Tropfnaß folgten sie Wisp, der sie bis zu dem Ende des Durchgangs führte, wo wieder eine Höhle wartete. Diese war viel kleiner und unerwartet trocken, frei von dem Geruch nach Moder und Feuchtigkeit, der die andere erfüllt hatte. In einer Folge breiter flacher Simse senkte sich ihr Boden abwärts.

Wil holte tief Atem. Wenn der Wasserfall die Tür aus unzerbrechlichem Glas war, von der der Ellcrys gesprochen hatte, dann war dies hier die Felskammer, in der sie das Blutfeuer finden würden. Stumm schritt er bis in den Hintergrund der Höhle und wieder zurück. Keine anderen Tunnel, keine anderen Gänge führten aus dieser Höhle heraus. Die Felswände, der Boden und das Dach der Höhle schimmerten matt im Schein seiner Lampe, als er sie hochhielt und sich sorgfältig umsah.

Die Felskammer war leer.

An der Öffnung der Höhle, die in die Hochwarte hineinführte, glitt ein Schatten aus den Büschen des Plateaus und verschwand lautlos in der Finsternis.

Ein Sturm wilder Phantasien überfiel Wil Ohmsford, als er in der leeren Höhle stand und sich hilflos umblickte. Es gab kein Blutfeuer. Nach allem, was sie erduldet hatten, um Sichermal zu erreichen, gab es gar kein Blutfeuer. Es war verloren, vielleicht schon seit Jahrhunderten vom Antlitz der Erde verschwunden, untergegangen mit der alten Welt. Es war eine Erfindung, eine eitle Hoffnung des sterbenden Ellcrys, ein Zauber, der mit dem Sterben der Geisterwelt verschwunden war. Oder, wenn es ein Blutfeuer gab, dann befand es sich nicht hier. Dann lag es vielleicht irgendwo in den Tiefen des Wildewalds, aber nicht in diesen Höhlen, und sie würden es niemals finden. Es befand sich außerhalb ihrer Reichweite. Es war versteckt...

»Wil!«

Amberles Ausruf durchbrach die Stille. Er wandte sich um. Sie stand ein Stück abseits von ihm, tastete mit einer Hand vor sich her, als sei sie blind und versuche sich zurechtzufinden.

»Wil, es ist hier! Das Blutfeuer ist hier! Ich kann es fühlen!«

Ihre Stimme überschlug sich vor Erregung. Die anderen beobachteten sie, wie sie durch den Dämmerschein der Höhle humpelte, die gespreizten Finger wie Fühler ausgestreckt.

Eretria eilte zu Wil. Sie hielt noch immer Wisp an der Hand, der sich hinter ihr zusammenkauerte.

»Heiler, was soll das –?«

Er hob die Hand, um ihr Schweigen zu gebieten. Langsam schüttelte er den Kopf und sprach kein Wort. Sein Blick blieb auf das Elfenmädchen gerichtet. Sie war jetzt zu einem der höherliegenden Simse der Höhle emporgestiegen, einem kleinen Felssockel, der sich beinahe in der Mitte der Steinkammer erhob. Unter Schmerzen hinkte sie vorwärts. Am anderen Rand des Sockels lag ein großer Felsbrocken. Bis dorthin schleppte sich Amberle, dann blieb sie stehen. Leicht vorgeneigt streckte sie die Hände abwärts und strich über das rauhe Gestein des Felsens.

»Hier.« Das Wort war nur ein Hauch.

Wil wollte zu ihr, rannte durch die Höhle, sprang zu dem Sims hinauf. Augenblicklich drehte sich Amberle nach ihm um.

»Nein! Nicht näher, Wil!«

Wil blieb stehen. Etwas in ihrem Ton zwang ihn stehenzubleiben. Wortlos sahen sie einander im düsteren Licht der Höhle an. In den Augen des Elfenmädchens stand ein Ausdruck von Verzweiflung und Furcht. Noch einen Moment hielten sie die seinen fest, dann wandte sie sich wieder ab. Zierlich und schlank lehnte sie sich gegen den Felsen. Als sei er nur aus Papier, rollte der Brocken davon.

Weißes Feuer barst aus der Erde hervor. Aufwärts schoß es zum Dach der Höhle, und seine Flammen glitzerten wie flüssiges Eis. Weiß und funkelnd brannte es, und gab doch keine Hitze ab. Dann nahm es langsam die Farbe von Blut an.

Überrascht und erschreckt taumelte Wil Ohmsford zurück, ohne im ersten Augenblick zu gewahren, daß Amberle im gleißenden Feuer verschwunden war. Dann hörte er hinter sich die Entsetzensschreie Wisps.

»Verbrennen! Wisp wird verbrennen!« Das dünne Stimmchen wurde zu einem Kreischen. Das Greisengesicht verzerrte sich in panischer Angst, während das Feuer die Höhle mit rotem Licht durchflutete.

»Die Dame, die Dame, die Dame – brennt – sie brennt! Wisp – Wisp dient – er dient – er brennt!«

Er hatte völlig den Verstand verloren. Mit einem Ruck riß er sich von Eretria los und stürzte schreiend und kreischend aus der Höhle. Hebel wollte ihn packen, verfehlte ihn aber.

»Wisp, komm zurück!« rief Eretria ihm nach. »Wisp!«

Doch es war zu spät. Sie hörten, wie er durch den Wasserfall stürmte, und dann war er fort. Im scharlachroten Glanz des Blutfeuers sahen die drei, die zurückgeblieben waren, einander wortlos an.

Im nächsten Augenblick wurde Wil Ohmsford gewahr, daß er Amberle nicht mehr sehen konnte. Zuerst zauderte er, da er glaubte, seine Augen spielten ihm Streiche, das Feuer verberge sie in seinem Spiel aus scharlachrotem Licht und zuckenden Schatten. Er glaubte, sie müsse immer noch dort auf dem Felssockel stehen, wo sie eben gestanden hatte. Doch wenn das zutraf, wie kam es dann, daß er sie nicht sehen konnte?

Er wollte gerade zum Blutfeuer laufen, um sich Gewißheit zu verschaffen, da hörten sie alle drei den Schrei – schrill und schrecklich gellte er durch die Stille.

»Wisp!« flüsterte Eretria voller Entsetzen.

Sie war schon auf dem Weg zum Tunnel, als Wil sie einholte und rasch zurückriß zum Feuer. Hebel folgte ihnen, eine Hand in Drifters zottigem Fell. Der große Hund knurrte warnend.

Dann vernahmen sie, wie etwas durch den Wasserfall glitt. Nicht Wisp, das wußte Wil. Dies war ein anderer; ein Wesen, das viel größer war als Wisp. Das war dem Geräusch zu entnehmen. Und wenn es nicht der kleine Irrwisch war, dann...

Drifters Nackenhaare sträubten sich, und der Hund kauerte sich knurrend nieder.

»Hinter mich!« Wil winkte Eretria und den alten Hebel zurück.

Schon griff Wil unter seinen Kittel und riß den Beutel heraus, in dem die Elfensteine lagen. Während er bis zum Rand des Felssockels zurückwich, auf dem das Blutfeuer loderte, zog er den Beutel auf. Die Augen unverwandt auf den Eingang zur Höhle gerichtet, holte er die Elfensteine hervor.

Es war der Raffer.

Sein Schatten fiel düster in die Höhle, so lautlos wie der wandernde Mond. Der Raffer bewegte sich wie ein Mensch, doch er war größer und massiger als ein gewöhnlicher Sterblicher, ein gewaltiges, unheimliches Wesen, größer noch als Allanon. Nichts war von ihm zu sehen außer den Gewändern und der Kapuze von der Farbe feuchter Asche, die ihn völlig vermummten. Als er aus dem Gang in die Höhle glitt, übergoß ihn das brennend rote Licht des Feuers wie Blut.

Eretrias Schreckensschrei durchschnitt die Stille. Von einer großen, grausamen Krallenhand hing der leblose kleine Körper Wisps herab.

Augenblicklich zog Eretria den gekrümmten Dolch. Aus den schwarzen Schatten seiner Kapuze starrte der Raffer sie an, gesichtslos, ohne Erbarmen. Wil spürte die Eiseskälte, die ihn umgab, kälter noch als in jenem Augenblick, da er zum ersten Mal Mallenroh begegnet war. Er spürte das absolute Böse in der Gegenwart des Dämonen. Er dachte an seine Opfer, an die Elfenwachen im Drey-Wald, an Crispin, Dilph und Katsin auf dem Pykon, an Cephelo und die Fahrensleute am Heulekamm – alle waren sie von diesem Ungeheuer vernichtet worden. Und jetzt trachtete es ihnen nach dem Leben.

Er begann zu zittern. Die Angst in ihm war so heftig, daß sie wie etwas Lebendiges war. Er konnte den Blick nicht von dem Dämon wenden, brachte es nicht fertig wegzusehen, obwohl alles in ihm danach schrie. Das Gesicht Eretrias, die an seiner Seite stand, war grau vor Entsetzen, und ihre dunklen Augen sahen immer wieder zu Wil hin. Hebel wich noch einen Schritt weiter zurück, und Drifters Knurren wurde zu einem angstvollen Winseln.

Geschmeidig und lautlos wie ein Gespenst trat der Raffer durch die Öffnung in das Innere der Höhle. Wil Ohmsford nahm seine ganze Kraft zusammen. Er hob die Hand, die die Elfensteine hielt. Der Raffer verharrte. Die gesichtlose Kapuze hob sich ein wenig. Doch nicht Wil hatte den Raffer veranlaßt zu zögern. Das blutrote Feuer, das hinter ihm loderte, ließ das Ungeheuer zaudern. Etwas an diesem Feuer verwirrte und störte den Raffer. Reglos betrachtete der Dämon die blutroten Flammen, die aus der glatten Fläche des Felssockels züngelnd zur Decke der Höhle emporstiegen. Das Feuer schien nicht zu drohen. Es brannte ruhig, kühl, rauchlos und beständig, ohne Spuren zu hinterlassen. Noch einen Augenblick wartete der Raffer, um das Feuer aufmerksam zu betrachten. Dann setzte er sich wieder in Bewegung.

Die Träume fielen Wil Ohmsford in diesem Augenblick wieder ein, die Träume, die seinen Schlaf in Havenstead und später in der Festung auf dem Pykon heimgesucht hatten; die Träume von dem Ungeheuer, das ihm durch Nacht und Nebel nachjagte, und dem er nicht entkommen konnte. So wie damals im Schlaf überfielen ihn jetzt die Träume, und all die Gefühle, die ihn gequält hatten, wurden wiedergeboren, doch intensiver und beängstigender. Es war der Raffer gewesen, der ihn verfolgt hatte, gesichtslos ihm nachgesetzt hatte von einer Traumwelt in die andere, immer nur einen Schritt entfernt – der Raffer, der jetzt aus den bösen Träumen in die Wirklichkeit getreten war. Diesmal jedoch gab es kein Entfliehen, kein Verstecken, kein Erwachen. Diesmal gab es kein Entkommen.

Allanon! Hilf mir!

Wil zog sich tief in sich selbst zurück und fand in einem Meer der Angst die Worte des Druiden wieder. Glaube an dich selbst. Glaube! Habe Vertrauen. Auf dich vor allen anderen verlasse ich mich. Ich verlasse mich auf dich.

Er raffte die Worte an sich. Mit ruhiger Hand beschwor er die Zauberkraft der Elfensteine. Tief tauchte er in den Zauber der Steine ein, spürte, wie er durch Schichten tiefblauen Lichtes sank. Sein Blick schien sich zu verschleiern, während er fiel, und der scharlachrote Schein des Blutfeuers schien dagegen fahl und grau zu werden. Er war jetzt nahe, ganz nahe. Er konnte das Feuer der Kraft spüren, die den Elfensteinen innewohnte.

Und dennoch, es geschah nichts.

Wil geriet in Panik, und einen endlos langen Augenblick überwältigte ihn die Angst mit solcher Macht, daß er nahe daran war, einfach davonzulaufen. Nur das Wissen, daß er ja doch nicht entfliehen konnte, ließ ihn standhaft ausharren. Die Schranke in seinem Inneren sperrte immer noch genauso wie nach der Begegnung mit dem Dämon im Tirfing –, und sie würde immer in ihm sein, weil er nicht der wahre Meister der Elfensteine war, nicht ihr rechtmäßiger Besitzer, sondern nur ein einfältiger Talbewohner, der sich in seinem Hochmut eingebildet hatte, er könnte mehr sein als er wirklich war.

»Heiler!« schrie Eretria verzweifelt.

Wieder versuchte Wil die Kraft der Steine zu erwecken, und wieder mißlang es. Er konnte den Quell der Kraft nicht erreichen, konnte ihn nicht zum Sprudeln bringen. Schweiß strömte ihm über das Gesicht, und er umklammerte die Elfensteine so fest, daß die Kanten in sein Fleisch einschnitten. Warum konnte er die Kraft nicht freisetzen?

Da sprang Eretria plötzlich ein paar Schritte vor, täuschte einen Angriff mit dem Dolch vor, um den Dämon auf sich zu lenken.

Der Raffer fuhr herum. Aus der finsteren Vermummung der Kapuze verfolgte er das Mädchen, das langsam an dem Felssockel entlangglitt, als wolle es durch die Höhlenöffnung entfliehen.

Wil war augenblicklich klar, was sie da tat – sie wollte ihm Zeit schaffen, einige kostbare Sekunden nur, um die Kraft der Elfensteine freizusetzen. Er wollte sie rufen, ihr sagen, daß sie zurückkommen solle, ihr erklären, daß er keine Macht mehr über die Zauberkräfte der Steine besaß. Doch er brachte keinen Ton hervor. Tränen rannen ihm über sein Antlitz, während er sich in rasender Verzweiflung bemühte, die Sperre zu durchbrechen, die ihm den Weg zu den Steinen verschloß. Sie wird sterben, schoß es ihm voller Entsetzen durch den Kopf. Der Raffer wird sie töten, während ich hier stehen und zusehen muß.

Mit einer trägen Bewegung schleuderte der Raffer die sterbliche Hülle Wisps zur Seite. Aus den Falten seines düsteren Gewandes streckten sich scharf gebogene Klauenhände in das rubinrote Licht des Blutfeuers und schnappten nach Eretria.

Eretria! Was dann geschah, sollte sich ihm unauslöschlich einprägen. In wenigen Sekunden erstarrter Zeit fielen Vergangenheit und Gegenwart in eins zusammen; so, wie es einst seinem Großvater widerfahren war, so stand Wil Ohmsford jetzt sich selbst von Angesicht zu Angesicht gegenüber.

Ihm war, als höre er Amberle sprechen. Ihre Stimme entschwebte der roten Glut des Blutfeuers. Ruhig und gelassen klang sie und voller Hoffnung. Sie sprach zu ihm wie sie an jenem Morgen nach ihrer gemeinsamen Flucht aus den Felsen des Pykon zu ihm gesprochen hatte, als der Mermidon sie südwärts getragen hatte, fort von den Greueln der vergangenen Nacht. Sie sagte ihm, wie sie ihm damals verkündet hatte, daß trotz allem, was geschehen war, die Kraft der Elfensteine nicht verloren war, sondern noch immer ihm gehörte und von ihm eingesetzt werden konnte.

Aber die Zauberkraft war doch verloren. Sie hatte gesehen, was auf der schmalen Brücke über der Schlucht geschehen war. Aus tiefstem Herzen hatte er den Dämon vernichten wollen nach allem, was dieser dem tapferen Crispin angetan hatte. Doch er hatte nur wie versteinert dagestanden, die Elfensteine nutzlos in der Hand, und war unfähig gewesen, etwas zu tun. Hätte nicht der Wind die Brücke abgerissen, der Raffer hätte sie beide getötet. Sie mußte doch einsehen, daß die Kraft verloren war.

Er vernahm ihr Seufzen, das wie ein Wispern durch seinen Geist zog. Sie war nicht verloren. Er versuchte, etwas zu erzwingen. Er war so verkrampft, daß er sich dadurch selbst daran hinderte, an den Kraftquell heranzukommen; das lag nur daran, daß er nicht fähig war, das Wesen der Kraft zu verstehen, die er zu meistern suchte. Er mußte sich um Verstehen bemühen. Er mußte bedenken, daß elfischer Zauber immer nur eine Erweiterung dessen war, der sich seiner bediente...

Ihre Stimme verklang, und an ihrer Stelle hörte er die Allanons. Herz, Geist und Körper – ein Stein für jedes. Wenn alle drei sich vereinigten, dann erwachten die Elfensteine. Wil mußte diese Vereinigung herbeiführen. Vielleicht würde ihm das nicht so mühelos gelingen wie seinem Großvater, weil er ja ein anderer Mensch war als dieser. Er war zwei Generationen entfernt von Shea Ohmsfords Elfenblut, und das, was seinen Großvater vielleicht nur einen Gedanken gekostet hatte, würde ihm sicher nicht so leicht gegeben werden. Vieles in ihm widerstand der Zauberkraft.

Ja, ja! schrie es in Wils Innerem. Das Menschenblut widersteht. Es war seine menschliche Seite, die ihm den Zugang zu der Kraft der Elfen verwehrte. Es war seine menschliche Seite, welche die Zauberkraft zurückwies.

Allanons Lachen klang leise und spöttisch. Wenn das wirklich zutraf, wie kam es dann, daß er trotz allem schon einmal vermocht hatte, sich der Elfensteine zu bedienen?

Auch die Stimme des Druiden verklang.

Aber da sah Wil Ohmsford plötzlich die Täuschung, mit der er sich selbst betrogen hatte, seit dem Augenblick im Tirfing, als er die Kraft der Elfensteine beschworen und den lebendigen Strom der Zauberkraft gespürt hatte, die ihn durchflutet hatte wie flüssiges Feuer. Aus den Zweifeln daran, daß er wirklich das Recht und die Macht besaß, der Kraft der Elfensteine zu befehlen, hatte er die Lüge erwachsen lassen. Und sie hatte zusätzlich Nahrung gefunden durch Allanons bestürzende Enthüllung, daß nur der den Steinen gebieten konnte, in dessen Adern Elfenblut floß. Wie schnell war er dabei gewesen, sich einzureden, daß seine menschliche Seite die Ursache seines Unvermögens war, eben jene Kraft, die er im Tirfing freigesetzt hatte, erneut zu beschwören!

Er hatte sich selbst getäuscht. Vielleicht nicht wissentlich, vielleicht nicht willentlich, aber er hatte sich etwas vorgemacht und dadurch die Kraft der Elfensteine verloren. Wie war das geschehen? Amberle hatte an die Wahrheit gerührt, als sie ihn während ihrer langen Wanderung zweimal angesprochen und erklärt hatte, sie habe den Eindruck, er habe sich selbst etwas angetan durch den Einsatz der Steine im Tirfling. Er hatte ihre Worte auf die leichte Schulter genommen und versucht, ihre Besorgnis zu zerstreuen – auch wenn er ihr bekannte, daß sie recht hatte. Er hatte sich in jenem Moment, als er die Kraft der Elfensteine freigesetzt hatte, wirklich etwas angetan. Doch er konnte nicht aufspüren, was es war. Er hatte geglaubt, es sei etwas Körperliches, doch da konnte er keinen Schaden feststellen. Amberle hatte gemeint, es könne etwas weniger Greifbares sein, elfischer Zauber könnte auch die Seele angreifen. Doch auch das hatte er nicht glauben wollen. Als er nicht auf Anhieb etwas Sichtbares entdeckte, hatte er sich schleunigst die ganze Sache aus dem Kopf geschlagen, denn schließlich konnte er es sich nicht leisten über sich selbst zu grübeln, wenn er Amberle beschützen mußte. Doch das war ein schwerwiegender Fehler gewesen. Er hätte erkennen müssen – so wie er es jetzt erkannte –, daß Amberle recht hatte und daß der Gebrauch der Elfensteine tatsächlich seine Seele angegriffen hatte, ihr so großen Schaden zugefügt hatte, daß die Macht über die Kraft der Steine ihm so lange verloren sein würde, bis er sich mit diesem Schaden an seiner Seele auseinandergesetzt hatte.

Wil Ohmsford nämlich hatte Angst bekommen.

Er konnte sich das jetzt eingestehen. Er mußte es eingestehen. Dies war eine Angst, die er bisher nicht hatte erkennen können, so leicht ließ sie sich mit anderen Empfindungen verwechseln, so geschickt hatte sie sich getarnt. All die Tage war sie dagewesen, und er hatte sie nicht als das erkannt, was sie war. Denn dies war nicht die Furcht vor dem Ungeheuer, das ihn in seinen Träumen verfolgte, oder vor dem Dämon, der Amberle und ihn seit Arborlon jagte. Es war Angst vor eben jener Sache, die sie beide schützen sollte, vor den Elfensteinen und der Wirkung, die ihre unerklärbare, ehrfurchtgebietende Kraft vielleicht auf ihn haben würde.

Jetzt verstand er. Nicht sein Menschenblut verwehrte ihm den Zugang zu der Macht der Steine. Vielmehr war es seine Angst vor dem Zauber.

Er selbst hatte sich das angetan. So entschlossen war er gewesen, die Aufgabe, die Allanon ihm übertragen hatte, zu bewältigen und sich ja von nichts an ihrer Durchführung hindern zu lassen, daß er seine Angst schon in dem Moment, als sie geboren wurde, in einem tiefen Brunnen eiserner Entschlossenheit vergraben hatte. Er hatte sich geweigert, ihre Existenz anzuerkennen, hatte sie statt dessen vor anderen und vor sich selbst verborgen gehalten. Doch eine Vereinigung von Herz, Geist und Körper konnte es nicht geben, solange solche Angst unerkannt in ihm wohnte. Er hatte sich eingeredet, daß der Widerstand gegen den Elfenzauber durch seine menschliche Seite hervorgerufen worden sei. Damit hatte er die Selbsttäuschung noch fester untermauert, und damit war es ihm hinfort unmöglich geworden, den Elfensteinen zu gebieten.

Bis zu diesem Augenblick. Jetzt begriff er die Natur der Schranke, die ihm das Tor zur Kraft der Elfensteine verschloß. Es war die Angst – und mit ihr konnte er vielleicht fertig werden.

Wieder tauchte er tief in sich ein, bewußt und entschlossen, um Herz, Geist und Körper, Bereitschaft, Gedankenkraft und Körperkraft, im Hinblick auf ein einziges Ziel zu vereinigen. Einfach war es nicht. Die Angst war immer noch da. Wie eine Mauer stand sie vor ihm auf, wollte ihn zurückdrängen, seine Entschlossenheit brechen. So stark war sie, daß Wil einen Moment lang glaubte, er könne es nicht bewirken.

Eine Gefahr lag in seinem Gebrauch der Elfensteine, eine Gefahr, die er weder sehen noch berühren, weder bestimmen noch begreifen konnte. Sie war da, wirklich und greifbar, und sie konnte Körper und Seele nicht wieder gutzumachenden Schaden zufügen. Sie konnte ihn vernichten. Schlimmer, sie konnte ihn am

Leben lassen. Es gab Dinge, die schrecklicher waren als das Sterben...

Er kämpfte. Er dachte an seinen Großvater. Als Shea Ohmsford das Schwert von Shannara gebraucht hatte, hatte eine Gefahr gedroht, die der Talbewohner zwar gespürt, aber nicht verstanden hatte. Das hatte er Wil erzählt. Doch nur die Zauberkraft des Schwertes hatte Rettung bringen können, und sein Großvater hatte die einzig mögliche Entscheidung getroffen. Und so stand es jetzt auch um Wil. Er stand Auge in Auge mit einer Notwendigkeit, hinter der seine eigenen Bedürfnisse zurücktreten mußten. Ihm war eine besondere Waffe in die Hand gegeben; ihm war es gegeben, Leben zu retten, die kein anderer retten konnte.

Er stürzte sich tief in das blaue Licht der Elfensteine, und die Angst zerfloß vor ihm. Der Mensch wich dem Elf, und die gewaltige Kraft der Steine schoß in ihm empor.

Vergangenheit und Gegenwart rissen auseinander, und die Sekunden waren verflogen.

Eretria!

Der Raffer war in Bewegung, sprang lautlos durch die rote Glut des Blutfeuers auf das Mädchen zu. Wil hob die Elfensteine, und ihr Feuer schoß aus seinen Händen hervor. Es traf den Raffer mit solcher Gewalt, daß der Dämon gegen die Mauern der Höhle geschleudert wurde.

Kein Geräusch war zu hören, als der Raffer gegen die Mauer schlug, und seine Gewänder am Fels in sich zusammenfielen. Doch im nächsten Moment schon war der Dämon wieder auf den Beinen und wollte sich auf den Talbewohner stürzen. Nie hätte Wil es für möglich gehalten, daß ein so massiges Wesen so schnell und behende sein konnte. Noch bevor er sich's versah, tauchte der Raffer mit krallenden Klauenhänden vor ihm auf. Wieder sprang das blaue Feuer aus den Elfensteinen und traf mit zuckendem Strahl den Dämon, so daß dieser erneut zurücktaumelte. Und wieder herrschte tiefste Stille. Wil spürte diesmal das Feuer in seinem Körper. Als wäre es sein Lebensblut, pulste es in ihm. Es war das gleiche Gefühl wie damals im Tirfing. Etwas war mit ihm geschehen – etwas, das nicht unbedingt wünschenswert war.

Doch es blieb keine Zeit, sich jetzt darüber den Kopf zu

zerbrechen. In einem lautlosen Angriff schoß die aschgraue Gestalt des Raffers durch das flackernde Zwielicht. Feuergarben schossen aus den ausgestreckten Händen des Talbewohners, doch diesmal war der Raffer schneller. Er wich den züngelnden Flammen aus und stürmte weiter vor. Wieder versuchte Wil, ihn aufzuhalten, wieder mißlang es. Er wich wankend zurück, während er wie ein Rasender den Elfenzauber zu beschwören suchte, doch seine Konzentration war durchbrochen, und das Feuer drohte zu erlöschen. Der Raffer sprang durch die dünnen Flammen hindurch. Im letzten Augenblick erst gelang es Wil, die Flammen wie einen Schild vor sich zu sammeln. Dann warf sich der Raffer schon auf ihn und schleuderte ihn heftig zur Seite. Wil stürzte, schlug hart mit dem Kopf auf dem Steinboden auf. Flüchtig glaubte er, er würde ohnmächtig werden. Die Krallen des Raffers schlugen wild in die blauen Flammen in dem rasenden Bestreben, ihn zu erreichen. Doch Wil wehrte sich gegen Schwindel und Schmerz, kämpfte sie nieder, und der Zauber der Elfensteine blieb lebendig. In ohnmächtiger Wut sprang der Raffer zurück und tänzelte lautlos davon.

Benommen raffte sich Wil auf. Sein Körper schmerzte von der Gewalt des Angriffs durch den Raffer, und vor seinen Augen tanzten bunte Kreise. Nur mit Mühe gelang es ihm, sich aufrecht zu halten. Die Dinge entwickelten sich ganz anders, als er erwartet hatte. Er hatte geglaubt, das Schlimmste sei vorüber, als es ihm endlich gelungen war, die Schranke in seinem Inneren zu durchbrechen und den Elfenzauber freizusetzen; er hatte geglaubt, nun endlich eine Waffe zu besitzen, welcher der Raffer nichts entgegenzusetzen hatte. Doch jetzt war Wil dessen nicht mehr so sicher.

Dann fiel ihm Eretria ein. Wo war Eretria? In seinem Inneren zuckte das Elfenfeuer wie ein eingesperrtes Wesen. Einen schrecklichen Moment lang hatte er Angst, daß er die Beherrschung über es verloren hatte. Und in diesem Augenblick griff der Raffer wieder wütend an. Geräuschlos und blitzschnell tauchte er aus den Schatten, sprang in den glühenden Schein des Blutfeuers und stürzte sich auf Wil. Beinahe wie von selbst flammte der Elfenzauber zwischen den beiden Widersachern auf, schoß in blendendem Strahl empor, so daß beide von dem schmalen Sims stürzten. Wil, der darauf nicht vorbereitet gewesen war, wurde gegen die Höhlenmauer geschleudert. Seine Rippen und der Ellbogen seines freien Arms zerbrachen wie dürres Holz, als er gegen den Fels geworfen wurde. Betäubender Schmerz durchzuckte ihn, und bald spürte er den Arm gar nicht mehr.

Irgendwie kam er wieder auf die Beine, blieb, gegen die Mauer gelehnt, stehen. Gegen den Schmerz und die Wellen von Übelkeit ankämpfend, die ihn zu übermannen drohten, rief er laut nach Eretria. Das Mädchen flog aus den Schatten, erreichte ihn kaum einen Schritt vor dem Raffer. Mit einem lautlosen Satz sprang der Dämon auf sie zu, so blitzschnell diesmal, daß Wil keine Zeit mehr blieb, etwas zu tun. Das Ungeheuer hätte sie überwältigt, wäre nicht Drifter gewesen. Von allen vergessen, riß sich der große Hund von Hebel los und stürzte sich auf den Dämon. Der wich von der Wucht des Angriffs torkelnd zurück, als scharfe Zähne sich in seine aschgrauen Gewänder schlugen. Einen Moment lang verschwanden die beiden in den Schatten. Drifters Knurren klang tief und grimmig. Dann reckte sich die Gestalt des Raffers, er schleuderte den tapferen Hund von sich, als sei er Schmutz an seinen Händen. Drifter flog durch die Luft und prallte gegen die Höhlenmauer. Wimmernd schlug er auf dem Boden auf, dann gab er keinen Laut mehr von sich.

Doch diese wenigen Sekunden verschafften Wil die Zeit die er brauchte, um sich zu erholen. Augenblicklich hob er den Arm, und sogleich sprühten die blauen Flammen. Sie streiften den Raffer, doch wieder gelang es dem gräßlichen Ungeheuer zu entkommen, indem er behende davonsprang und hinter der Säule des Blutfeuers Schutz suchte.

Wil wartete. Seine Augen durchschweiften aufmerksam die Steinkammer. Nirgends war eine Spur des Dämons zu sehen. Angestrengt suchte er in den Schatten. Er wußte, daß das Ungeheuer wiederkommen würde. Aber er konnte es nicht entdecken. Eretria kauerte zitternd wie Espenlaub neben ihm, noch immer den Dolch in der Hand. Ihr Gesicht war verschmiert von Schmutz und Tränen. Hebel beugte sich zu Drifter hinunter und streichelte flüsternd seine Hand. Die Sekunden verrannen. Noch immer regte sich nichts.

Dann blickte Wil auf. Der Raffer hing oben an der Decke der Höhle.

Er sah ihn gerade noch, als er sich schon auf ihn niederfallen ließ. Seine aschgrauen Gewänder flatterten wie Flügel. Mit einer kräftigen Bewegung stieß Wil Eretria zur Seite und hob die Elfensteine hoch. Wie eine große Raubkatze landete der Dämon vor ihnen, gewaltig und geschmeidig. Eretria schrie laut auf und taumelte voller Entsetzen zurück. Langsam, langsam weitete sich das schwarze Loch der Kapuze und versteinerte Wil Ohmsford mit leerem Starren. Wil war unfähig, sich zu rühren. Die Schwärze, die gesichtslose, undurchdringliche Schwärze hielt ihn fest.

Dann sprang der Raffer, und Wil hatte flüchtig das Gefühl, von ihm verschlungen zu werden. In diesem Moment wäre er umgekommen, wäre nicht die wunderbare Kraft der Elfensteine gewesen. Suchende Steine, hatte Allanon sie genannt, und durch seinen Geist hallte der Warnruf – such das Gesicht des Raffers! Schneller als ein Gedanke fliegt, wirkte der Zauber, machte ihn blind für das schreckliche Ungeheuer, für seine Angst und seinen Schmerz, für alles außer dem Instinkt zu überleben. Er hörte sich aufschreien, und die blauen Flammen barsten aus ihm hervor. Sie rasten züngelnd durch die gesichtslose Kapuze, umklammerten wie ein Schraubstock den unsichtbaren Kopf. Wie ein Rasender suchte der Dämon sich zu befreien. Wil Ohmsfords Hände verklammerten sich vor ihm, und der Elfenzauber fuhr aus seinem Körper in den Raffer, hob ihn vom Boden empor und schleuderte ihn gegen die Höhlenmauer. Dort hing der Raffer, aufgespießt auf einer blitzenden Klinge blauen Feuers. Einen Augenblick später durchdrang das Feuer die Gewänder des Dämons und explodierte in einer hohen Stichflamme blendenden Lichts.

Als das Feuer erlosch, war vom Raffer nur eine Kohlezeichnung verschlungener Gewänder übrig, die tief in den Fels eingegraben war.

Das Blutfeuer umhüllte Amberle Elessedil mit der behutsamen Berührung mütterlicher Hände. Rund um sie herum stiegen die Flammen empor, eine rubinrote Mauer, welche die gesamte jenseitige Welt ausschloß. Und doch taten sie dem erstaunten Mädchen nichts. Wie seltsam, dachte sie, daß das Feuer nicht brennt. Aber schon als sie den Felsbrocken weggeschoben hatte, und das Feuer rund um sie herum emporgeschossen war, hatte sie irgendwie gewußt, daß es so sein würde. Das Feuer hatte sie aufgenommen, doch sie hatte keinen Schmerz verspürt; es besaß keine Hitze, keinen Rauch, nicht einmal einen Geruch. Nur seine Farbe hatte Amberle wahrgenommen, dieses tiefe, lodernde Scharlachrot, und ein Gefühl, in etwas Vertrautes und Tröstliches eingehüllt zu sein.

Schläfrigkeit beschlich sie, und der Schmerz und die Angst der letzten Tage schienen langsam zu schwinden. Ihre Augen schweiften begierig durch das Feuer, um etwas von der Höhle zu sehen, in der das Feuer wohnte, und von den Gefährten, die sie begleitet hatten. Doch sie sah nichts; nur das Feuer existierte. Sie dachte daran, aus ihm herauszutreten, seine Lichtschleier hinter sich zu lassen, doch etwas in ihrem Inneren hinderte sie daran, es zu tun. Sie spürte, daß sie ausharren mußte. Sie mußte tun, was zu tun sie hergekommen war.

Was zu tun sie hergekommen war – sie wiederholte die Worte und seufzte. Ein so langer Weg war es gewesen; eine so schreckliche Prüfung. Doch jetzt war es vollbracht. Sie hatte das Blutfeuer gefunden. Seltsam, wie sehr zur rechten Zeit es eingetreten war, ging es ihr plötzlich durch den Kopf. So entmutigt wie ihre Gefährten hatte sie in dieser düsteren, leeren Höhle gestanden, überzeugt, daß hinter der Tür aus dem unzerbrechlichen Glas kein Blutfeuer auf sie wartete, daß alle ihre Anstrengungen vergebens gewesen waren, als plötzlich – als sie plötzlich die Anwesenheit des Feuers gespürt hatte. Sie zögerte es so auszudrücken, doch anders war es ihr nicht möglich. Das Gefühl war dem ähnlich gewesen, das sie oben am Rand der Senke verspürt hatte, als sie in den Büschen versteckt Wils Rückkehr erwartet hatte; ähnlich dem Gefühl, das sie vor dem Nahen des Raffers gewarnt hatte. Es war tief aus ihrem Inneren aufgetaucht und hatte ihr gesagt, daß das Blutfeuer existierte, hier in dieser Höhle, und daß sie es finden würde. Danach hatte sie sich wie blind ihren Weg gesucht, sich dabei allein auf ihren Instinkt verlassen, ohne überhaupt zu begreifen, was es war, das sie trieb. Selbst als sie das Feuer unter dem Sockel gefunden und Wil ermahnt hatte, ihr nicht zu folgen, selbst als sie den Felsbrocken weggeschoben hatte, um das Feuer freizusetzen, hatte sie nicht verstanden, was sie eigentlich führte.

Der Gedanke bedrückte sie. Sie verstand es noch immer nicht. Etwas hatte sie berührt. Sie mußte wissen, was es war. Sie schloß die Augen und suchte.

Das Verstehen erwachte langsam.

Zunächst glaubte sie, es müsse das Blutfeuer sein, denn das Feuer war es ja, zu dem sie sich hingezogen gefühlt hatte. Doch das Feuer war kein fühlendes Wesen; es war eine unpersönliche Kraft, alt und blutvoll und lebenspendend, aber ohne Geist. Es war nicht das Feuer. Dann dachte sie, wenn es nicht das Feuer war, dann mußte es der Keim sein, den sie trug, dieses winzige Stückchen Leben, das der Ellcrys ihr anvertraut hatte. Der Ellcrys war ein fühlendes Wesen; sein Same konnte auch fühlend sein. Der Same konnte sie vor dem Raffer gewarnt, auf das Feuer hingewiesen haben... Aber auch das war falsch. Der Same des Ellcrys würde erst zum Leben erwachen, wenn er von den Flammen des Blutfeuer übergossen worden war. Er schlief jetzt noch; das Feuer war nötig, ihn zu erwecken. Es war auch nicht das Samenkorn.

Aber wenn es nicht das Blutfeuer war und nicht der Same, was dann?

Da erkannte sie es. Sie selbst war es. Etwas in ihr hatte sie vor dem Raffer gewarnt. Etwas in ihr hatte sie auf das Blutfeuer hingewiesen. Warnung und Hinweis waren aus ihr gekommen, weil sie ihr gehörten. Das war die einzige Antwort, die einen Sinn ergab. Voller Überraschung öffnete sie die Augen und schloß sie sogleich wieder. Warum waren Warnung und Hinweis aus ihr selbst gekommen? Erinnerung an den befremdlichen Einfluß, den der Ellcrys auf sie ausgeübt hatte, überfluteten sie; Erinnerungen daran, wie der Baum begonnen hatte, ein neues Wesen aus ihr zu machen und wie sie schließlich das Gefühl gehabt hatte, nicht mehr sie selbst zu sein, sondern ein Stück des Baumes. Hatte der Baum dies bei ihr bewirkt? War sie tiefer beeinflußt worden, als sie je geglaubt hatte?

Die Möglichkeit machte ihr Angst, so wie sie immer Angst bekam, wenn sie daran dachte, wie der Ellcrys sie sich selbst entfremdet hatte. Mit großer Anstrengung schob sie ihre Furcht beiseite. Jetzt gab es keinen Grund mehr, Angst zu empfinden. Das lag alles hinter ihr. Die Reise zum Blutfeuer hatte ihr Ende gefunden. Sie hatte ihre Versprechen eingelöst. Jetzt brauchte sie nur noch dem Ellcrys das Leben zurückzugeben.

Ihre Hand glitt in den Kittel und schloß sich um das Samenkorn, welches der Quell dieses Lebens war. Es fühlte sich warm und lebendig an, als ahne es, daß es nun erweckt werden würde. Sie wollte eben die Hand wegziehen, als die Ängste sie plötzlich mit neuer Intensität überfielen. Sie zögerte, fühlte, wie ihre Willenskraft nachließ. Bedeutete dieses Ritual denn mehr als sie sich vorstellte? Wo war Wil? Er hatte versprochen, ihr beizustehen. Er hatte ihr versprochen, dafür zu sorgen, daß sie nicht wankend werden würde. Wo war er? Sie brauchte ihn jetzt; er mußte jetzt bei ihr sein.

Doch Wil Ohmsford kam nicht. Er war jenseits der Flammenwand, und sie wußte, daß er nicht zu ihr gelangen konnte. Dies mußte sie allein vollbringen. Dies war die Aufgabe, die ihr übertragen war; die Verantwortung, die sie auf sich genommen hatte. Sie holte tief Atem. Nur noch einen Augenblick, um das Samenkorn des Ellcrys in die Flammen des Blutfeuers zu tauchen, dann war ihre Aufgabe erfüllt. Doch die Furcht ließ nicht nach. Sie überfiel sie wie eine Krankheit, und sie haßte sie, weil sie sie nicht verstand. Welches war die Ursache dafür, daß ihre Angst so groß war?

Der Same in ihrer Hand begann kaum merklich sanft zu pulsieren.

Sie blickte auf ihn nieder. Selbst dieses Samenkorn bereitete ihr Angst, selbst ein so kleiner Teil des Baumes. Erinnerungen stiegen empor und vergingen. Am Anfang waren sie einander nahe gewesen, der Ellcrys und sie. Da hatte keine Angst geherrscht, nur Liebe, Freude und Gemeinsamkeit. Wodurch hatte sich das geändert? Wie kam es, daß sie das Gefühl bekommen hatte, sich selbst im Wesen des Baums zu verlieren? So beängstigend war das gewesen! Selbst jetzt verursachte es ihr noch tiefe Qual. Welches Recht besaß der Ellcrys, ihr das anzutun? Welches Recht besaß der Ellcrys, sich ihrer auf diese Weise zu bedienen? Welches Recht –?

Tiefe Scham wallte in ihr auf. Solche Fragen hatten keinen Sinn. Der Ellcrys starb und brauchte Hilfe, nicht Vorwürfe. Das Elfenvolk brauchte Hilfe. Amberle öffnete die Augen und blickte blinzelnd in die Glut des Blutfeuers. Jetzt war nicht der Zeitpunkt, sich selbstquälerischen Gedanken hinzugeben oder über die eigenen Ängste nachzugrübeln. Jetzt war der Zeitpunkt, das zu tun, was zu tun sie hierher gekommen war – das Samenkorn, das sie hierher gebracht hatte, in diesem Feuer zu baden.

Sie zuckte zusammen. Das Feuer! Wie kam es, daß der Same nicht schon vom Feuer angerührt worden war? Konnten die Flammen ihren Kittel nicht durchdringen? Hatten sie es nicht schon berührt? Was war es für ein Unterschied, ob sie das Samenkorn herausnahm oder nicht?

Neue Fragen. Sinnlose Fragen. Wieder wollte sie das Samenkorn hervorholen, und wieder hielt die Angst sie zurück. Tränen stiegen ihr in die Augen. Ach, wäre es doch ein anderer, der dies tun könnte! Sie war keine Erwählte! Sie war nicht geeignet! Nein, sie war es nicht – sie war es nicht –

Mit einem Aufschrei riß sie das Samenkorn unter ihrem Kittel hervor und hielt es in die rubinrote Flamme des Blutfeuers. Unter der Berührung des Feuers flammte es in ihrer Hand auf. Tief aus Amberles Innerem stieg wieder dieses Gefühl auf, das sie vor dem Nahen des Raffers gewarnt, das sie zum Blutfeuer geführt hatte. In einem überwältigenden Ansturm von Bildern überflutete es sie jetzt, und die Bilder lösten so heftige Emotionen in ihr aus, daß sie voller Schwäche auf die Knie fiel.

Langsam hob sie den Samen des Ellcrys an ihre Brust und spürte das Leben, das sich in seinem Inneren regte. Tränen rannen ihr die Wangen hinab.

Sie war es. Sie!

Jetzt endlich begriff sie. Sie drückte das Samenkorn an sich und sog das Blutfeuer ein.

An die kalte Wand der Höhle gekauert, beobachteten Wil Ohmsford und Eretria, wie die scharlachrote Glut des Feuers in Dunkelheit zerschmolz. Es geschah ganz plötzlich – eine letzte emporschießende Flamme, dann war das Blutfeuer erloschen. Nun wurde die Düsternis der Höhle nur noch durch den schwachen weißen Lichtschein der Lampen erhellt, die sie mitgebracht hatten.

Wil und Eretria blinzelten in der plötzlichen Finsternis und spähten blind in die Schatten. Langsam wurde ihr Blick klarer, und sie machten eine Bewegung auf dem Felssockel aus, wo das Blutfeuer gebrannt hatte. Vorsichtig hob Wil die Hand, die die Elfensteine hielt, und die elfische Zauberkraft stieg in einem Flackern blauen Feuers empor.

»Wil!«

Es war Amberle! Wie ein Kind, das sich verlaufen hat, trat sie aus der Dunkelheit, und ihre Stimme war ein dünnes, verzweifeltes Flüstern. Ohne der Schmerzen zu achten, die seinen Körper marterten, lief Wil ihr entgegen. Eretria folgte. Sie erreichten Amberle, als sie taumelnd vom Sockel herunterstieg. Sie fingen sie auf und hielten sie fest.

»Wil«, murmelte sie leise und schluchzte.

Sie hob den Kopf, und das lange kastanienbraune Haar fiel ihr aus dem Gesicht. Ihre Augen brannten rubinrot vom Blutfeuer.

»Bei den Geistern!« stieß Eretria erschrocken hervor und wich vor dem Elfenmädchen zurück.

Wil hob Amberle in seine Arme; trotz der Schmerzen, die seinen verletzten Arm durchzuckten, trug er sie an sich gedrückt wie ein Kind. Sie war so leicht wie eine Feder, als seien die Knochen ihres Körpers verbrannt und nichts von ihr geblieben als eine fleischliche Hülle. Sie weinte noch immer, den Kopf an seiner Schulter.

»Ach, Wil, ich habe mich getäuscht. Ich habe mich so geirrt. Er war es nicht. *Ich* war es. Immer war ich es.«

Die Worte sprudelten ihr in einem Schwall über die Lippen, als könnte sie sie nicht schnell genug aussprechen. Wil streichelte ihre bleiche Wange.

»Es ist ja gut, Amberle«, flüsterte er ihr zu. »Es ist vorüber.«

Wieder blickte sie auf. Die blutroten Augen waren starr und schrecklich.

»Ich begriff es nicht. Er wußte – er wußte es die ganze Zeit. Er wußte es, und er versuchte – versuchte, es mir zu sagen, mir zu zeigen – aber ich begriff nicht. Ich hatte Angst...«

»Sprich jetzt nicht.« Von einer plötzlichen unvernünftigen Angst überkommen, drückte Wil sie ganz fest an sich. Sie mußten heraus aus dieser Finsternis. Sie mußten zurück ans Licht. Rasch wandte er sich Eretria zu. »Nimm die Lampen.«

Das Mädchen widersprach nicht. Sie holte die rauchlosen Lichter und eilte wieder zu ihm.

»Ich habe sie, Heiler.«

»Dann wollen wir weg von hier –«, begann er und hielt inne. Der Ellcrys. Das Samenkorn. Hatte Amberle...? »Amberle«, flüsterte er zart. »Hast du das Samenkorn ins Feuer getaucht? Amberle?«

»Es – es ist geschehen«, erwiderte sie so leise, daß er ihre Worte kaum vernahm.

Welchen Preis hatten sie dafür bezahlt, fragte er sich bitter. Was war ihr in der Umhüllung des Feuers widerfahren? Aber nein, diese Gedanken waren jetzt nicht angebracht. Sie mußten sich sputen. Sie mußten aus diesen finsteren Gängen wieder zu den Hängen der Hochwarte emporsteigen und nach Arborlon zurückkehren. Dort konnte Amberle wieder gesund werden. Dort würde es ihr wieder wohlergehen.

»Hebel!« rief er.

»Hier, Elf.« Die Stimme des Alten war dünn und brüchig. Drifter auf den Armen, tauchte er aus dem Dunkel auf. »Das Bein ist gebrochen. Vielleicht hat er auch noch was anderes.« Tränen schimmerten in Hebels Augen. »Ich kann ihn nicht hier zurücklassen.«

»Heiler!« Eretrias dunkles Gesicht war plötzlich dicht vor dem seinen. »Wie sollen wir ohne den Hund hier wieder herausfinden?«

Er starrte sie an, als habe er vergessen, daß sie überhaupt existierte. Sie errötete tief vor Scham; sie glaubte ihn ärgerlich wegen ihrer Reaktion auf das Elfenmädchen.

»Die Elfensteine«, murmelte er schließlich und stellte es nicht einen Moment in Frage, daß er sich ihrer bedienen konnte. »Die Elfensteine weisen uns den Weg.«

Er schloß Amberle noch fester in die Arme und verzog das Gesicht, als heftige Schmerzen in Wellen seinen Körper durchdrangen. Eretria faßte ihn am Arm.

»Du kannst nicht das Elfenmädchen tragen und gleichzeitig mit den Steinen den Weg suchen. Laß mich das Mädchen tragen.«

Er schüttelte den Kopf.

»Das schaffe ich schon«, entgegnete er. Er wollte Amberle ganz nah bei sich haben.

»Sei doch nicht so eigensinnig«, bat sie ihn leise. Sie schwieg und fuhr dann mit Mühe fort: »Ich weiß, wie du zu ihr stehst, Heiler. Ich weiß es. Aber das ist zuviel für dich. Bitte, laß mich helfen. Laß sie mich tragen.«

Ihre Blicke trafen sich im düsteren Zwielicht, und Wil sah die Tränen in ihren Augen. Da nickte er.

»Du hast recht. Ich schaffe es nicht allein.«

Er ließ Amberle in Eretrias Arme gleiten. Die drückte das Elfenmädchen an sich wie ein kleines Kind. Amberles Kopf sank an Eretrias Schulter, und sie schlief.

»Bleibt dicht bei mir«, mahnte Wil, als er eine der rauchlosen Lampen nahm und sich zum Gehen wandte.

Durch den Wasserfall und die Felshöhle wanderten sie zurück. Blut und Schweiß rannen an Wils Körper herab, und die Schmerzen wurden schlimmer. Als sie den Tunnel erreichten, der ins Labyrinth hinaufführte, konnte er sich kaum noch auf den Beinen halten. Doch sie hatten keine Zeit, eine Rast einzulegen. Sie mußten so schnell wie möglich Perk erreichen, denn dies war sein letzter Tag. Sie mußten Sichermal hinter sich lassen, zurück an die Oberfläche der Erde, auf die Hänge der Hochwarte, bevor die Sonne unterging, denn sonst würden sie den kleinen Himmelsreiter verfehlen. Und das wäre ihr Ende. Ohne Perk und seinen Rock würden sie es niemals schaffen, wieder aus dem Wildewald herauszufinden.

Vor dem Eingang in den Tunnel hielt Wil schwankend an und kramte in den Fächern des Beutels, den er am Gürtel trug. Darin verwahrte er die Kräuter und Wurzeln, die er zur Ausübung seiner Heilkunst brauchte. Nach kurzem Suchen entnahm er dem Beutel eine dunkle rote Wurzel, die fest zusammengerollt war. Zögernd hielt er sie in der Hand. Wenn er sie verzehrte, würde ihr Saft den Schmerz stillen. Er würde durchhalten können, bis sie die Hänge des Berges erreichten. Doch die Wurzel hatte noch andere Wirkungen. Ihr Saft würde ihn schläfrig machen und schließlich betäuben. Und er würde seinen Geist immer stärker verwirren! Wenn die Wirkung zu rasch eintrat, noch bevor sie aus dem Labyrinth unterirdischer Gänge herausgefunden hatten ...

Eretria beobachtete ihn stumm. Er sah sie an und blickte auf das zierliche Mädchen, das sie trug. Dann biß er in die Wurzel und begann zu kauen. Dieses Risiko mußte er auf sich nehmen.

Weiter hasteten sie durch die Dunkelheit. Als das Labyrinth sich vor ihnen öffnete, hob Wil die Hand mit den Elfensteinen und beschwor den Zauber, der in ihnen wohnte. Er wurde schnell lebendig diesmal, flutete in einem heißen Strom durch ihn hindurch, ergoß sich in einem Lichtschwall in die Dunkelheit. Wie ein Leuchtstrahl schlängelte sich das blaue Feuer vor ihnen durch die unterirdischen Gänge und führte sie Schritt um Schritt vorwärts.

Der Schmerz der Verletzungen, die Wil im Kampf mit dem Raffer davongetragen hatte, begann nachzulassen. Er hatte das Gefühl, wie ein mit Luft gefüllter Ballon durch die Finsternis zu schweben. Langsam breitete sich die Wirkung des Wurzelsafts in seinem ganzen Körper aus, raubte ihm die Kraft, so daß er nach einer Weile das Gefühl hatte, seine Glieder seien aus feuchtem Ton; und raubte ihm auch die Klarheit des Geistes, so daß er Mühe hatte, sich wenigstens an dem einen Gedanken festzuklammern – wir müssen weiter.

Und die ganze Zeit wühlte die elfische Zauberkraft sein Blut auf. Er spürte, wie er sich auf unerklärliche Weise veränderte. Er war nicht mehr derselbe, das wußte er. Nie wieder würde er der alte sein. Die Zauberkraft brannte in ihm und hinterließ eine unsichtbare Narbe auf seinem Körper und in seiner Seele. Hilflos ließ er es geschehen, während er sich fragte, welche Wirkung das auf sein Leben haben würde.

Es spielt keine Rolle, sagte er sich. Nichts spielte mehr eine Rolle außer Amberles Sicherheit.

Von funkelndem blauen Feuer geführt eilte die kleine Gruppe vorwärts, und die Tunnel und Gänge und Treppen versanken hinter ihnen in der Schwärze der unterirdischen Nacht.

Als sie endlich aus dem Schlund der Höhle an das Tageslicht emportauchten, waren sie völlig erschöpft. Eretria, die Amberle den ganzen Weg getragen hatte, war am Ende ihrer Kräfte. Wil, vom Saft der schmerzstillenden Wurzel halb betäubt, schwankte unstet zwischen Wachen und Schlafen, als wanderte er ziellos durch dichten Nebel. Selbst Hebel war am Ende seiner Kräfte.

Dicht beieinander standen sie auf dem Plateau hoch an den Hängen des Berges und blickten blinzelnd in das vergehende Tageslicht, das schon von langen Schatten verdunkelt wurde. Ihre Augen folgten den Lichtstrahlen westwärts zum Horizont, wo die Sonne in einem Glorienschein goldenen Feuers langsam hinter den Wald versank.

Alle Hoffnung verließ Wil.

»Die Sonne – Eretria!«

Sie kam zu ihm, und gemeinsam legten sie Amberle auf dem Boden nieder. Das Elfenmädchen schlief noch immer. Ihre schwachen Atemzüge waren das einzige Lebenszeichen, das sie während des langen Marsches durch die unterirdischen Gänge der Hochwarte gegeben hatte. Jetzt regte sie sich ein wenig, so als wolle sie erwachen, doch ihre Augen blieben geschlossen.

»Eretria – hier«, sagte Wil und griff mit unsicherer Bewegung in seinen Kittel. Die Lider seiner Augen waren schwer geworden, und die Worte kamen lallend aus seinem Mund. Seine Zunge fühlte sich dick und pelzig an. Mit Mühe hielt er sich aufrecht und zog das silberne Pfeifchen heraus. »Hier«, sagte er wieder und gab es Eretria. »Hier, pfeife darauf – aber schnell.«

»Heiler, was soll ich –?« begann sie, doch da packte er schon zornig ihre Hand.

»Benutze es!« befahl er mit letzter Kraft und sank vor Schwäche in die Knie. Zu spät, dachte er. Zu spät. Der Tag ist um. Perk ist fort.

Er verlor schnell das Bewußtsein – nur noch einige wenige Minuten, dann würde er schlafen. Seine Hand umklammerte immer noch die Elfensteine, und er spürte ihre scharfen Kanten in seiner Handfläche. Noch ein paar Minuten. Was würde sie dann beschützen?

Er sah, wie Eretria das Pfeifchen an ihre Lippen drückte. Dann beugte sie sich zu ihm hinunter, und ihre dunklen Augen blickten ihn fragend an.

»Sie hat keinen Ton.«

Er nickte. »Pfeif – nochmal.«

Sie gehorchte.

»Jetzt paß auf . . .« Er deutete zum Himmel hinauf.

Eretria wandte sich ab und hob den Kopf.

Hebel hatte Drifter auf einem Lager aus grobem Gras niedergelegt, und der Hund leckte ihm die Hand. Wil seufzte tief und blickte auf Amberle hinunter. Wie bleich sie war! Als sei alles Leben aus ihr entwichen. Verzweiflung packte ihn. Er mußte etwas tun, um ihr zu helfen. Er konnte sie nicht einfach so im Stich lassen. Er brauchte Perk! Wenn sie nur ein bißchen schneller gelaufen wären auf dem Weg nach oben! Wenn ihn nur diese Verletzungen nicht behindert hätten. Nun war der Tag um!

Die Schatten der hereinbrechenden Nacht hüllten sie ein, und der Gipfel des Berges war vom grauen Licht des Abends verschleiert. Die Sonne war im Westen untergegangen. Nur noch eine schmale goldene Sichel schimmerte über den fernen Wäldern.

Perk komm, schrie Wil stumm. Hilf uns.

»Wil.«

Er fuhr herum. Amberle sah aus blutroten Augen zu ihm auf. Ihre Hand suchte die seine.

»Es ist alles gut – Amberle«, stieß er hervor. Seine Kehle war wie ausgetrocknet, und die Worte klangen heiser. »Wir – wir haben es geschafft.«

»Wil, hörst du mich«, flüsterte sie. Ihre Worte waren jetzt ganz klar, nicht mehr verschwommen, nicht mehr überhastet. Nur ihre Stimme war noch ein wenig schwach. Er wollte ihr antworten, doch sie drückte ihm einen Finger auf die Lippen und schüttelte den Kopf. »Nein, hör mir zu. Sprich jetzt nicht. Hör mir nur zu.«

Er nickte und neigte sich zu ihr hinunter, als sie dichter an ihn herandrängte.

»Ich habe mich getäuscht, Wil – ich hab' dem Ellcrys Unrecht getan. Er wollte sich meiner nicht bedienen; er spielte nicht mit mir. Die Angst – sie war unabsichtlich; sie entstand durch mein Unvermögen zu verstehen, was vorging. Wil, der Ellcrys wollte mich sehen machen, wollte mich wissen lassen, warum ich erwählt worden war, warum ich etwas so Besonderes war. Denn siehst du, er wußte, daß ich diejenige sein würde. Er wußte es. Seine Zeit war um, und er sah –«

Sie brach ab und biß sich auf die Lippen, als ihre Gefühle sie zu überwältigen drohten. Tränen rannen über ihre Wangen.

»Amberle«, sagte er, doch sie schüttelte wieder den Kopf.

»Hör mir zu. Dort unten habe ich eine Wahl getroffen. *Ich* allein habe sie getroffen, und niemand außer mir trägt die Verantwortung. Verstehst du? Niemand. Ich traf die Entscheidung, weil ich mußte. Aus vielen Gründen – aus Gründen, die ich nicht ...« Sie geriet ins Stocken und setzte von neuem an. »Für die Erwählten, Wil. Für Crispin und Dilph und die anderen Elfen-Jäger. Für die Soldaten im Drey-Wald. Für den armen kleinen Wisp. Alle sind sie tot, Wil, und ich kann nicht zulassen, daß ihr Opfer vergebens sein soll. Siehst du, du und ich – wir müssen – wir müssen vergessen, was wir ...«

Sie konnte nicht weitersprechen und begann zu schluchzen.

»Wil, ich brauche dich. Ich brauche dich so sehr ...«

Tiefe Angst durchflutete ihn. Er war im Begriff, sie zu verlieren. Er fühlte es. Vergeblich versuchte er, sich aus der Benommenheit zu befreien, die ihn gefangen hielt.

Da erklang hell vor Erregung Eretrias zitternde Stimme. Sie wandten sich um, und ihre Augen folgten der Linie ihres zum Himmel gestreckten Arms. Weit im Westen, durch den goldenen Abglanz der sterbenden Sonne, schwebte ein mächtiger goldener Vogel dem Hochplateau entgegen.

»Perk!« rief Wil schwach. »Perk!«

Amberle umschlang ihn und hielt ihn fest.

Dann wurde er getragen, und durch Nebelschwaden des Dämmerschlafs hörte er Perks Stimme, die zu ihm sprach.

»Ich habe den Rauch von dem brennenden Turm gesehen, Wil. Genewen und ich sind den ganzen Tag gekreist. Ich wußte, daß Ihr hier unten seid. Ich wußte es. Selbst als der Tag beinahe schon vergangen war, und es für mich Zeit wurde, zum Rockhort zurückzukehren, konnte ich nicht heimkehren. Ich wußte, die Dame würde mich brauchen. Ach, Wil, sie sieht so bleich aus.«

Wil spürte, wie er auf Genewens Rücken gehoben wurde. Dann schnallten ihn Eretrias schlanke braune Hände fest.

»Amberle«, flüsterte er.

»Sie ist hier, Heiler«, antwortete Eretria rasch. »Wir sind alle in Sicherheit.«

Wil ließ sich an sie sinken.

»Elf«, rief sachte eine Stimme, und er öffnete die Augen. Hebels ledriges Gesicht spähte zu ihm herauf. »Lebt wohl, Elf, ich verlasse Euch hier. Die Wildnis ist meine Heimat. Und Drifter kommt durch. Eretria hat mir geholfen, das Bein zu schienen. Er wird bestimmt bald wieder gesund. Ist ein zäher Bursche, mein Drifter.« Der Alte neigte sich näher. »Ich wünsch' Euch Glück – Euch und dem Elfenmädchen.«

Wil schluckte. »Wir stehen in Eurer Schuld, Hebel.«

»In meiner Schuld?« Der Alte lachte leise. »Nein, Elf. Ihr schuldet mir nichts. Nicht das geringste. Also dann, viel Glück.«

Er trat rasch zur Seite und war bald darauf seinen Blicken entschwunden. Dann kam Amberle. Ihre zierliche Gestalt glitt vor ihm auf den Rücken des Vogels. Perk war plötzlich wieder da und prüfte rasch Geschirr und Gurte. Dann klang der seltsame Ruf des Kleinen durch die Stille. Mit einem Ruck hob Genewen sich in die Lüfte, die gewaltigen Flügel weit ausgespannt über dem dunklen Tal der Senke. Aufwärts strebte der mächtige Rock, und die Wälder des Wildewalds blieben zurück. In der Ferne tauchten die Felswände des Steinkamms auf.

Wils Arm umschlang Amberle fester. Einen Augenblick später war er eingeschlafen.

Nacht lag über Arborlon. Die schwarzen Gewänder gegen die Kälte der Nacht fest um sich gezogen, den silbernen Stab des Ellcrys im Arm, schritt Allanon allein durch die Einsamkeit des Gartens des Lebens, die kleine Anhöhe hinauf, wo der Baum stand. Er war gekommen, um an seiner Seite zu sein, ihm Beistand zu geben, soweit ihm das möglich war; denn dies waren des Ellcrys letzte Stunden.

Einmal blieb er stehen und blickte zu dem Baum auf. Seltsam, dachte er, so hätten sie beide – der Druide und der Ellcrys – auf jemanden gewirkt, der sie so gesehen hätte – zwei scharf umrissene schwarze Silhouetten vor dem mondhellen Sommerhimmel. Stumm stand der Mann vor dem verdorrten, kahlen Baum, wie versunken in geheime Gedanken, und sein Gesicht glich einer unbewegten Maske, die nichts von den Gefühlen verriet, die ihn vielleicht bewegten. Doch es würde niemand sie so sehen. Er hatte bestimmt, daß er und der Baum diese Nacht allein miteinander verbringen würden, daß keiner außer ihm Zeuge seines Todes werden sollte.

Dann schritt er langsam weiter, und der Name des Baumes streifte flüsternd seinen Geist. Seine Zweige streckten sich nach ihm aus, ängstlich und drängend, und Allanon sandte rasch seinen Gedanken aus, um den Ellcrys zu trösten. Verzage nicht, beruhigte er ihn. Heute nachmittag, während die Schlacht um Arborlon mit schrecklicher Heftigkeit tobte, während die Elfen so tapfer kämpften, den Ansturm der Dämonen abzuwehren, geschah etwas Unerwartetes, was uns Hoffnung geben sollte. Weit,

weit im Süden, in der Tiefe der Wildnis, wohin sich die Erwählte begeben hat, erweckte ihr Beschützer die Zauberkraft der Elfensteine zum Leben. Ich spürte es in dem Moment, als er es tat. Ich suchte ihn und berührte seinen Geist mit dem meinen – nur kurz, weil der Dagda Mor wahrnehmen konnte, was ich tat. Doch es genügte. Das Blutfeuer ist gefunden! Die Wiedergeburt kann immer noch vollbracht werden.

Von Erwartungsfreude und Hoffnung getragen schossen diese Gedanken aus ihm hervor. Doch nichts kam zurück. Schon bis in die Nähe des Todes geschwächt, hatte der Ellcrys die Gedanken des Druiden nicht wahrgenommen oder nicht verstanden. Da wurde Allanon klar, daß der Baum nur seine Gegenwart spürte, nur die Tatsache wahrnahm, daß man ihn in seinen letzten Stunden nicht allein ließ. Ganz gleich, was er jetzt sagte, es hatte keine Bedeutung mehr für den Ellcrys; der sah nur noch den verzweifelten, hoffnungslosen Kampf, seine Aufgabe zu erfüllen – zu leben und durch sein Leben das Volk der Elfen zu beschützen.

Tiefe Traurigkeit überwältigte ihn. Er war zu spät gekommen.

Seine Gedanken wurden still, denn er konnte jetzt nichts mehr tun für den Baum als an seiner Seite zu bleiben. Quälend langsam versickerte die Zeit. Hin und wieder erreichten Allanon flatternde Gedankenfetzen des Baumes, tropften wie Farbtupfer in seinen Geist, einige verloren sich in der Geschichte dessen, was gewesen war, andere erfüllt von Wünschen und Träumen für das Kommende, alle wirr und ohne Zusammenhang. Geduldig fing er die Gedanken ein und ließ den Baum wissen, daß er da war, daß er ihm lauschte. Geduldig nahm er Anteil an seinem Sterben und spürte die Kälte des nahenden Todes. Nur allzu beredt sprach sie ihm von seiner eigenen Sterblichkeit. Alles Lebendige, flüsterten die Vorboten des Todes, mußten den Weg gehen, den der Ellcrys nun angetreten hatte. Auch ein Druide.

Eine Zeitlang dachte er über die Unausweichlichkeit seines eigenen Todes nach. Auch wenn er schlief, um sein Leben zu verlängern, weit, weit länger zu dehnen als das Leben gewöhnlicher Sterblicher, mußte dennoch auch er eines Tages sterben. Und wie der Baum war auch Allanon der letzte seiner Art. Ihm würden keine Druiden mehr nachfolgen. Wenn er tot war, wer würde dann die Geheimnisse bewahren, die seit den Tagen des Ersten Rats in Paranor weitergegeben worden waren? Wer würde dann die Zauberkräfte beherrschen, denen nur er hatte gebieten können? Wer würde dann der Hüter der Rassen sein?

Er hob das dunkle Gesicht. War denn überhaupt noch Zeit, dachte er plötzlich, diesen Hüter zu finden?

Mit lautlosem Schritt huschte die Nacht davon, und das bleiche Licht des Tages erhellte die Dunkelheit des östlichen Himmels. In den weiten Wäldern des Westlands begann sich das Leben zu regen. Allanon spürte, wie sich in der Berührung des Ellcrys etwas veränderte. Er entglitt ihm. Unverwandt blickte er auf den Baum, und seine Hände umfaßten den silbernen Stab so fest, als könne er so das Leben festhalten, das den Baum verlassen wollte.

Der Morgenhimmel wurde hell; die Gedankenbilder flackerten immer seltener auf. Der Schmerz, der sich ihm übermittelt hatte, ließ nach und wurde durch ein seltsames Sichlösen verdrängt; langsam wurde durch dieses Sichlösen der Abstand zwischen ihnen größer. Im Osten schob sich die Sonne über den Horizont, und die Sterne der Nacht verblaßten.

Dann versiegten die Gedankenbilder völlig. Allanon wurde starr. Der Silberstab in seinen Händen war erkaltet. Es war vorbei.

Behutsam legte er den Stab unter den Baum. Dann wandte er sich ab und verließ den Garten des Lebens, ohne sich noch einmal umzusehen.

Andor Elessedil stand schweigend am Lager seines Vaters und blickte auf den alten Mann hinab. Der gebrechliche Körper des Königs, vom Kampf mit dem Dämon zerschunden, lag in Decken und Verbände eingehüllt. Nur das sachte Heben und Senken seiner Brust zeigte an, daß noch Leben in ihm war. Er schlief jetzt, einen rastlosen, unruhigen Schlaf in der Dämmerzone zwischen Leben und Tod.

Eine Welle von Gefühlen und Empfindungen brach über dem Elfenprinzen zusammen. Gael war es gewesen, der ihn aus eigener Ängstlichkeit und Unsicherheit heraus geweckt hatte. Unfähig Schlaf zu finden, war der junge Diener ins Herrenhaus zurückgekehrt, um als Vorbereitung für den kommenden Tag schon einiges zu erledigen. Doch das Portal zum Haus ließ sich nicht öffnen, berichtete er Andor – und die Wachposten waren verschwunden. Schlief der König unbewacht? Sollte da nicht etwas getan werden? Augenblicklich war Andor auf die Beine gesprungen und aus seinem Häuschen zum Herrenhaus gelaufen. Unterwegs hatte er die Torwachen mitgenommen. Gemeinsam hatten sie das Portal zum Haus seines Vaters aufgebrochen, aus dem sie die Schreie des alten Königs hören konnten. Dort hatten sie das Ende des Todeskampfes zwischen Eventine Elessedil und dem Ungeheuer erlebt – dem Dämon, der in Manx' Hülle geschlüpft war. Ganz kurz hatte sein Vater einmal das Bewußtsein wiedererlangt, als sie ihn blutüberströmt in sein Schlafgemach getragen hatten. Voller Entsetzen hatte er mit heiserem Flüstern von dem Kampf erzählt, den er ausgefochten hatte, und von dem Verrat, der an ihm begangen worden war. Dann war er wieder in tiefe Ohnmacht gesunken.

Wie hatte sein Vater diesen Kampf überlebt? Woher hatte er die Kraft genommen? Andor schüttelte den Kopf. Nur die wenigen, die ihn gefunden hatten, konnten halbwegs würdigen, was ihn dieser Kampf auf Leben und Tod gekostet haben mußte. Die anderen, die Minister und Befehlshaber, die Wachen und Bediensteten waren erst später hinzugekommen. Sie hatten den alten König nicht gesehen, wie er schwerverletzt, zerschunden und zerfleischt, auf dem blutverschmierten Boden vor dem Portal gelegen hatte. Sie hatten nicht gesehen, was ihm angetan worden war.

Natürlich gab es Mutmaßungen – Mutmaßungen, die Gerüchte gebaren. Der König sei tot, tuschelte man. Die Stadt sei verloren. Andor biß die Zähne aufeinander. Er hatte sie rasch genug zum Verstummen gebracht. Es brauchte mehr als einen einzigen Dämon, Eventine Elessedil zu töten.

Er kniete plötzlich neben seinem Vater nieder und berührte die leblose Hand. Er hätte geweint, hätte er noch Tränen gehabt. Wie schrecklich das Schicksal den alten König behandelt hatte! Sein Erstgeborener und sein nächster Freund waren gefallen. Seine geliebte Enkelin war ihm verloren. Sein Land wurde von einem Feind überrannt, den er nicht schlagen konnte. Er selbst war von einem Tier verraten worden, dem er vertraut hatte. Alles war ihm genommen worden. Was war es, das ihn nach allem, was er erlitten hatte, noch am Leben hielt? Ihm mußte doch der Tod willkommene Erlösung sein!

Behutsam umschloß er die welke Hand. Eventine Elessedil, König der Elfen – einen solchen König würde es niemals wieder geben. Er war der letzte. Und was würde später noch an ihn erinnern außer einem verwüsteten Land und einem vertriebenen Volk? Andor empfand nicht um seiner selbst willen Bitterkeit. Er fühlte Bitterkeit um seines Vaters willen, der sich sein ganzes Leben lang für dieses Land und dieses Volk aufgeopfert hatte. Ihm, Andor Elessedil, schuldete das Schicksal vielleicht nichts. Wie aber stand es mit dem alten Mann, dessen Herz diesem Land verbunden war – diesem Land, das nun verwüstet werden und diesem Volk, das nun vernichtet werden würde? Schuldete ihm das Schicksal denn gar nichts? Er liebte das Westland und die Elfen mehr als das Leben, und daß er gezwungen werden sollte mit anzusehen, wie ihm das alles genommen wurde – es war grauenhaft und ungerecht!

Impulsiv neigte sich Andor über seinen Vater und küßte seine Wange. Dann erhob er sich und wandte sich betrübt ab. Durch die Vorhänge an den Fenstertüren lugte der heller werdende Himmel des neuen Tages herein. Ich muß Allanon finden, dachte er unvermittelt. Der Druide wußte noch nichts von dem Geschehen. Danach mußte er auf den Carolan zurückkehren, um sein Volk zu führen, wie sein Vater es geführt hätte. Fort mit der Bitterkeit! Fort mit dem Bedauern! Was jetzt vonnöten war, das waren die Tapferkeit und Stärke, die sein Vater in seinem letzten Kampf an den Tag gelegt hatte – eine Tapferkeit und eine Stärke, welche die Elfen stützen würden. Ganz gleich, was dieser Tag bringen würde, er mußte sich als der Sohn seines Vaters, des großen alten Königs, würdig erweisen.

Leise ging Andor Elessedil aus dem Zimmer.

Auf der Schwelle nach draußen verhielt er kurz und blickte zum lichtschimmernden Himmel im Osten. Dunkle Schatten umwölkten seine Augen, sein Gesicht war schmal und eingefallen.

Die Morgenluft machte ihn frösteln, und er zog den schweren Umhang enger um sich.

Seine Gedanken waren umnebelt von dem Bedürfnis nach Schlaf, als er den Kiesweg hinunter zum Tor schritt. Wie lange hatte er geruht, als Gael gekommen war, um ihn zu holen? Eine Stunde? Zwei? Er konnte sich nicht erinnern. Er sah immer nur das blutüberströmte Gesicht seines Vaters vor sich und die durchdringenden blauen Augen, die sich in die seinen bohrten.

Verraten, schrien diese Augen verzweifelt. Verraten!

Durch das schmiedeeiserne Tor trat er auf die Straße hinaus, ohne die hochgewachsene Gestalt zu sehen, die aus dem Schatten auftauchte.

»Prinz Andor?«

Er fuhr zusammen beim Klang seines Namens, blieb stehen, drehte sich um. Die dunkle Gestalt näherte sich lautlos. Auf dem Kettenhemd schimmerte das frühe Tageslicht. Es war der Befehlshaber der Freitruppe, Stee Jans.

»Befehlshaber.« Er nickte müde.

Der große Mann erwiderte das Nicken. Das vernarbte Gesicht blieb unbewegt.

»Eine schlimme Nacht, wie ich gehört habe.«

»Ihr habt es gehört?«

Stee Jans warf einen Blick zum Herrenhaus hinüber.

»Ein Dämon schlich sich ins Haus des Königs ein. Seine Wachen wurden ermordet, und er selbst wurde schwer verwundet, als er das Ungeheuer tötete. Ihr könnt kaum erwarten, daß solches sich geheimhalten läßt, Herr.«

»Nein – wir haben auch gar nicht versucht, es geheimzuhalten.« Andor seufzte. »Der Dämon war der Wandler. Er nahm die Gestalt des Wolfshunds meines Vaters an. Keiner von uns weiß, wie lange er dieses Spiel schon getrieben hatte, aber heute nacht wollte er dem Spiel offenbar ein Ende machen. Er tötete die Wachen, verriegelte die Türen, die nach draußen führen, und griff den König an. Ein Ungeheuer, Befehlshaber – ich habe es im Tode gesehen. Ich weiß nicht, wie mein Vater es vollbrachte...«

Kopfschüttelnd verstummte er. Die Augen des Grenzländers richteten sich wieder auf ihn.

»Der König ist also noch am Leben.«

Andor nickte. »Ja, ich weiß nicht, was ihn am Leben hält.«

Sie schwiegen beide, während ihre Blicke zum hell erleuchteten Herrenhaus wanderten und zu den bewaffneten Männern, die davor auf und ab gingen.

»Vielleicht wartet er auf uns, Herr«, meinte Stee Jans mit leiser Stimme.

Ihre Blicke trafen sich.

»Was meint Ihr damit?« fragte Andor.

»Ich meine, daß für uns alle die Zeit knapp wird.«

Andor holte tief Atem.

»Wie lange haben wir noch?«

»Den heutigen Tag.«

Das harte Gesicht blieb ausdruckslos, so als spräche der Grenzländer über nichts Wichtigeres als das Wetter, das an diesem Tag zu erwarten war.

Andor straffte die Schultern.

»Ihr scheint Euch schon damit abgefunden zu haben, Befehlshaber.«

»Ich bin ein nüchterner, ehrlicher Mann, Herr. Das habe ich Euch gesagt, als wir einander das erste Mal begegneten. Möchtet Ihr denn etwas anderes hören als die Wahrheit?«

»Nein.« Andor schüttelte mit Entschiedenheit den Kopf. »Aber gibt es denn keine Chance, daß wir noch länger ausharren können?«

Stee Jans zuckte die Schultern.

»Eine Chance besteht immer. Schätze sie so ein, wie Ihr des Königs Chance einschätzt, den heutigen Tag zu überleben.«

Der Elfenprinz neigte langsam den Kopf.

»Das kann ich akzeptieren, Befehlshaber.« Er bot dem Grenzländer die Hand. »Die Elfen können sich glücklich preisen, Euch und die Soldaten der Freitruppe als Verbündete zu wissen. Ich wünschte, es gäbe eine freundlichere Art und Weise Euch zu danken.«

Der Eisenmann nahm die Hand des Prinzen.

»Ich wünschte, wir könnten Euch die Gelegenheit bieten. Viel Glück, Prinz Andor.«

Er salutierte und ging. Andor blickte ihm versonnen nach, dann setzte er seinen Weg fort.

Wenig später fand Allanon ihn, als er eben im Begriff war, zum Carolan zu reiten. Hoch auf dem schwarzen Hengst Artaq ritt der Druide aus den Schatten des Waldes heraus. Andor wartete schweigend, während der hochgewachsene Alte Artaq zügelte und dann auf ihn hinunterblickte.

»Ich weiß, was geschehen ist«, sagte die tiefe Stimme leise. »Es tut mir leid, Andor Elessedil.«

Andor nickte nur. »Wo ist der Stab, Allanon?«

»Fort.« Der Druide sah an ihm vorbei zum Herrenhaus. »Der Ellcrys ist tot.«

Andor spürte, wie alle Kraft und Stärke aus ihm wichen.

»Das ist das Ende, nicht wahr? Ohne die Zauberkraft des Ellcrys sind wir verloren.«

Allanons Augen funkelten hart.

»Vielleicht noch nicht.«

Andor starrte ihn ungläubig an, doch der Druide hatte Artaq schon gewendet und ritt zur Straße hinaus.

»Ich erwarte Euch am Tor zum Garten des Lebens, Elfenprinz«, rief er zurück. »Folgt mir rasch. Noch gibt es Hoffnung.«

Dann schlug er dem Rappen die Hacken in die Flanken und galoppierte davon.

Eine Stunde nach Tagesanbruch griffen die Dämonen an. In riesigen Schwärmen erklommen sie die Felswand des Carolan, kletterten über die Trümmer des zerstörten Elfitch, um sich bei den Mauern und beim Tor der sechsten Rampe zu sammeln. Nicht mehr geschwächt jetzt durch die Zauberkraft des Ellcrys und den Fluch der Verfemung, ließen die Dämonen Pfeile und Speere, die es auf sie herabregnete, einfach an sich abprallen und stürmten weiter vorwärts. Woge um Woge schwarzer Leiber brandete aus den Tiefen der Wälder heran. Innerhalb von Sekunden wimmelte es an den Wänden von kreischenden Ungeheuern. Aus eroberten Waffen grob gegossene Greifhaken, von denen die festen Ranken und Wurzeln von Kletterpflanzen herabhingen, wurden auf Mauern und Tore geschleudert, wo sie sich in die Steinquadern einkrallten. Dann begannen die Dämonenscharen sich hochzuziehen.

Die Verteidiger waren bereit; Kerrin und die Leibgarde oberhalb des Tores; Stee Jans und die Freikämpfer auf der linken Mauer; Amantar und die Bergtrolle auf der rechten. Während die Angreifer wie Insektenschwärme an den Felswänden hingen, schnitten die Verteidiger mit gewaltigen Schlägen mit Äxten und Schwertern die Kletterseile durch. Kreischend stürzten die Dämonen in die Tiefe. Die langen Bogen der Elfen summten und vibrierten, und ein Hagelschauer schwarzer Pfeile traf die Angreifer. Doch die Dämonen ließen nicht nach, warfen neue Greifhaken mit neuen Kletterseilen. Schwere Holzbalken, aus den Bäumen geschlagen und mit Stufenkerben versehen, wurden gegen das Tor gedrückt, und die Dämonen begannen wieder zu klettern. Knüppel und Steine flogen aus der schwarzen wogenden Masse am Fuß der Mauern und schlugen in die Reihen der Verteidiger ein, die versuchten, den Angriff abzuwehren. Wieder und wieder wurden die Dämonen zurückgedrängt. Aber schließlich eroberten sie die Mauern doch, und die Elfen und ihre Verbündeten sahen sich in erbitterte Nahkämpfe verwickelt.

Zu beiden Seiten des Elfitch breitete sich das Heer der Dämonen weiter aus, und in wütender Entschlossenheit kletterten die Ungeheuer dem Rand des Carolan entgegen. Dort warteten die Kavallerie der Elfen, die Alte Garte der Legion, die Zwergenpioniere und verschiedene Einheiten anderer Kompanien. Den Oberbefehl hatte Ehlron Tay. Indem er eine Attacke nach der anderen gegen die Schwärme von Dämonen führte, die sich am Felsrand zeigten, warf er sie immer von neuem zurück, so daß sie auf dem Carolan nicht Fuß fassen konnten. Doch die Reihen der Verteidiger waren dünn gesät, und das Felsplateau war lang, hier und dort mit kleinen Wäldchen gesprenkelt, wo die Dämonen Deckung fanden. Einzelne Gruppen schafften den Durchbruch, und die Flügel der Elfen gerieten ins Wanken.

Auf dem Elfitch sprengten die Dämonen das Tor der sechsten Rampe. Nachdem sie die Reihen der Verteidiger durchbrochen hatten, zertrümmerten sie die Riegel und Vorlegestangen, die das Tor sicherten, und rissen die beiden Flügel weit auf. Über die Leiber ihrer Toten hinweg strömten sie vorwärts. Amantar hielt noch immer die Mauer auf der rechten Seite, doch Stee Jans und sein zusammengeschmolzenes Häuflein wurden stetig weiter zurückgedrängt. In der Mitte der Abwehrstellungen sammelte Kerrin die Leibgarde um sich und versuchte, mit einer Konterattacke den Ansturm der Dämonen zurückzuwerfen. Mitten hinein in die heulenden, kreischenden Scharen stürzten sich die Elfen-Jäger, trieben die Dämonen auseinander, brachten den Angriff zum Stillstand. Eine Zeitlang schien es, als würde es der Leibgarde gelingen, das Tor zurückzuerobern. Da aber stürzte sich eine Gruppe von Furien von den Mauern herab auf die wild dreinschlagenden Elfen und fiel mit reißenden Zähnen und spitzen Krallen über sie her. Kerrin brach sterbend zusammen. Der Gegenangriff verlor an Schwung, die Elfen mußten zurückweichen.

Langsam zogen sich die Verteidiger den Elfitch hinauf zurück, um sich hinter dem Tor der siebenten und letzten Rampe noch einmal zu sammeln. Immer wieder versuchte der Feind, die Linien zu sprengen, doch sie hielten fest zusammen. Während Amantar und Stee Jans die Mitte hielten, flohen die Verteidiger hinter die Mauern, und das Tor schloß sich krachend. Unterhalb wogte das Meer der Dämonen.

Eine halbe Meile weiter östlich stand Andor Elessedil und blickte auf das Schlachtgetümmel, und seine Hoffnung begann zu erlöschen. In seinem Rücken standen die Soldaten der Schwarzen Wache, die den Garten des Lebens umschlossen. Er sah erst zu Korold hin, der die Schwarze Wache führte, dann zu Allanon. Der Druide war an seiner Seite. Das dunkle Gesicht blieb unbewegt, während er, auf Artaq sitzend, das Wogen der Schlacht beobachtete.

»Allanon«, flüsterte Andor, »wir müssen etwas tun.«

Der Druide drehte nicht einmal den Kopf.

»Noch nicht. Wartet.«

Den ganzen Rand des Carolan entlang zogen sich jetzt Dämonen auf das Plateau hinauf. Im Süden war es ihnen gelungen, Fuß zu fassen, und ihre Zahl wuchs ständig, während sie immer wieder die Attacken der Elfen-Kavallerie abwehrten, die versuchte, sie zurückzudrängen. Im Norden hielten die Zwergen-Pioniere trotz wiederholter Angriffe die Stellung. Der findige Browork scharte Kavallerie und Fußsoldaten in einer Folge von kurzen, scharfen Attacken um sich und warf die Dämonen immer wieder zurück. Am Kopf einer Reserveeinheit der Kavallerie ritt Ehlron Tay nach Süden, um das untere Plateau zurückzugewinnen. Mit gesenkten Lanzen stürmten die Soldaten gegen die Dämonen. Voll wütender Erbitterung prallten Angreifer und Verteidiger aufeinander, Schreie stiegen zum Himmel auf, und so grimmig tobte die Schlacht, daß es unmöglich war, Freund von Feind zu unterscheiden. Doch am Ende waren es die Elfen, die zurückwichen. Der linke Flügel der Verteidigungstruppe brach jetzt schnell zusammen, und mit wildem Triumphgeheul stießen die Dämonenscharen vor.

Da splitterten krachend die Torflügel der siebenten Rampe, und in breitem Strom wälzten sich die Dämonen hindurch. Die Verteidiger mußten weichen, und es schien, als sollten sie völlig überrannt werden. Doch die Trolle führten einen grimmigen Gegenstoß, der die Dämonen durch das gesprengte Tor zurücktrieb, und einen Moment lang waren die Mauern wieder in Besitz der Verteidiger. Doch schon sammelten sich die heulenden Ungeheuer von neuem. Die größten und brutalsten unter ihnen drängten sich in die vordersten Reihen, und wieder stürmten sie vorwärts. Diesmal konnten auch die Bergtrolle den wogenden Strom dunkler Leiber nicht aufhalten. Ihre Verwundeten mit sich schleppend, räumten die Verteidiger Mauern und Tor und eilten die Rampe hinauf zum Rand des Plateaus.

Jetzt war es den Dämonen, die die entschlossenen Zwerge zurückgeworfen hatten, gelungen, sowohl den Nord- als auch den Südteil des Carolan zu erobern, und die Flügel schoben sich zur Mitte hin zusammen. Der Garten des Lebens wurde langsam zu einer Insel mitten im tobenden Meer der Schlacht, heiß umkämpft von Dämonen und Elfen. Ehlron Tay wurde vom Pferd gerissen. Schwer verwundet wurde er von seinen Soldaten in Sicherheit gebracht und fortgetragen. Browork hatte ein halbes Dutzend Verletzungen erlitten, und die Dämonen umringten ihn von allen Seiten. Die Alte Garde hatte ein Drittel ihrer Kämpfer verloren. Zwei der Himmelsreiter waren gefallen; die drei, die noch blieben, unter ihnen Dayn, waren zum Garten des Lebens zurückgeflogen, um Allanon Beistand zu leisten. Überall befanden sich die Elfen und ihre Verbündeten im Rückzug.

Die Verteidiger des Elfitch waren von den Dämonen-Horden bis zum Ende der letzten Rampe zurückgedrängt worden. Umgeben von seinen Freikämpfern hielt Stee Jans die Mitte, während Elfen und Trolle an den Flügeln kämpften. Allen war klar, daß sie nicht lange würden aushalten können. Der rothaarige Grenzländer erkannte auf einen Blick, wie gefährlich ihre Situation war. Unten rotteten sich die Dämonen zu einem neuerlichen Überfall zusammen. Die Verteidigungslinien am Rand des Plateaus waren zusammengebrochen, und die Soldaten strömten zur Rampe, um dort Hilfe zu leisten. Gleich würden sie alle in einer Zange gefangen sein, aus der es kein Entkommen gab. Sie mußten sofort zurückfallen und sich vor dem Garten des Lebens neu sammeln, um dort ihre Kräfte zu konsolidieren und mit Unterstützung der Schwarzen Wache die Dämonen zurückzuwerfen. Doch sie brauchten Zeit, um das zu bewerkstelligen, und jemand mußte ihnen diese Zeit verschaffen.

Mit wehendem roten Haar packte der Befehlshaber der Freitruppe die rot-graue Standarte seiner Einheit und rammte sie zwischen den Steinquadern der Rampe in den Boden. Hier würde die Freitruppe sich dem Feind entgegenstellen. Nachdem er seine Grenzländer um sich geschart hatte, bildete er eine schmale Schlachtreihe in der Mitte der Rampe. Dann befahl er Elfen und Trollen zurückzuweichen. Niemand stellte den Befehl in Frage; Stee Jans hatte den Befehl über das Heer. Eilig räumten sie den Elfitch und zogen sich zu den Linien der Schwarzen Wache zurück, die den Garten des Lebens umzingelten. Es dauerte nur Augenblicke, dann standen Stee Jans und seine Freikämpfer allein.

»Was tut er da!« schrie Andor Allanon voller Entsetzen zu. Aber der Druide antwortete nicht.

Die Dämonen griffen an. Heulend und kreischend vor Wut stürmten sie die Rampe herauf. So unglaublich es war, die Freitruppe hielt dem Angriff stand, ja, warf ihn zurück. Die Elfen und ihre Verbündeten entkamen indessen der Falle, die gedroht hatte, sie einzuschließen. Wieder wälzte sich das Meer von Dämonen den Elfitch herauf, wieder konnte es die Abwehrmauer der Freitruppe nicht sprengen. Nicht mehr als zwei Dutzend Grenzländer blieben am Leben. An ihrer Spitze stand die hochgewachsene Gestalt von Stee Jans. Nachdem die Verteidiger, die vom Elfitch geflohen waren, sich neu geordnet hatten, blickten sie zurück zu dem kleinen Trüppchen von Männern, das dem Ansturm der Dämonen immer noch standhielt. Tiefes Schweigen breitete sich aus. Sie wußten alle, wie dies enden mußte.

Jetzt lag der Carolan ungeschützt. Stee Jans riß die Kriegsflagge heraus und schwang sie hoch über seinem Haupt. Der Schlachtruf der Freitruppe schallte durch die Stille. Langsam und mit Bedacht wich die kleine Truppe über den Carolan zurück zu den Elfen und ihren Verbündeten, die den Garten des Lebens umringten.

Andor stockte der Atem. Es war ein hoffnungsloser Rückzug. An seiner Seite tauchte Broworks Gesicht auf.

»Es ist zu weit, Grenzländer«, brummte er beinahe wie zu sich selbst.

Eine Woge von Dämonen wälzte sich über den Rand der Rampe. Im Norden und im Süden begannen sie jetzt, sich in Scharen zu sammeln.

»Schnell«, flüsterte Andor. »Schnell, Stee Jans!«

Doch es blieb keine Zeit mehr. Triumphgeheul erfüllte die Morgenluft, und das gesamte Dämonen-Heer stürmte vorwärts.

Da erfaßte Leben die bisher reglose Gestalt Allanons. Ein rasches Wort zu Dayn, und Dancers Zügel lagen in seinen Händen. Gleich darauf hatte er sich auf den Rücken des mächtigen Rock geschwungen, und der Riesenvogel hob sich in die Lüfte. Andor Elessedil und jene, die bei ihm standen, blickten dem Druiden erstaunt nach. Die schlanken Arme hoch erhoben, flog Allanon über den Garten des Lebens hinweg, und seine schwarzen Gewänder bauschten sich im Zugwind. Die Dämonen, die sich in Scharen den Carolan heraufwälzten, hielten inne und starrten himmelwärts. Da rollte plötzlich ein krachender Donnerschlag über das Land, und blaue Flammen sprühten aus den Fingern des Druiden. In einem Bogen, der vom einen Ende der Dämonen-Linien bis zum anderen reichte, raste das Feuer flackernd über die vorderen Reihen der Angreifer und verbrannte die Ungeheuer zu Asche. Heulen und Schreien erschallte, als eine Flammenmauer sich vor den Dämonen auftürmte und sie zum Zurückweichen zwang, so daß sie die umzingelte Freitruppe freigeben mußten.

Ein wilder Schrei der Erregung stieg aus den Reihen der Elfen und ihrer Verbündeten empor. Ein schmaler Korridor, der zum Garten des Lebens führte, hatte sich im Flammenring geöffnet, und durch diesen Korridor kamen die Grenzländer – schnell jetzt, denn jeden Moment konnte sich die Falle wieder schließen. Rund um sie herum wüteten und tobten die Dämonen, doch das Feuer hielt sie in Schach.

Lauft! schrie Andor stumm. Es gibt noch eine Chance! Und die Grenzländer flogen wie der Wind über das Felsplateau. Eine Gruppe von Furien setzte ihnen nach, stürzte sich rasend vor Haß und Wut in die Flammen. Doch Allanon sah sie. Eine dunkle Hand hob sich, ballte sich zur Faust. Druidenfeuer stach in lanzenspitzen Strahlen auf die Katzenwesen herab, und sie vergingen in einem leuchtenden Blitz. Nichts blieb von ihnen als eine Feuersäule, die zum Himmel aufstrebte. Hoch oben schmetterte Dancer seinen Kriegsruf.

Da hatten Stee Jans und seine Freikämpfer das Feuer auch schon hinter sich gelassen und befanden sich wieder im Schutz der eigenen Reihen. Willkommensgeschrei empfing sie, und die Banner der Vier Länder flatterten im leichten Morgenwind.

Das Druidenfeuer auf dem Carolan brannte jetzt tiefer, doch noch immer machten die Dämonen keinen Versuch, es zu durchbrechen. Allzu leicht hatte der Druide die Furien vernichtet. Hinter der Flammenmauer warteten sie, rastlos und ungeduldig, während sie wutschnaubend immer wieder zu dem einsamen schwarzen Flieger hinaufblickten.

Mit forschenden Blicken schwebte der Druide über sie hinweg. Er wußte, was jetzt geschehen mußte. Er wußte, daß einer der Dämonen seine Herausforderung beantworten mußte. Nur der Dagda Mor war stark genug, das zu tun – und Allanon war sicher, daß er es auch tun würde. Er hatte gar keine andere Wahl. Der Dagda Mor konnte die Zauberkraft der Elfensteine so deutlich wahrnehmen wie der Druide. Auch er wußte inzwischen gewiß, daß Wil Ohmsford sich der Steine bedient hatte, daß die Suche nach dem Blutfeuer von Erfolg gekrönt worden war, daß das, was er am meisten fürchtete, vielleicht doch noch geschehen konnte – die Wiedergeburt des verhaßten Ellcrys und damit die Wiedererrichtung der Mauer der Verfemung. Es war ein Augenblick höchster Gefahr für den Herrn der Dämonen. Sein Wandler war tot. Sein Raffer hatte versagt. Sein Heer stand gebannt durch das Feuer. Wenn er jetzt aufgehalten wurde, dann hatte er – obwohl fast das ganze Westland in seiner Hand war – verloren. Der Ellcrys war der Schlüssel zum Überleben der Dämonen. Der Mutterbaum mußte zerstört, die Erde in der er wurzelte, so verwüstet werden, daß nie wieder Leben daraus sprießen würde. Erst dann konnte in Ruhe das Samenkorn gesucht, die letzte der Erwählten aufgespürt werden. Erst dann konnten die Dämonen sicher sein, daß sie nicht wieder vom Angesicht der Erde verbannt werden würden. Dies alles jedoch würde nicht geschehen, wenn Allanon am Leben blieb. Der Dagda Mor wußte das, und deshalb würde er jetzt handeln müssen ...

Gräßliches Kreischen gellte aus der Masse der Dämonen in den Morgen. Aus der Felswand des Carolan schwang sich ein riesiger schwarzer Schatten in die klare Luft des frühen Tages. Allanon wandte sich um. Es war das geflügelte Ungeheuer, das Wil Ohmsford und Amberle Elessedil im Rhenn-Tal verfolgt hatte, als sie von Havenstead aus nach Norden geflohen waren. Der Druide sah das dunkle Wesen jetzt ganz deutlich, eine gewaltige Fledermaus mit wendigem Leib und ledrigen Schwingen. Das Maul unter der stumpfen Schnauze war weit aufgerissen und zeigte blitzende Fänge; die Beine waren krumm und sehnig, mit Krallen bewehrt. Er hatte gehört, daß solche Wesen im fernen Nordland lebten, doch selbst er hatte bis zu diesem Tag nie eines zu Gesicht bekommen. Beinahe unbewegt hing es über den Dämonen-Horden, die unter seinem hohen, ohrenbetäubenden Schrei in plötzlicher Erstarrung gefroren.

Eiskalt durchzuckte es Allanon. Rittlings auf dem gekrümmten Hals des Untiers saß der Dagda Mor. Die Herausforderung war angenommen worden.

Mit einer energischen Bewegung zog der Druide seinen Riesenvogel herum. Die Fledermaus schoß abwärts. Dicht über ihren Hals gebeugt hing der bucklige Dämon. Der Stab der Macht in seiner Hand begann in roter Glut zu leuchten. Allanon wartete, hielt Dancer ganz ruhig. Die riesige Fledermaus kreischte schrill im Vorgefühl des Triumphes. Der Stab des Dämons spie rotes Feuer, aber es war einen Augenblick zu spät. Unter Allanons Führung schwenkte Dancer scharf ab und schoß nach links davon. Als das geflügelte Ungeheuer mit ausgestreckten Krallen herabstieß, um den Druiden zu packen, und das Dämonenfeuer in grellen Blitzen zum Carolan hinunterfuhr, ließ Allanon den Rock wenden. Die Fledermaus war schwerfällig und langsam; als sie aufwärts stieg, tauchte der Druide unter ihr hinweg und schlug zurück. Blaue Flammen versengten die Flughäute und den Körper des Ungeheuers. Seine schrillen Schreie hallten durch den Morgen.

Doch schon machte die gewaltige Fledermaus kehrt, und wieder griff der Dagda Mor mit seinem Feuerstab an. Zischende Flammen züngelten durch den Morgen und bauten sich vor dem Druiden und seinem Riesenvogel zu einer Mauer auf. Diesmal gab es keine Möglichkeit zu wenden. Doch Dancer zögerte keinen Augenblick. Mit einem kraftvollen Schrei schnellte der Rock steil nach oben und führte Allanon aus der drohenden Feuersbrunst heraus. Dann legte er sich wieder gerade und segelte abwärts über den Carolan. Die Elfen und ihre Verbündeten bejubelten das Manöver mit Triumphgeschrei.

Wieder griff der Dämon an, und in schnellem Flug jagte die gewaltige Fledermaus abwärts. Doch wieder war Dancer zu flink. Ehe das Dämonenfeuer ihn erreichen konnte, glitt er blitzschnell davon. Die brandroten Flammen verfehlten ihn und verbrannten das Grasland auf dem Plateau zu schwarzer Asche. Dancer schwenkte nach links und schwenkte nach rechts, wechselte so plötzlich und so behend die Richtung, daß der Dagda Mor ihn mit seinen Feuerstrahlen nicht treffen konnte. Und Allanon kämpfte derweilen unermüdlich. Immer wieder trafen die blitzenden blauen Flammenstrahlen die scheußliche Fledermaus, versengten Leib und Flughäute des Untiers an unzähligen Stellen, so daß es nun während des Flugs ständig eine Anzahl kleiner Rauchwölkchen mit sich zog, die von seinem Körper aufstiegen.

Noch immer hatte der Kampf kein Ende gefunden. Es war ein schreckliches Duell, bei dem Dämon und Druide einander erbarmungslos über dem verwüsteten Plateau des Carolan hin und her jagten, während sie verbissen versuchten, einander auszumanövrieren. Eine Zeitlang war der Kampf ausgeglichen, und keiner konnte einen Vorteil herausschlagen. Die Fledermaus war schwerfällig und leicht zu treffen, doch sie war ungeheuer kräftig, und es schien, als könnten ihre Verletzungen ihr nichts anhaben. Dancer war einfach zu wendig; die Flammen trafen ihn nie.

Als aber der Kampf unerbittlich weitertobte, begann der Rock zu ermüden. Drei Tage lang war er beinahe ohne Rast und Ruh in Kampf- und Erkundungsflügen unterwegs gewesen; jetzt ließen seine Kräfte allmählich nach. Jedesmal, wenn er über das Plateau zurückfegte, züngelten die Flammen des Dämonenfeuers näher. Schweigen breitete sich in den Reihen der Verteidiger aus. Jedem ging der gleiche Gedanke durch den Kopf. Früher oder später würde den Rock die Kraft verlassen, oder der Druide würde sich in seinen Überlegungen täuschen. Dann würden sie das Opfer des Führers der Dämonen werden.

Augenblicke später nur bewahrheiteten sich ihre Befürchtungen. Als Dancer plötzlich nach links abschwenkte, schoß ihm eine Feuergarbe über den Flugpfad und zerschmetterte die Schwinge des Riesenvogels. Dancer schwankte und trudelte in Spiralen abwärts zum Carolan. Ein Entsetzensschrei stieg aus den Reihen der Elfen auf. Wieder flammte der Stab der Macht rot auf, wieder fraß sich das Feuer in den schon verletzten Rock. Mit ausgestreckten Krallen stieß die riesige Fledermaus herab. In Verzweiflung drehte sich Allanon um, als das scheußliche Geschöpf näherkam. Mit geballten Händen streckte er beide Arme zum Himmel hinauf. Die Fledermaus hatte ihn beinahe schon erreicht, als blaue Flammen aus den Fingern des Druiden loderten. Der ganze Kopf des Untiers schien in einer feurigen Explosion zu bersten. Doch der Schwung trug die riesige Fledermaus weiter, und dreißig Fuß über dem Carolan prallten die Fledermaus und der Rock zusammen. Mit schrecklicher Wucht stießen sie aufeinander und sausten, ihre Reiter mit sich tragend, zur Erde nieder. Ein Zittern durchrann Dancers Körper nach dem gewaltsamen Aufprall, dann lag er still. Die Fledermaus rührte sich überhaupt nicht.

In diesem Moment meinten alle, die Schlacht sei verloren. Dancer und die Fledermaus waren tot. Allanon lag reglos, vom Dämonenfeuer getroffen, auf dem Boden. Und der Dagda Mor war schon wieder in Bewegung. Eines seiner Beine war zerschmettert, doch er kroch unter der toten Fledermaus hervor und näherte sich dem Druiden. Allanon hob schwach den Kopf. Langsam schleppte sich der Dagda Mor vorwärts, bis er nur wenige Schritte von dem verletzten Druiden entfernt war. Mit haßverzerrten Zügen hob er seinen Stab. Rote Glut pulsierte.

»Allanon!« hörte Andor Elessedil sich selbst aufschreien, und das Echo seiner Stimme widerhallte in der plötzlichen Stille.

Vielleicht hörte der Druide ihn. Plötzlich jedenfalls war er auf den Beinen und wich dem Feuerstrahl aus, der auf ihn zuschoß. Mit solcher Behendigkeit bewegte er sich, daß der Dagda Mor gar nicht mehr dazu kam, seinen Feuerstab ein zweites Mal zu gebrauchen. Der Dämon versuchte zwar, den Stab herumzuschwingen, doch da umspannten schon Allanons Hände das knorrige Holz. Dämonenfeuer flammte im Inneren des Stabs, und eine Welle des Schmerzes überspülte den Druiden. Doch sogleich ließ er seine eigenen Zauberkräfte wirken, und nun mischte sich blaues Feuer mit rotem. In grimmiger Erbitterung rangen Dämon und Druide miteinander, während jeder versuchte, dem anderen den Stab zu entwinden.

Da tauchte Allanon tief in einen inneren Brunnen der Kraft, in dem letzte Reserven gespeichert waren, und blaue Flammen barsten aus seinen Händen hervor. Züngelnd umschlangen sie den Stab des Dämons, erstickten sein Feuer, drängten sich in den

Körper des Dagda Mor. Die Augen des Dämons weiteten sich vor Schmerz und Entsetzen, und er schrie laut auf. Es war ein schrecklicher Schrei. Allanon bäumte sich auf, schleuderte die bucklige Gestalt von sich und zwang sie langsam in die Knie. Wieder schrie der Dämon, und sein ganzer Haß ergoß sich mit diesem Schrei aus ihm. Verzweifelt wehrte er sich gegen das Feuer, das seinen eigenen Körper umhüllte, und versuchte, sich aus der Umklammerung des Druiden zu befreien. Doch Allanons Hände umspannten die seinen wie Schraubstöcke, preßten sie eisenhart gegen den sterbenden Feuerstab. Der Dagda Mor zuckte und bebte am ganzen Leib, dann sank er zusammen. Sein Schrei verklang in einem Wispern, und die schrecklichen Augen wurden leer.

Da fuhr das Druidenfeuer ungehindert durch ihn hindurch und schloß ihn in einem Mantel blauer Flammen ein, bis sein Leib in Asche zerfiel.

Stille senkte sich über den Carolan. Allanon stand allein, den Dämonenstab noch immer in beiden Händen haltend. Stumm starrte er auf das schwarz verkohlte Holz, das qualmend in seinen Fingern lag. Dann brach er den Stab in der Mitte entzwei und schleuderte die beiden Teile zu Boden.

Nun wandte er sich dem Garten des Lebens zu und pfiff Artaq zu sich. Allein trabte der Rapphengst aus den Reihen der Elfen hervor. Allanon wußte, daß ihm nur noch Augenblicke blieben. Seine Kraft war erschöpft, nur mit einer gewaltigen Willensanstrengung hielt er sich noch auf den Beinen. Die Feuermauer vor ihm, die bisher die Dämonen zurückgehalten hatte, sank langsam in sich zusammen. Schon rotteten sich die Ungeheuer hinter ihr zusammen, und ihre Augen richteten sich voller Gier auf den Druiden. Die Vernichtung des Dagda Mor bedeutete ihnen nichts. Nur ihr lodernder Haß gegen die Elfen zählte. Mit einem spöttischen Lächeln erwiderte der Druide ihre Blicke. Das einzige, was sie jetzt noch zurückhielt, war ihre Furcht vor ihm. Wenn sie die verloren, würden sie angreifen.

Mit leisem Wiehern stieß Artaq ihn an der Schulter an. Ohne die Dämonen aus den Augen zu lassen, wich Allanon zurück, bis er Mähne und Geschirr des Pferdes zu fassen bekam. Dann zog er sich mühsam und unter Schmerzen in den Sattel, wobei er vor Anstrengung beinahe ohnmächtig geworden wäre. Nachdem er die Zügel ergriffen hatte, wendete er Artaq. Scheinbar ohne Hast trat er den Rückweg zu den Reihen der Elfen an.

Quälend langsam ging die Rückkehr vor sich. Absichtlich ließ er Artaq bedächtig gehen; eine schnellere Gangart hätte ihm zuviel abverlangt. Schritt um Schritt kam der Garten des Lebens näher. Aus dem Augenwinkel konnte er in den Linien der Dämonen, die ihn umgaben, Bewegung erkennen. Einige von ihnen jagten schon herausfordernd durch die ersterbenden Flammen. Er hörte ihr Kreischen in seinem Rücken. Andere taten es ihnen nach. Mit beiden Händen umklammerte er die Zügel und blickte nicht zurück. Bald, dachte er, bald.

Dann brach plötzlich heulend und schreiend die ganze Horde los. Von allen Seiten stürmten die Dämonen hinter ihm her. Er wußte sogleich, daß er noch zu weit vom Garten des Lebens entfernt war, um ihnen bei diesem Tempo zu entkommen. Ihm blieb keine Wahl. Er schlug Artaq die Hacken in die Flanken, und der Rappe schoß mit einem gewaltigen Satz vorwärts. Den kräftigen Körper langgestreckt, galoppierte das mächtige Pferd mit ausgreifendem Schritt über den Carolan. Schwindel übermannte den Druiden, und er spürte, wie ihm die Zügel zu entgleiten drohten. Er würde stürzen.

Doch irgendwie gelang es ihm, auf dem Rücken des Pferdes zu bleiben. Irgendwie schaffte er es, sich oben zu halten, bis endlich die Linien der Elfen unmittelbar vor ihm auftauchten. Mit einem Riesensprung rettete sich Artaq hinüber, trug ihn vorbei an den ausgestreckten Armen von Elfen und Trollen und Zwergen, um endlich vor dem eisernen Tor des Gartens des Lebens zum Stillstand zu kommen.

Selbst da stürzte Allanon nicht. Eiserne Entschlossenheit hielt ihn auf dem Rücken des Rappen. Mit schweißnassem Gesicht drehte er sich um und blickte auf den Carolan hinaus, während die Dämonenhorden von allen Seiten zum Garten des Lebens strömten. Vor seinen Mauern machten sich die Verteidiger zum Kampf bereit.

Wenigstens haben sie jetzt eine Chance, dachte Allanon. Wenigstens das habe ich ihnen gegeben.

Da wurden plötzlich rund um ihn herum Rufe laut, und Hände wiesen zum Himmel. Dayn stand an seiner Seite, und in seinem Aufschrei lag Ungläubigkeit.

»Genewen! Es ist Genewen!«

Der Druide hob den Blick. Weit im Süden, beinahe unsichtbar im blendenden Licht der Mittagssonne, näherte sich mit gewaltigem Flügelschlag ein großer goldener Vogel der Stadt Arborlon.

Voller Entsetzen blickte Wil Ohmsford in die Tiefe. Das grelle weiße Licht der Sonne blendete ihn, und er mußte die Augen zusammenkneifen. In seinem Innern brannte noch immer das Fieber. Er fühlte sich schwach und erschöpft, und sein Körper war feucht von Schweiß. Hoch über das grüne, bewaldete Land des Westlands trug ihn Genewen, die Schwingen weit gespannt, während sie sich von den Luftströmungen tragen ließ. Ledergurte fesselten Wil an den Rock, und sein verletzter Arm war geschient und verbunden. Vor ihm hockte Perk, dessen kleine Gestalt sich geschmeidig mit Genewens Bewegungen wiegte, während er mit Hand und Stimme ihren Flug dirigierte. Dicht an den kleinen Himmelsreiter geschmiegt saß Amberle, so dick vermummt, daß sie kaum zu sehen war. Die Arme, die um seinen Körper lagen, gehörten Eretria. Er wandte sich um, und der Blick ihrer dunklen Augen traf den seinen. Er war voller Verzweiflung.

Unter ihnen lag Arborlon, die Elfenstadt. Tote häuften sich auf dem Carolan, Feuer brannten an vielen Stellen auf dem Plateau, und der Elfitch war nur noch ein Trümmerhaufen. Reiter und Lanzer, Pikeniere und Bogenschützen umringten wie eine Mauer aus blitzendem Eisen den Garten des Lebens. Und rundum wogte eine riesige Masse zuckender schwarzer Leiber, Tausende an der Zahl, und es schien, als würden die Verteidiger jeden Moment von der Flutwelle fortgeschwemmt werden.

Die Dämonen, flüsterte er tonlos. Die Dämonen!

Er spürte plötzlich eine Bewegung von Amberle. Das Elfenmädchen hatte sich ein wenig aufgerichtet und sprach jetzt auf Perk ein. Eine zierliche kleine Hand umfaßte die Schultern des Jungen. Der kleine Himmelsreiter nickte. Dann setzte Genewen zur Landung an.

Rasch ließ sie sich zum Carolan und zum Garten des Lebens abfallen. Der Garten mit seinen kunstvoll geschnittenen Hecken und liebevoll angelegten Blumenbeeten nahm sich aus wie eine Insel der Heiterkeit in einem Meer von Trümmern und Asche und heulenden schwarzen Ungeheuern. Wil sah das Blitzen der Waffen im Sonnenlicht, als die Verteidiger die finsteren Horden abwehrten, die gegen sie anrannten. Schon hatten die Ungeheuer hier und dort Breschen geschlagen; schon hatten einige die Mauer durchbrochen.

Auf der Anhöhe in der Mitte des Gartens stand vergessen die leblose Hülle des Ellcrys.

Genewen schrie plötzlich laut auf; es war ein durchdringender Schrei, der das Lärmen der Schlacht, die unten geschlagen wurde, übertönte. Einen Moment lang richteten sich aller Augen auf den gewaltigen Rock, der wie ein Stück Sonnenlicht abwärts schwebte. Ausrufe des Erkennens kamen aus der Mitte der Elfen. Ein Himmelsreiter, riefen sie und suchten vergeblich nach weiteren.

Dann war Genewen über dem Garten und senkte sich langsam zum Fuß des kleinen Hügels herab. Die großen Schwingen wurden eingezogen, der scharlachrote Kopf neigte sich abwärts. Perk sprang zur Erde und beeilte sich, die Gurte zu lösen, welche die anderen hielten. Zuerst öffnete er Amberles Gurte. Wie leblos beinahe glitt sie vom Rücken des Vogels und ging in die Knie, als ihre Füße die Erde berührten. Wil wollte zu ihr, doch das Fieber hatte ihn geschwächt, und die Gurte ließen sich nicht öffnen.

Das Getöse der Schlacht, die hinter Hecken und Blumenbeeten tobte, kam näher.

»Amberle!« rief Wil.

Sie war schon wieder auf den Beinen, stand nur ein paar Schritte von ihm entfernt. Langsam hob sie das kindliche Gesicht.

Flüchtig hefteten sich die schrecklichen, blutroten Augen auf ihn, und es schien, als wolle sie sprechen. Dann aber wandte sie sich wortlos ab und stieg den Hang des kleinen Hügels hinauf.

»Amberle!« rief Wil und riß an den Riemen, die ihn fesselten.

Genewen zuckte nervös zusammen, und Perk hatte Mühe, sie zu besänftigen.

»Sei still, Heiler!« warnte Eretria, doch er war jenseits aller Vernunft. Er sah nur, daß Amberle sich von ihm entfernte. Er war im Begriff, sie zu verlieren. Er spürte es.

Verängstigt durch die ungebärdigen Bewegungen Wils, wollte Genewen sich in die Lüfte erheben. Perk packte ihr Geschirr und zog sich auf ihren Rücken, während er vergeblich versuchte, sie wieder unter Kontrolle zu bringen. Da riß Eretria ihren Dolch heraus und zerschnitt die Gurte, die sie und Wil festhielten. Gleich darauf stürzten sie beide vom Rücken des Riesenvogels kopfüber ins Gebüsch.

Schmerz durchzuckte Wils Körper, als er sich mühsam wieder aufraffte. Eretria rief ihn, doch er achtete nicht auf sie. Er rannte schon zum Hügel, um Amberle zu folgen. Sie hatte die Hälfte des Weges zurückgelegt, ging langsam, Schritt für Schritt dem Baum entgegen.

Aus nächster Nähe kam gellendes Heulen. Eine kleine Gruppe von Dämonen brach aus den Hecken hervor. Perk hatte Genewen wieder beruhigt und war eben abgesprungen, um Wil nachzueilen. Augenblicklich stürzten sich die Dämonen auf ihn. Doch Wil hatte sie gesehen. Die Faust mit den Elfensteinen schnellte in die Höhe. Blaue Flammen schossen mitten unter die Dämonen, und sie verschwanden.

»Flieg fort!« rief er Perk zu. »Flieg weg von hier, Himmelsreiter!«

Keuchend stürzte Eretria an seine Seite. Neue Dämonen tauchten aus den schützenden Hecken auf und stürmten kreischend heran. Soldaten der Schwarzen Wache eilten herbei und hielten sie mit gesenkten Piken auf. Doch die Dämonen überrannten die Elfen und wollten Wil nach. Der drehte sich um. Wieder flammten die Elfensteine auf. Perk hockte wieder auf Genewens Rükken, doch anstatt sein Heil in der Flucht zu suchen, wendete der kleine Himmelsreiter den mächtigen Vogel gegen die nächsten Angreifer und jagte sie zurück. Aber schon zeigten sich Dutzende neuer Ungeheuer. Von überallher strömten sie herbei, und selbst das Feuer der Elfensteine reichte nicht aus, sie alle aufzuhalten.

Da übertönte ein gellender Schrei das Kreischen und Heulen der Dämonen, und schien in der Hitze des Sommermittags zu hängen. Wil fuhr herum. Oben auf dem Hügel stand Amberle, die Arme ausgestreckt, um den Stamm des Ellcrys zu umfangen. Unter ihrer Berührung schien der Baum zu flimmern wie das Wasser eines Baches im Sonnenlicht, um sich dann in einem Regen silbernen Staubs aufzulösen, der wie Schnee auf das Elfenmädchen herabrieselte. Nun stand sie allein. Ihre Arme hoben sich, und ihr zierlicher Körper richtete sich auf.

Sie begann sich zu verwandeln.

»Amberle!« rief Wil verzweifelt ein letztes Mal und sank voller Verzweiflung auf die Knie.

Der Körper des Elfenmädchens verlor seine Gestalt. Die menschlichen Konturen zerflossen, die Kleider zerfielen und glitten von ihr herab. Ihre Beine verschmolzen miteinander, und aus den Füßen senkten sich geschlungene Ranken in die Erde. Langsam wurden ihre erhobenen Arme länger und teilten sich.

»O Wil!« flüsterte Eretria, als sie neben ihm niedersank.

Amberle war nicht mehr. An ihrer Stelle stand der Ellcrys, ein vollendet geformter Baum, dessen silberne Borke und blutrote Blätter im Sonnenlicht leuchteten.

Der wiedergeborene Ellcrys.

Wildes Klagegeschrei erhob sich unter den Dämonen. Der Bannspruch der Verfemung war erneuert, die Mauer wieder errichtet. Den ganzen Carolan erfüllte das Geheul, als sie wieder in die Schwärze des Nichts hineingezogen wurden. Verzweifelt suchten sie zu entkommen, doch es gab keine Flucht. Einer nach dem anderen verblichen sie, Hunderte, dann Tausende, große und kleine, bis schließlich auch der letzte verschwunden war.

Stille breitete sich aus. Es war, als seien die Dämonen niemals gewesen.

Im Garten des Lebens lag Wil Ohmsford auf den Knien und weinte.

Dort fanden ihn die Elfen. Auf Andor Elessedils Befehl trugen sie ihn nach Arborlon. Zu erschüttert vom Verlust Amberles, um Widerspruch zu erheben, dazu geschwächt vom Fieber, ließ er es zu, daß sie ihn fortbrachten. Sie trugen ihn ins Herrenhaus der Elessedils, durch Gänge und Korridore, die still und kühl waren, zu einem Gemach, wo ihm ein Lager bereitet war. Heilkundige der Elfen wuschen und verbanden seine Wunden. Sie gaben ihm einen bitteren Saft zu trinken, der ihn schläfrig machte, und hüllten ihn sorgfältig in Leintücher und Decken. Dann ließen sie ihn allein. Innerhalb von Sekunden war er eingeschlafen.

Im Schlaf träumte ihm, er wandere blind und hoffnungslos durch tiefe, undurchdringliche Finsternis. Irgendwo in dieser Finsternis irrte auch Amberle umher, doch er konnte sie nicht finden. Als er sie rief, war ihre Antwort fern und leise. Allmählich wurde ihm die Anwesenheit eines anderen Wesens bewußt, das kalt und böse war und seltsam vertraut – eines Wesens, dem er schon früher begegnet war. Von Entsetzen gepackt, begann er zu laufen, immer schneller und schneller, während er sich einen Weg durch Spinnweben schwarzer Stille bahnte. Doch das Wesen verfolgte ihn; es verursachte kein Geräusch, aber er spürte es, immer nur einen Schritt hinter sich. Schließlich berührten seine Finger ihn, und er schrie laut auf vor Angst. Da lichtete sich die Finsternis plötzlich, und er stand inmitten eines großen Gartens, der wunderschön war und reich an Farben. Das Wesen war fort. Erleichterung erfüllte ihn. Er war wieder in Sicherheit. Doch im nächsten Moment bäumte sich die Erde unter seinen Füßen auf, und er wurde in die Luft geschleudert. Plötzlich konnte er sehen, daß eine Woge schwarzen Wassers vor dem Garten sich langsam näher wälzte, sich auftürmte wie ein Meer, in dem er gewiß ertrinken würde. Verzweifelt suchte er nach Amberle und sah sie jetzt, einem stummen Geist gleich, der durch die Mitte des Gartens schwebte. Nur flüchtig sah er sie, dann war sie fort. Immer wieder rief er ihren Namen, doch es kam keine Antwort. Dann überspülte ihn das schwarze Wasser, und er begann zu sinken ...

Amberle!

Mit einem Aufschrei fuhr er aus dem Schlaf auf. Sein Körper war schweißüberströmt. Auf einem kleinen Tisch an der gegenüberliegenden Wand brannte eine Kerze. Schatten hüllten das Zimmer ein, und Nacht lag über der ganzen Stadt.

»Wil Ohmsford.«

Beim Klang seines Namens blickte er sich suchend um. Eine hochgewachsene, vermummte Gestalt saß an seinem Lager, finster und gesichtslos vor dem schwachen Schein der Kerzenflamme.

Wil erkannte ihn. Allanon.

Mit einem Schlag fiel ihm alles wieder ein. Bitterkeit stieg in ihm auf, eine Bitterkeit, die so wirklich war, daß er sie schmecken konnte. Als er schließlich imstande war zu sprechen, war seine Stimme nur ein leises Zischen.

»Ihr habt es gewußt, Allanon. Ihr habt es die ganze Zeit gewußt.«

Es kam keine Antwort. Tränen brannten in Wils Augen. Er dachte an jenen Abend in Storlock zurück, als ihm der Druide das erste Mal begegnet war. Schon damals hatte er gewußt, daß er Allanon nicht vertrauen durfte. Flick hatte ihn gewarnt; Allanon war ein Mensch voll der Geheimnisse, und er bewahrte diese Geheimnisse gut.

Doch dies – wie hatte er dies verbergen können!

»Warum habt Ihr es mir nicht gesagt?« flüsterte er. »Ihr hättet es mir sagen können.«

In den Schatten der Kapuze regte sich etwas.

»Es hätte dir nichts geholfen, es zu wissen, Talbewohner.«

»Es hätte *Euch* nicht geholfen – meint Ihr es nicht vielmehr so? Ihr habt Euch meiner bedient. Ihr habt mich in dem Glauben gelassen, alles würde sich zum Besten wenden, wenn ich nur Amberle vor den Dämonen beschützen und sie wohlbehalten nach Arborlon zurückbringen würde. Ihr wußtet, daß ich das glaubte, und Ihr wußtet, daß das nicht zutraf.«

Der Druide schwieg. Wil schüttelte ungläubig den Kopf.

»Hättet Ihr es nicht wenigstens ihr sagen können?«

»Nein, Talbewohner. Sie hätte mir nicht geglaubt. Sie hätte es nicht über sich gebracht, mir zu glauben. Es wäre zuviel verlangt gewesen. Denk doch daran, was geschah, als ich in Havenstead mit ihr sprach. Sie wollte mir nicht einmal glauben, daß sie noch immer eine Erwählte war. Ihre Berufung sei ein Irrtum gewesen, behauptete sie beharrlich. Nein, sie hätte mir nicht geglaubt. Jedenfalls damals nicht. Sie brauchte Zeit, um sich mit der Wahrheit über ihre eigene Person vertraut zu machen und diese Wahrheit zu begreifen. Ich hätte ihr das alles nicht erklären können; das mußte sie selbst herausfinden.«

Wils Stimme zitterte. »Worte, Allanon – Ihr versteht Euch aufs Worte machen. Ihr versteht Euch auf die Beredsamkeit. Auch mich habt Ihr beredet, nicht wahr? Aber diesmal lasse ich mich nicht bereden. Ich weiß, was Ihr getan habt.«

»Dann mußt du auch wissen, was ich nicht getan habe«, gab Allanon leise zurück. Er beugte sich vor. »Die letzte Entscheidung lag allein bei ihr, Talbewohner. Ich hatte nichts damit zu tun. Es war nie meine Aufgabe, für sie zu entscheiden; meine Aufgabe bestand allein darin, ihr die Gelegenheit zu geben, selbst die Entscheidung zu treffen. Das habe ich getan, und nicht mehr.«

»Nicht mehr? Ihr habt doch dafür gesorgt, daß sie die Entscheidung so traf, wie Ihr sie Euch wünschtet. Und das nennt Ihr nichts?«

»Ich habe dafür gesorgt, daß sie begriff, welche Folgen ihre Entscheidung jeweils haben würde. Das ist etwas ganz anderes...«

»Folgen!« Wil fuhr vom Kissen hoch, und sein kurzes Lachen troff von Ironie. »Was wißt denn Ihr schon von Folgen, Allanon?« Seine Stimme brach. »Wißt Ihr, was sie mir bedeutet hat? Wißt Ihr das?«

Tränen strömten ihm über das Gesicht. Er legte sich wieder hin, fühlte sich seltsam beschämt. Alle Bitterkeit war von ihm abgefallen, und die Leere, die geblieben war, schmerzte. Befangen wandte er den Blick von Allanon, und beide schwiegen sie. In der Dunkelheit des Zimmers berührte der Kerzenschein sie mit sanftem Licht.

Lange Zeit verging, ehe Wil Ohmsford den Druiden wieder anblickte.

»Nun, jetzt ist es vorbei. Sie ist nicht mehr.« Er schluckte krampfhaft. »Wollt Ihr mir wenigstens erklären, warum es so kommen mußte?«

Einen Moment lang sagte der Druide nichts, sondern saß stumm in die Schatten seiner Gewänder gehüllt. Als er dann schließlich sprach, war seine Stimme beinahe ein Flüstern.

»Dann hör mir zu, Talbewohner. Er ist ein herrliches Geschöpf – dieser Baum, der Ellcrys –, lebendiger Zauber, durch die Verschmelzung von menschlichem Leben mit Erdenfeuer geschaffen. Vor den Großen Kriegen wurde er gemacht. Die Zauberer der Elfen erschufen ihn, als die Dämonen endlich in die Enge getrieben waren und ein Mittel gefunden werden mußte, sie daran zu hindern, das Land der Elfen je wieder zu bedrohen. Die Elfen, das weißt du wohl, waren kein gewalttätiges Volk. Der Erhaltung des Lebens galt ihr Sinnen und Streben und ihr Schaffen. Selbst bei Geschöpfen, die so zerstörerisch und böse waren wie die Dämonen, kam absichtliche Vernichtung der Gattung für sie nicht in Betracht. Die Verbannung von der Erde schien ihnen die annehmbarste Möglichkeit, aber sie wußten, es mußte ein Fluch von solcher Kraft über die Bösen verhängt werden, daß seine Gesetze auch nach Tausenden von Jahren noch wirken würden. Und die Dämonen würden an einen Ort verbannt werden müssen, wo sie anderen keinen Schaden tun konnten. Da bedienten sich die Zauberer der Elfen ihrer mächtigsten Magie, jener, die das größte Opfer von allen verlangte, die freiwillige Gabe des Lebens. Dank dieser Gabe konnte der Ellcrys geschaffen und die Bannmauer der Verfemung errichtet werden.«

Er schwieg einen Moment.

»Du mußt die Einstellung der Elfen zum Leben verstehen, das Gesetz, das ihre Lebensweise bestimmt, um würdigen zu können, wofür der Ellcrys steht und warum Amberle sich entschied, zu diesem Baum zu werden. Die Elfen glauben, daß sie bei der Erde in Schuld stehen, denn die Erde ist die Schöpferin und Erhalterin allen Lebens. Ihr Leben wird ihnen gegeben; daher müssen sie Leben zurückgeben. Dies tun sie, indem sie sich dem Dienst an der Erde verschreiben, indem jeder auf seine eigene Weise dafür sorgt, daß das Land erhalten bleibt. Der Ellcrys ist nichts als eine Ausweitung dieses Dienstes an der Erde. Er ist die Verkörperung der Überzeugung, daß die Erde und die Elfen gegenseitig aufeinander angewiesen sind. Der Ellcrys ist eine Verschmelzung der Erde mit elfischem Leben, geschaffen dazu, gegen das Böse zu schützen, das beide zu zerstören trachtet. Dies begriff Amberle schließlich. Sie sah ein, daß das Westland und ihr Volk nur durch ihr Opfer gerettet werden konnten, durch ihre Bereitschaft, der Ellcrys zu werden. Sie erkannte, daß das Samenkorn, das sie bei sich trug, nur zum Leben erwachen konnte, wenn sie sich selbst aufgab und opferte.«

Er machte eine Pause und beugte sich mit einer bedächtigen Bewegung weiter vor, so daß der Schatten seiner dunklen Gestalt über Wil fiel.

»Auch der erste Ellcrys war eine Frau, Talbewohner. Der Ellcrys muß immer eine Frau sein, denn nur eine Frau kann andere ihrer Art hervorbringen. Die Zauberer sahen diese Notwendigkeit der Fortpflanzung voraus, wenn sie auch nicht vorausahnen konnten, wie häufig sie sich ergeben würde. Sie wählten eine Frau, ein junges Mädchen, das, so stelle ich mir vor, Amberle sehr ähnlich war, und sie verwandelten sie. Dann gründeten sie den Orden der Erwählten, damit stets jemand da war, den Ellcrys zu pflegen, und damit der Ellcrys, wenn die Zeit kam, die Möglichkeit hatte, eine Nachfolgerin zu wählen. Doch der Ellcrys berief, abgesehen von einer Handvoll junger Frauen, Jahrhunderte hindurch nur junge Männer zu seinen Erwählten. Die Geschichte berichtet nichts darüber, warum er das tat – und auch er selbst erinnerte sich nicht mehr des Grundes. Frauen wählte der Ellcrys nur, wenn eine Notwendigkeit dafür bestand. Vielleicht hatte es etwas mit seiner Erschaffung zur Zeit der Elfen-Zauberer zu tun. Vielleicht versprach man damals dem jungen Mädchen, das verwandelt wurde, daß junge Männer ihr zu Diensten sein würden – vielleicht bat sie darum. Ich weiß es nicht.

Jedenfalls, als der Ellcrys Amberle berief, da fürchtete er schon, daß er bald würde sterben müssen. Er war sich nicht sicher, da er ja der erste seiner Art war, und niemand etwas darüber sagen konnte, wann sein Tod nahen und wie er sich ankündigen würde. Ja, es gab viele, die überzeugt waren, der Ellcrys sei unsterblich. Es hatte andere Zeiten in seinem Leben gegeben, als er geglaubt hatte, dem Tod nahe zu sein, als er geglaubt hatte, so gefährdet zu sein, daß er die berufen mußte, die ihm folgen sollte. Jedesmal berief er eine junge Frau – das letzte Mal vor fünfhundert Jahren. Die genauen Gründe kenne ich nicht, frag mich also nicht danach. Es ist ja im Grunde auch nicht von Bedeutung.

Als Amberle zur Erwählten berufen wurde, die erste Frau seit fünfhundert Jahren, war die Verwunderung unter den Elfen groß. Doch die Berufung Amberles war von viel größerer Bedeutung als die Elfen ahnten; in ihr nämlich sah der Ellcrys seine mögliche Nachfolgerin. Und eigentlich noch mehr als das. Die weibliche Seele des Ellcrys sah in Amberle gewissermaßen ihr ungeborenes Kind. Du magst das merkwürdig finden, aber berücksichtige die Umstände. Der Baum wußte, wenn er sterben würde, dann würde er zuvor einen Samen hervorbringen, und dieser Same und Amberle würden eins werden, ein neuer Ellcrys, zum Teil wenigstens aus dem alten geboren. Im Bewußtsein dieser Tatsache wurde Amberles Wahl getroffen, und sie war notwendigerweise mit Gefühlen verbunden wie sie eine Mutter ihrem ungeborenen Kind entgegenbringt. Körperlich hatte sich die Frau, die der Ellcrys geworden war, gewandelt; ihre Seele jedoch blieb so, wie sie gewesen war. Und in Amberle spürte der Baum eine Seelenverwandtschaft. Deshalb verband beide von Beginn an eine solch ruhige Nähe.«

Wiederum schwieg er sinnend.

»Unglücklicherweise war es gerade diese Nähe, die dann zu Schwierigkeiten führte. Als ich, durch den langsamen Verfall der Bannmauer und den drohenden Durchbruch der Dämonen geweckt, zuerst nach Arborlon kam, ging ich in den Garten des Lebens, um mit dem Ellcrys zu sprechen. Er sagte mir, daß er nach der Erwählung Amberles versucht hatte, die Bande zu dem Elfenmädchen fester zu knüpfen. Er hatte es getan, weil er spürte, wie die Krankheit an ihm zu nagen begann. Er hatte erkannt, daß das Ende seines Lebens nahte; das Samenkorn, das schon damals in ihm zu wachsen begann, sollte an Amberle weitergegeben werden. Der Ellcrys wollte Amberle auf das Kommende vorbereiten, er wollte ihr etwas von der Schönheit und der Anmut und dem Frieden begreiflich machen, derer er während seines Lebens teilhaftig geworden war. Amberle sollte fähig sein zu würdigen, was es bedeutete, mit der Erde eins zu werden, über Jahrhunderte hinweg ihre Entwicklungen mitzuerleben und ihre Wandlungen – kurz, sie sollte wohl auf den Prozeß des Erwachsenwerdens vorbereitet werden, den eine Mutter kennt, ein Kind aber nicht.«

Wil nickte gedankenvoll. Er dachte an den Traum, den er und Amberle geteilt hatten, nachdem der König vom Silberfluß sie vor den Dämonen gerettet hatte. In diesem Traum hatten sie einander gesucht – er war durch einen heiteren Garten geirrt, dessen Schönheit ihm den Atem geraubt hatte; sie hatte in Finsternis nach ihm gerufen, doch nie eine Antwort bekommen. Beide hatten sie nicht verstanden, daß dieser Traum eine Prophezeiung gewesen war. Beide hatten sie nicht verstanden, daß der König vom Silberfluß ihnen erlaubt hatte, einen Blick in die Zukunft zu werfen, die das Schicksal für sie bereithielt.

Der Druide nahm den Faden wieder auf.

»Die Absicht des Ellcrys war gut, doch er war allzu eifrig in seinem Bemühen. Er machte Amberle Angst mit seinen Bildern, mit der ständigen Bemutterung. Amberle hatte das Gefühl, sich selbst entfremdet zu werden. Sie war noch nicht bereit für die Wandlung. Sie bekam Angst, und sie wurde zornig. Sie verließ Arborlon. Der Ellcrys verstand das nicht; Tag und Nacht wartete er darauf, daß Amberle zurückkehren würde. Als die Krankheit sich so weit ausgebreitet hatte, daß sie nicht mehr einzudämmen war, als das Samenkorn fertig geformt war, rief sie ihre Erwählten zu sich.«

»Aber nicht Amberle?« Wil hörte jetzt mit gespannter Aufmerksamkeit zu.

»Nein, nicht Amberle. Der Baum glaubte, Amberle würde von selbst kommen, verstehst du. Er wollte sie nicht rufen, denn als er das zuvor getan hatte, hatte er das Mädchen damit nur weiter fortgetrieben. Er war überzeugt, daß Amberle kommen würde, sobald sie erfuhr, daß er dem Tode nahe war. Unglücklicherweise war die Zeit kürzer, als er geglaubt hatte. Die Mauer der Verfemung begann abzubröckeln, und er konnte sie nicht aufrechterhalten. Einer Gruppe von Dämonen gelang der Durchbruch, und die Erwählten wurden ermordet – alle außer Amberle. Als ich kam, war der Ellcrys in tiefer Verzweiflung. Amberle müsse gefunden werden, sagte er zu mir. Und da zog ich aus, um sie zu suchen.«

Ein Schatten neuer Bitterkeit flog über Wils Gesicht.

»Dann wußtet Ihr schon in Havenstead, daß der Ellcrys Amberle noch immer als seine Erwählte betrachtete.«

»Ja, das wußte ich.«

»Und Ihr wußtet auch, daß er Amberle sein Samenkorn anvertrauen würde.«

»Ich will dich der Mühe entheben, weitere Fragen zu stellen. Ich wußte alles. Die alten Geschichtsbücher der Druiden in Paranor offenbarten mir die Wahrheit über die Erschaffung des Ellcrys – und über die einzige Möglichkeit seiner Wiedererschaffung.«

Er zögerte. »Eines sollst du verstehen, Talbewohner. Auch mir lag dieses Mädchen am Herzen. Ich hatte kein Verlangen, sie zu täuschen, wenn du meine Unterlassungen als Täuschung bezeichnen willst. Es war einfach notwendig, daß Amberle auf andere Art als durch mich die Wahrheit über sich selbst entdeckte. Ich zeigte ihr einen Weg, dem sie folgen konnte; ich gab ihr keine Landkarte, die jeden Knick und jede Wendung erklärte. Ich war der Meinung, daß sie allein die Entscheidungen treffen sollte, vor die sie gestellt werden würde. Weder du noch ich noch sonst einer hatte das Recht, diese Entscheidungen für sie zu treffen.«

Wil Ohmsford senkte den Blick.

»Vielleicht. Und vielleicht wäre es besser gewesen, wenn sie von Beginn an gewußt hätte, wohin der Pfad, auf den Ihr sie gestellt hattet, führen würde.« Er schüttelte langsam den Kopf. »Seltsam. Ich dachte, die Wahrheit über alles, was geschehen ist, würde mir irgendwie helfen. Aber sie hilft mir nicht. Überhaupt nicht.«

Darauf folgte ein langes Schweigen. Wil blickte wieder auf.

»Ich habe jedenfalls nicht das Recht, Euch das zum Vorwurf zu machen, was geschehen ist. Ihr tatet, was Ihr tun mußtet – das weiß ich. Ich weiß, daß die Entscheidungen immer bei Amberle lagen. Aber sie so zu verlieren – das ist so schwer...«

Der Druide nickte. »Es tut mir leid, Wil.«

Er erhob sich.

»Warum habt Ihr mich gerade jetzt geweckt, Allanon?« fragte Wil unvermittelt. »Um mir dies zu sagen?«

Der große Alte richtete sich auf.

»Um dir dies zu sagen und um dir Lebewohl zu sagen, Wil Ohmsford.«

»Lebewohl?«

»Auf einen anderen Tag, Talbewohner.«

»Aber – wohin geht Ihr denn?«

Es kam keine Antwort. Wil fühlte, wie er wieder schläfrig wurde; der Druide ließ ihn in den Schlummer zurückgleiten, dem er ihn entrissen hatte. Hartnäckig kämpfte er dagegen an. Es gab noch vieles zu sagen, und er wollte es sagen. Allanon konnte nicht einfach so gehen, so unerwartet in der Nacht untertauchen wie er aufgetaucht war, vermummt wie ein Dieb, der fürchtete, ein Blick auf seine Züge könnte ihn verraten ...

Plötzlicher Verdacht erwachte in ihm. Schwach streckte er den Arm aus und faßte das Gewand des Druiden.

»Allanon.«

Schweigen füllte das kleine Schlafgemach.

»Allanon – laßt mich Euer Gesicht sehen.«

Einen Moment lang glaubte er, der Druide hätte ihn nicht gehört. Allanon stand reglos an seinem Lager und blickte aus den tiefen Schatten seiner Gewänder zu ihm hinunter. Wil wartete. Langsam hob der Druide beide Hände und streifte die Kapuze ab.

»Allanon?« flüsterte Wil bestürzt.

Haar und Bart des Druiden, einst kohlschwarz, waren von grauen Strähnen durchzogen. Allanon war gealtert.

»Das ist der Preis, den man bezahlt, wenn man sich zauberischer Kräfte bedient.« Allanons Lächeln war dünn und spöttisch. »Diesmal, fürchte ich, habe ich mich ihrer allzu ausgiebig bedient; es raubte mir mehr, als ich zu geben bereit war.« Er zuckte die Schultern. »Jedem von uns ist nur ein bestimmtes Maß an Lebenskraft gegeben, Talbewohner – nur so viel und kein Quentchen mehr.«

»Allanon«, rief Wil leise. »Allanon, es tut mir leid. Geht noch nicht.«

Allanon schob die Kapuze wieder über den Kopf und umfaßte Wils Hände mit den seinen.

»Es ist Zeit für mich zu gehen. Wir brauchen beide Ruhe. Schlaf wohl, Wil Ohmsford. Versuche, nicht schlecht von mir zu denken; ich glaube, daß Amberle es auch nicht tut. Such deinen Trost in diesem: Du bist ein Heiler, und Aufgabe eines Heilers ist es, Leben zu erhalten. In dieser Sache hast du genau das getan – du hast den Elfen und dem Westland das Leben erhalten. Und wenn auch Amberle dir verloren scheint, so bedenke doch, daß du sie immer in der Erde finden kannst. Berühre die Erde, und Amberle wird bei dir sein.«

Er glitt davon in die Dunkelheit und drückte die Flamme der Kerze aus.

»Geht nicht«, rief Wil schläfrig.

»Leb wohl, Wil.« Die tiefe Stimme schwebte auf Nebelschwaden. »Sag Flick, daß er recht gehabt hat mit seiner Mahnung über mich. Das wird ihn freuen.«

»Allanon«, murmelte Wil noch einmal leise, dann war er eingeschlafen.

So still wie die Schatten der Nacht glitt der Druide durch die dämmrig erleuchteten Gänge des Hauses der Elessedils. Leibgardisten bewachten diese Korridore, Elfen-Jäger, die in der Schlacht am Elfitch gekämpft und sie überlebt hatten, harte Männer, die sich so leicht nicht rühren ließen. Doch Allanon wichen sie; der Blick des Druiden gebot es ihnen.

Wenig später stand er im Schlafgemach des Elfenkönigs. Kerzenlicht erleuchtete den Raum mit gedämpftem, milden Licht, das durch die Dunkelheit in Ecken und verborgene Nischen sickerte. Die Fenster waren geschlossen, die Vorhänge zugezogen. Es war sehr still.

Auf dem breiten Bett am anderen Ende des Zimmers lag Eventine, in Verbände und Leintücher gehüllt. In einem hochlehnigen Rohrstuhl an seiner Seite schlummerte unruhig Andor Elessedil.

Stumm trat Allanon an das Fußende des Bettes. Der alte König schlief. Langsam und röchelnd ging sein Atem, und seine Haut hatte die Farbe von Pergament. Das Ende seines Lebens war nahe.

Das Ende eines Zeitalters, dachte der Druide. Nun würde bald keiner von ihnen mehr sein, keiner von denen, die gegen den Dämonen-Lord gekämpft und die Suche nach dem geheimnisvollen Schwert von Shannara miterlebt hatten. Nur die Ohmsfords waren noch da, Shea und Flick.

Ein grimmiges Lächeln der Ironie flog über Allanons Lippen. Und er selbst natürlich. Er war noch da. Er war immer da.

Unter den leinenen Decken regte sich Eventine Elessedil. Jetzt ist es soweit, sagte sich Allanon. Zum ersten Mal in dieser Nacht zeigte sich ein Hauch von Bitterkeit in seinen harten Zügen.

Schweigend und lautlos zog er sich in die bergenden Schatten im Hintergrund des Raumes zurück und wartete.

Mit einem Ruck fuhr Andor Elessedil aus dem Schlaf. Mißtrauisch flog sein Blick durch das leere Schlafgemach, nach Gespenstern forschend, die nicht da waren. Ein beängstigendes Gefühl des Alleinseins überkam ihn. So viele, die hätten hier sein sollen, waren nicht mehr – Arion, Pindanon, Crispin, Ehlron, Tay, Kerrin. Alle waren sie tot.

Schwer ließ er sich wieder in den Korbsessel sinken. Wie lange, fragte er sich, hatte er geschlafen? Er wußte es nicht. Gael würde bald kommen und Speise und Trank mitbringen. Gemeinsam würden sie dann an der Seite des Königs weiterwachen. Und warten.

Erinnerungen quälten ihn; Erinnerungen an seinen Vater, an das, was gewesen war, Geister der Vergangenheit, Bilder von Zeiten und Orten und Ereignissen, die für immer vergangen waren. Bittersüß waren die Erinnerungen, die ihm gemeinsames Glück ins Gedächtnis riefen, aber auch die Vergänglichkeit solchen Glücks. Es wäre ihm lieber gewesen, wenn ihn die Erinnerungen in dieser Nacht verschont hätten.

Er mußte plötzlich an seinen Vater und Amberle denken. Sie waren einander ganz besonders nahe gewesen. Eine Zuneigung hatte zwischen ihnen bestanden, die verlorengegangen, aber wiedergefunden worden war. Und jetzt? Immer noch war die Wandlung, die Amberle durchgemacht hatte, unbegreiflich. Stets mußte er sich von neuem daran erinnern, daß sie Wirklichkeit war, nicht Einbildung. Noch jetzt konnte er den kleinen Himmelsreiter,

Perk, vor sich sehen, als dieser ihm berichtete, was er miterlebt hatte. Das Kindergesicht war voller Ehrfurcht, aber auch voller Angst gewesen, und dazu voll von einem tiefen Ernst, der keine Zweifel gestattete.

Sein Kopf sank zurück und seine Augen schlossen sich. Wenige erst kannten die Wahrheit. Er war sich noch immer nicht schlüssig darüber, ob es so bleiben sollte oder nicht.

»Andor.«

Er zuckte hoch. Die durchdringenden blauen Augen seines Vaters blickten ihn an. Er war einen Moment lang so erstaunt, daß er nur stumm auf den alten Mann hinuntersah.

»Andor – was ist geschehen?«

Die Stimme des Elfenkönigs war dünn und rauh. Rasch kniete Andor an seiner Seite nieder.

»Es ist vorbei«, antwortete er leise. »Wir haben gesiegt. Die Dämonen sind wieder durch den Fluch der Verfemung gebannt. Der Ellcrys...«

Er konnte nicht zu Ende sprechen. Ihm fehlten die Worte. Die Hand seines Vaters glitt unter den Decken hervor und suchte die seine.

»Und Amberle?«

Andor holte tief Atem. Tränen standen in seinen Augen. Er zwang sich, dem Blick seines Vaters zu begegnen.

»Es geht ihr gut«, flüsterte er. »Sie ruht sich jetzt aus.«

Darauf folgte eine lange Pause. Der Schatten eines Lächelns huschte über die Züge des alten Königs.

Dann fielen seine Augen zu. Er war tot.

Allanon blieb noch mehrere Minuten in den Schatten stehen, ehe er vortrat.

»Andor!« rief er leise.

Der Elfenprinz stand auf, ließ die Hand seines Vaters los.

»Er ist tot, Allanon.«

»Und Ihr seid jetzt König. Seid der König, den er sich gewünscht hat.«

Andor wandte sich um und betrachtete den Druiden mit forschendem Blick.

»Wußtet Ihr es, Allanon? Oft habe ich mir seit Baen Draw diese Frage gestellt. Wußtet Ihr, daß all dies geschehen würde, daß ich König werden würde?«

Das Gesicht des Druiden schien sich zu verschließen, verlor allen Ausdruck.

»Ich hätte das, was geschah, nicht verhindern können, Elfenprinz«, antwortete er. »Ich konnte nur versuchen, Euch auf das Kommende vorzubereiten.«

»Dann habt Ihr es gewußt?«

Allanon nickte. »Ich habe es gewußt. Ich bin ein Druide.«

Andor holte tief Atem.

»Ich werde mein Bestes geben, Allanon.«

»Dann werdet Ihr es gut machen, Andor Elessedil.«

Er sah dem Elfenprinz nach, als dieser wieder an das Lager seines Vaters trat und den alten König zudeckte wie ein Kind, um dann wieder niederzuknien.

Geräuschlos wandte sich Allanon um und glitt aus dem Zimmer, aus dem Herrenhaus, aus der Stadt, aus dem Land. Niemand sah ihn gehen.

Es war früher Morgen, als jemand Wil Ohmsford sanft wachschüttelte. Silbergraues Licht fiel durch die verhangenen Fenster, die weichende Dunkelheit ganz zu vertreiben. Langsam schlug Wil die Augen auf und sah den kleinen Perk an seinem Bett stehen.

»Wil?« Das Gesicht des kleinen Himmelsreiters war ernst.

»Hallo, Perk.«

»Wie geht es Euch?«

»Etwas besser, glaube ich.«

»Gut.« Ein flüchtiges Lächeln flog über Perks Gesicht. »Ich hatte richtig Angst.«

Wil erwiderte das Lächeln.

»Ich auch.«

Perk setzte sich auf den Bettrand.

»Es tut mir leid, daß ich Euch geweckt habe, aber ich wollte nicht abreisen, ohne Euch Lebewohl gesagt zu haben.«

»Du verläßt uns?«

Der Junge nickte. »Ich hätte schon gestern abend losfliegen

müssen, aber ich wollte Genewen noch etwas Ruhe gönnen. Sie war müde nach dem langen Flug. Aber jetzt muß ich wirklich aufbrechen. Ich hätte ja schon vor zwei Tagen im Rockhort zurücksein müssen. Man sucht wahrscheinlich schon nach mir.« Er schwieg einen Moment. »Aber sie werden es schon verstehen, wenn ich erzähle, was passiert ist. Dann sind sie bestimmt nicht böse.«

»Hoffentlich nicht. Das wäre mir arg.«

»Mein Onkel Dayn hat gesagt, er würde es ihnen auch erklären. Wußtet Ihr, daß mein Onkel Dayn hier war, Wil? Mein Großvater schickte ihn. Onkel Dayn sagte, ich hätte mich wie ein echter Himmelsreiter verhalten. Er sagte, was Genewen und ich getan haben, sei von großer Bedeutung gewesen.«

Wil stützte sich auf.

»Das war es wirklich, Perk. Von sehr großer Bedeutung.«

»Ich konnte Euch doch nicht einfach im Stich lassen. Ich wußte, daß Ihr mich vielleicht brauchen würdet.«

»Wir brauchten dich sogar ganz dringend.«

Perk blickte auf seine Hände nieder.

»Wil, das mit der Dame Amberle tut mir leid. Wirklich.«

Wil nickte. »Ich weiß, Perk.«

»Sie war tatsächlich verzaubert, nicht wahr? Sie war verzaubert, und durch die Verzauberung wurde sie in einen Baum verwandelt.« Hastig blickte er auf. »Das wollte sie doch, nicht wahr? Sie wollte sich in den Baum verwandeln, damit die Dämonen verschwänden? So sollte es doch sein, nicht?«

Wil schluckte. »Ja.«

»Ich hatte wirklich Angst«, sagte Perk leise. »Es kam so plötzlich. Sie hatte ja vorher kein Wort davon gesagt. Darum erschreckte es mich dann so.«

»Ich glaube nicht, daß sie dich erschrecken wollte.«

»Nein, das glaube ich auch nicht.«

»Sie hatte nur nicht die Zeit für Erklärungen.«

Perk zuckte die Schultern. »Ich weiß. Es kam so plötzlich.«

Es war ein Weilchen still, dann stand der kleine Himmelsreiter auf.

»Ich wollte Euch nur Lebwohl sagen, Wil. Werdet Ihr uns

einmal besuchen? Oder könnte ich Euch vielleicht besuchen – aber erst, wenn ich älter bin. Vorher darf ich nicht über die Grenzen vom Westland hinausfliegen.«

»Ich komme dich besuchen«, versprach Wil. »Bald.«

Perk winkte kurz und ging zur Tür. Seine Hand lag schon auf der Klinke, als er sich noch einmal umwandte.

»Ich hab' sie wirklich gemocht, Wil – ganz unheimlich.«

»Ich habe sie auch gemocht, Perk.«

Der kleine Himmelsreiter lächelte flüchtig und eilte hinaus.

Alle kehrten sie nach Hause zurück, alle, die nach Arborlon gekommen waren, um den Elfen Beistand zu leisten. Bis auf zwei.

Zuerst brachen die Himmelsreiter auf. Im Morgengrauen des Tages, an dem die Herrschaft Andor Elessedils als neuer König der Elfen begann, traten sie den Flug nach Hause an – drei von den fünf, die zusammen nordwärts geflogen waren, und der Knabe Perk. In aller Stille machten sie sich auf den Weg, verabschiedeten sich nur von dem neuen König und waren fort, noch ehe die Sonne über den Wipfeln der Wälder im Osten aufgegangen war. Den ersten Strahlen der Morgensonne gleich, die die schwingende Nacht jagten, zogen die goldenen Rocks am Himmel ihre Bahn.

Am Mittag zogen unter der Führung von Amantar die Bergtrolle aus. So unerschrocken und stolz wie sie gekommen waren, marschierten sie mit grüßend erhobenen Waffen an den Elfen vorüber, die sich in Straßen und Gassen zum Abschied versammelt hatten. Zum ersten Mal seit mehr als tausend Jahren trennten sich Trolle und Elfen nicht als Feinde, sondern als Freunde.

Die Zwerge blieben noch einige Tage und halfen den Elfen beim Entwurf der Wiederaufbaupläne für den zerstörten Elfitch. Mit Hilfe jener Pioniere, die noch arbeiten konnten, zeichnete der energische Browork den Elfen einen detaillierten Plan zur Bewältigung dieser schwierigen Aufgabe. Und als er schließlich mit seinen Leuten die Heimreise antrat, tat er es nicht, ohne zu versprechen, daß in naher Zukunft eine andere Einheit von Zwergen-Pionieren ausgesandt werden würde, um den Elfen beim Wiederaufbau Unterstützung zu leisten.

»Wir wissen, daß wir uns auf die Zwerge verlassen können.« Andor drückte Browork zum Abschied fest die Hand.

»Immer«, bestätigte der Zwerg mit einem Nicken. »Denkt daran, wenn wir Euch einmal brauchen.«

Als letzte machten sich die Männer aus Callahorn auf den Weg – der kleine Trupp von Freikämpfern und Altgardisten, der die erbitterten Kämpfe um den Elfitch überlebt hatte. Nicht ein Dutzend der Freikämpfer war am Leben geblieben, und nicht sechs von diesen würden je wieder in den Kampf ziehen können. Die Einheit war praktisch ausgelöscht, die Leichen ihrer Soldaten zwischen dem Halys-Joch und Arborlon verstreut. Doch der hochgewachsene, narbengesichtige Grenzländer, den sie den Eisenmann nannten, war wieder einmal mit dem Leben davongekommen.

Am frühen Morgen des sechsten Tages nach dem Sieg über die Dämonen-Horden kam er auf seinem mächtigen Rotschimmel zu Andor Elessedil, der am Rande des Carolan stand und mit seinen Baumeistern die von den Zwergpionieren entworfenen Pläne besprach. Nachdem Andor sich hastig entschuldigt hatte, trat er zu dem hochgewachsenen Grenzländer, der vom Pferd gestiegen war und ihn erwartete. Ohne der respektvollen Verneigung zu achten, mit der Stee Jans ihn begrüßte, nahm Andor die Hand des Befehlshabers und drückte sie fest.

»Es geht Euch wieder gut, Befehlshaber?« fragte er lächelnd.

»Ausgezeichnet, Herr«, antwortete Stee Jans, ebenfalls lächelnd. »Ich bin gekommen, um Euch zu danken und Lebewohl zu wünschen. Die Legion reitet wieder für Callahorn.«

Andor schüttelte langsam den Kopf.

»Nicht Ihr habt mir zu danken. Ich – und das Elfenvolk – wir haben Euch zu danken. Keiner hat mehr für uns und dieses Land getan als die Freitruppe. Und Ihr, Stee Jans – was wäre ohne Euch aus uns geworden?«

Der Grenzländer schwieg einen Moment, ehe er sprach.

»Herr, ich denke, wir fanden in Eurem Volk und Eurem Land eine Sache, für die es wert war zu kämpfen. Was wir getan haben, das haben wir gern getan. Und Ihr habt diesen Kampf nicht verloren – das ist das einzige, was zählt.«

»Wie hätten wir mit Eurem Beistand verlieren können?« Wieder umschloß Andor seine Hand. »Und was habt Ihr jetzt vor?«

Stee Jans zuckte die Schultern.

»Die Freitruppe gibt es nicht mehr. Vielleicht wird sie neu aufgestellt werden. Vielleicht auch nicht. Wenn nicht, dann gibt es vielleicht ein neues Legionskommando. Ich werde jedenfalls darum bitten.«

Andor nickte. »Bittet mich, Stee Jans – bittet mich um ein Kommando, und es ist Euer. Es wäre mir und dem Elfenvolk eine Ehre, wenn Ihr annehmen würdet. Wollt Ihr das Angebot in Betracht ziehen?«

Der Grenzländer lächelte und schwang sich in den Sattel seines Pferdes.

»Ich bin schon dabei, es in Betracht zu ziehen, Herr.« Er grüßte schneidig. »Bis wir uns wiedersehen, Herr – Kraft mit Euch und den Elfen.«

Er wendete den großen Rotschimmel und galoppierte mit wehendem Umhang über den Carolan davon.

So also kehrten sie alle nach Hause zurück, die nach Arborlon gekommen waren, um den Elfen in höchster Not Beistand zu leisten. All die Tapferen. Nur zwei nicht.

Einer war der Talbewohner, Wil Ohmsford.

Hell und warm lag der Sonnenschein über dem Carolan, als sich Wil Ohmsford gegen Mittag dem Tor zum Garten des Lebens näherte. Ruhigen, gemessenen Schrittes schritt Wil den Kiesweg entlang, nichts Zauderndes in seinem Gebaren. Und doch hatte er das Gefühl, nicht weiter zu können, als er schließlich vor dem Tor stand.

Eine Woche hatte er gebraucht, um diesen Weg zurückzulegen. Die ersten drei Tage nach seinem Zusammenbruch in eben diesem Garten hatte er in seinen Gemächern im Herrenhaus der Elessedils zugebracht. Die meiste Zeit hatte er geschlafen. Dann war er zwei Tage lang im abgeschiedenen Park des alten Hauses umhergewandert und hatte mit den brodelnden Gefühlen gerungen, die ihn bei jeder Erinnerung an Amberle quälten. Die letzten zwei Tage hatte er damit zugebracht, jeden Gedanken an das, was zu tun er jetzt gekommen war, tunlichst zu vermeiden.

Lange stand er vor dem Eingang zum Garten und blickte zum Tor aus Silber und Elfenbein empor, ließ den Blick über die efeubewachsenen Mauern und die Hecken gleiten, die den Weg durch den Garten begrenzten. Leute aus der Stadt, die durch das Tor gingen, vor dem er stand, wandten sich nach ihm um. Die Posten der Schwarzen Wache standen starr und unzugänglich zu beiden Seiten, warfen nur einen flüchtigen Blick auf den jungen Mann und richteten die Augen wieder geradeaus. Immer noch zögerte Wil Ohmsford.

Doch er wußte, daß er jetzt nicht umkehren konnte. Er hatte es sich genau überlegt. Einmal noch mußte er sie sehen. Ein letztes Mal. Erst dann würde er Frieden finden.

Noch bevor er sich dessen selbst bewußt wurde, hatte er das Tor passiert und folgte dem geschwungenen Weg, der ihn zu dem Baum führen würde.

Er verspürte eine seltsame Erleichterung, so als hätte er das Rechte getan, indem er sich entschlossen hatte, zu ihr zu gehen. Etwas von der Entschlossenheit, die ihn durch die letzten Wochen begleitet hatte, kehrte jetzt wieder, nachdem sie ihn angesichts von Amberles Verlust völlig verlassen hatte, da er überzeugt gewesen war, versagt zu haben. Er glaubte, dieses Gefühl jetzt besser zu verstehen. Es war weniger ein Gefühl des Versagens gewesen, das er empfunden hatte, als vielmehr ein Erkennen seiner Grenzen. Man kann nicht alles tun, was man vielleicht gern tun würde. Das hatte sein Onkel Flick einmal zu ihm gesagt. Er hatte Amberle zwar vor den Dämonen retten können, nicht aber davor, zum Ellcrys zu werden. Das hatte nie in seiner Macht gelegen, sondern immer nur in ihrer. Ihre Entscheidung war es gewesen, wie sie selbst ihm gesagt hatte – wie auch Allanon ihm versichert hatte. Daran würden Zorn, Bitterkeit und Selbstvorwürfe nichts ändern. Er mußte einen anderen Weg finden, sich mit dem auszusöhnen, was geschehen war. Und er glaubte, diesen

Weg jetzt zu kennen. Der Besuch bei ihr war der erste Schritt.

Dann stand sie vor ihm. Klar und scharf hob sich der Ellcrys vor dem Blau des mittäglichen Himmels ab. Der schlanke silberne Stamm und die blutroten Blätter waren von flirrendem Sonnenlicht umspielt. Tränen traten ihm in die Augen, als er dieses herrliche Geschöpf vor sich sah.

»Amberle...« flüsterte er.

Elfenfamilien drängten sich am Fuß des Hügels, auf dem sie stand, und betrachteten ehrfürchtig den Baum. Wil Ohmsford zögerte, dann gesellte er sich zu ihnen.

»Siehst du, er ist wieder gesund«, sagte gerade eine Mutter zu dem kleinen Mädchen. »Die Krankheit ist besiegt.«

Und ihr Land und ihr Volk sind wieder in Sicherheit, fügte Wil stillschweigend hinzu. Weil Amberle sich für sie geopfert hatte. Er holte tief Atem, während er zu dem Baum aufblickte. Sie hatte es so gewollt – nicht nur, weil sie es für notwendig gehalten hatte, sondern weil sie schließlich davon überzeugt gewesen war, daß dies der Sinn ihres Daseins auf der Erde war. Man muß der Erde etwas von dem zurückgeben, was man von ihr bekommen hat! Sie hatte ihr alles zurückgegeben.

Er lächelte traurig. Doch sie hatte nicht alles verloren. Indem sie zum Ellcrys geworden war, hatte sie eine ganze Welt gewonnen.

Amberle.

Wil blickte noch einen langen Augenblick zu ihr auf, dann wandte er sich ab und ging langsam davon.

Er war gerade durch das Tor hinausgegangen, als er Eretria entdeckte. Sie stand etwas abseits von dem Pfad, der aus der Stadt heraufführte, und blitzend traf der Blick ihrer dunklen Augen den seinen. Statt der leuchtenden Seide der Fahrensleute trug sie jetzt die gewöhnlichen Gewänder der Elfen. Und doch war nichts an Eretria gewöhnlich. Sie war jetzt noch so atemberaubend schön wie damals, als Wil sie das erste Mal gesehen hatte. Das lange schwarze Haar, das ihr in Locken über die Schultern floß, schimmerte im Sonnenlicht, und das vertraute strahlende Lächeln erhellte ihr Gesicht, als sie seiner ansichtig wurde.

Stumm trat er zu ihr und lächelte.

»Du siehst wieder wie ein ganzer Mensch aus«, bemerkte sie leichthin.

Er nickte. »Das habe ich dir zu verdanken. Du hast mir wieder auf die Beine geholfen.«

Ihr Lächeln vertiefte sich bei dem Kompliment. Jeden Tag in der vergangenen Woche war sie bei ihm gewesen – hatte ihm zu essen gegeben, seine Wunden frisch verbunden, ihm Gesellschaft geleistet, wenn er Ansprache brauchte, ihn allein gelassen, wenn sie gemerkt hatte, daß er das Alleinsein brauchte. Seine Genesung, sowohl körperlich als auch seelisch, war zum großen Teil ihrer Fürsorge zu danken.

»Man hat mir gesagt, du seist ausgegangen.« Sie warf rasch einen Blick zum Garten des Lebens. »Ich hatte keine Mühe, mir zu denken, wohin du gegangen warst. Da hab' ich mir gedacht, daß ich dir nachgehen und auf dich warten könnte.« Mit einem fröhlichen Lächeln sah sie ihn an. »Nun, hast du jetzt alle Geister zur Ruhe gelegt?«

Wil sah die Sorge in ihren Augen. Sie verstand besser als jeder andere, was ihm durch den Verlust Amberles angetan worden war. Sie hatten in den Stunden, die sie bei ihm zugebracht hatte, unablässig darüber gesprochen. Geister hatte sie all die sinnlosen Schuldgefühle genannt, die ihn gequält hatten.

»Ja, ich glaube, sie ruhen jetzt«, antwortete er. »Es war gut, daß ich hierher gekommen bin. Mit der Zeit wird es vielleicht...«

Er zuckte lächelnd die Schultern.

»Amberle war der Überzeugung, daß ma der Erde etwas schuldet für das Leben, das sie einem gegeben hat. Sie hat mir einmal erklärt, diese Überzeugung sei ein Teil ihres Elfenerbes. Und auch mein Erbe wollte sie, glaube ich, damit sagen. Weißt du, sie hat in mir immer mehr den Heiler als den Beschützer gesehen. Ein Heiler sollte ich sein. Denn der Heiler begleicht einen Teil seiner Schuld an die Erde dadurch, daß er jenen hilft, die sie hegen und pflegen. Das ist also meine Gabe an die Erde, Eretria.«

Sie nickte ernst. »Dann kehrst du nach Storlock zurück?«

»Erst heim, nach Shady Vale, dann nach Storlock.«

»Bald?«

»Ich denke schon. Ich denke, es ist Zeit.« Er räusperte sich befangen. »Weißt du, daß Allanon mir den Rappen – Artaq – hinterlassen hat? Als Geschenk. Zum Trost vielleicht.«

Sie wandte das Gesicht ab.

»Ja, vielleicht. Können wir jetzt zurückgehen?«

Ohne auf seine Antwort zu warten, setzte sie sich in Bewegung. Verwirrt zögerte er einen Moment, dann eilte er ihr nach. Stumm gingen sie nebeneinander her.

»Wirst du die Elfensteine behalten?« fragte sie nach einer Weile.

Er hatte einmal, in tiefster Niedergeschlagenheit, gesagt, er wolle sie nicht länger. Er wußte, daß der Elfenzauber seine Spuren in ihm hinterlassen hatte. So wie die Zauberkräfte Allanon gealtert hatten, so hatten sie auch auf ihn eingewirkt – wenn er auch noch nicht wußte, wie. Solche unerklärlichen Kräfte machten ihm immer noch Angst. Und doch lag die Verantwortung für diese Zauberkraft weiter bei ihm; er konnte sie nicht einfach weitergeben.

»Ich werde sie behalten«, antwortete er. »Aber ich werde sie nie wieder gebrauchen. Nie wieder.«

»Nein«, sagte sie leise. »Ein Heiler braucht ja auch solche Zaubersteine nicht.«

An der Mauer des Gartens entlang schritten sie den Pfad hinunter nach Arborlon. Wil spürte die Distanz, die zwischen ihnen lag. Es war eine Kluft, die immer größer wurde, aufgerissen durch ihre Gewißheit, daß er sie wieder einmal verlassen würde. Sie wollte mit ihm gehen. Doch sie würde ihn nicht bitten, sie mitzunehmen – nicht diesmal, nicht wieder. Das verbot ihr der Stolz. Er dachte darüber nach.

»Und wohin gehst du jetzt?« fragte er nach einer Zeit.

Sie zuckte lässig die Schultern.

»Ach, ich weiß noch nicht. Nach Callahorn vielleicht. Ich kann hingehen, wo ich will.« Sie machte eine Pause. »Vielleicht besuche ich dich einmal. Mir scheint, du brauchst dringend jemanden, der sich um dich kümmert.«

Sie sagte es beinahe scherzhaft, aber die Absicht dahinter war nicht zu verkennen. Ich bin dir bestimmt, Wil Ohmsford, hatte sie in jener Nacht im Tirfing zu ihm gesagt. Und jetzt sagte sie es wieder. Er sah ihr in das dunkle Gesicht und dachte daran, was alles sie für ihn getan, für ihn riskiert hatte. Wenn er sie jetzt verließ, dann hatte sie niemanden. Sie hatte kein Zuhause, keine Familie, kein Volk. Vorher hatte er Gründe gehabt, ihre Bitte, sie mitzunehmen, abzuschlagen. Was hatte er jetzt noch für Gründe?

»Es war nur so eine Idee«, fügte sie hastig hinzu.

»Eine hübsche Idee«, erwiderte er leise. »Aber ich hab' mir gedacht, du hättest vielleicht Lust gleich mitzukommen.«

Beinahe ehe er sich bewußt wurde, was er beschlossen hatte, waren die Worte ausgesprochen. Lange, lange schwiegen sie gemeinsam. Sie schritten den Pfad hinunter und sahen einander nicht an. Es war fast so, als sei nichts gesagt worden.

»Ja, vielleicht hätte ich Lust dazu«, bemerkte sie schließlich. »Wenn es dir ernst ist.«

»Es ist mir ernst.«

Da sah er ihr Lächeln – dieses wunderbare, strahlende Lächeln. Sie blieb stehen und blickte ihn zärtlich an.

»Es ist beruhigend festzustellen, Wil Ohmsford, daß du endlich zur Vernunft gekommen bist.«

Sie nahm seine Hand und hielt sie ganz fest.

Als Andor Elessedil gegen Mittag über den Carolan zur Stadt zurückritt, sah er den Talbewohner und das Mädchen aus dem Lager der Fahrensleute, die vom Garten des Lebens nach Arborlon hinunterschritten. Er zügelte sein Pferd und blickte den beiden nach, die noch nicht nach Hause zurückgekehrt waren. Er sah, wie sie stehenblieben, sah, wie Eretria Wils Hand faßte.

Ein Lächeln breitete sich auf seinem Gesicht aus. Nun, dachte er, würde wohl auch Wil Ohmsford heimkehren. Aber nicht allein.